dtv

Reihe Hanser

Elena, Matt und Tima wachen nachts immer genau um dieselbe Uhrzeit auf und wissen nicht, warum. Doch dann offenbaren sich ihnen plötzlich besondere Gaben: Sie sind Nachtflüsterer und können die Sprache der Tiere verstehen. Tima kann mit Insekten kommunizieren, auf Matt reagieren Vögel, und Elena schließt Freundschaft mit einem Fuchs. Für die drei Freunde beginnt schon bald ein aufregendes und gefährliches Abenteuer, als sie bemerken, dass eine unheilvolle Macht ihre Heimatstadt ins Verderben stürzen will. Mithilfe ihrer Tierfreunde stellen sich die Kinder mutig dem Bösen entgegen.

Ali Sparkes arbeitet als Journalistin, BBC-Moderatorin und schreibt zusätzlich Dreh-, Kinder- und Jugendbücher. Sie wohnt mit ihrem Mann und ihren beiden Söhnen in Southampton. »Die Nachtflüsterer – Das Erwachen« ist der erste Band ihrer neuen Kinderbuch-Reihe.

Ali Sparkes

Die Nachtflüsterer

Das Erwachen

Aus dem Englischen von
Manuela Knetsch

dtv

Ausführliche Informationen über
unsere Autoren und Bücher
www.dtv.de

MIX
Papier aus verantwortungsvollen Quellen
FSC® C019821

2020 dtv Verlagsgesellschaft mbH & Co. KG, München

Titel der Originalausgabe: ›Night Speakers‹
(Published by arrangement with Oxford University Press)

Umschlaggestaltung: dtv nach einem Entwurf von
Weiß-Freiburg GmbH – Graphik & Buchgestaltung unter
Verwendung von Fotos von stock.adobe.com und weiß/wallbaum
Kapitelvignetten: Miriam Schmitz
Gesetzt aus der Dante MT Std 12,5/15·
Satz: C.H.Beck.Media.Solutions, Nördlingen
Druck und Bindung: Druckerei C.H.Beck, Nördlingen
Printed in Germany · ISBN 978-3-423-62731-3

1

Elena wachte um 1:34 Uhr auf. Sie musste nicht auf den Wecker schauen, der auf dem Nachttisch stand. Sie wusste, dass es 1:34 Uhr war. Es war immer 1:34 Uhr.

Dies war die siebte Nacht in Folge, und es fühlte sich fast schon normal an.

Dennoch drückte sie auf den oberen Knopf des Weckers. Das matte blaue Licht der Digitalanzeige bestätigte ihr, dass es 1:34 Uhr war. »Da bist du ja wieder, vier Minuten nach halb zwei«, murmelte sie. Sie stand auf. Im Bett liegen zu bleiben und zu versuchen, wieder einzuschlafen, hatte keinen Zweck. Das zumindest hatte sie in der letzten Woche begriffen.

Lautlos öffnete sie die Tür und huschte nach unten in die Küche. Seit der dritten Nacht machte sie sich immer ein heißes Getränk und nahm es mit in ihr Zimmer, zusammen mit einer Handvoll Keksen. Dann setzte sie sich ans Fenster, aß die Kekse und blickte hinunter auf die stille, düstere Straße vor dem Haus. Inmitten von etwas so Verrücktem eine normale Gewohnheit zu entwickeln gab ihr etwas Sicherheit.

In der ersten Nacht hatte sie die Sache natürlich noch nicht besonders merkwürdig gefunden. Ab und zu einmal nicht schlafen zu können – das kannte schließlich jeder. Sie war um 1:34 Uhr aufgewacht und hatte dann bis fast 6 Uhr in der Früh wach gelegen. Beim Frühstück war sie zwar erschöpft, aber nicht zu müde für die Schule gewesen. Sie hatte es Mum gegenüber nicht einmal erwähnt.

In der zweiten Nacht war es ihr langsam seltsam vorgekommen. Wieder hatte sie um 1:34 Uhr die Augen aufgeschlagen. Dass es um dieselbe Uhrzeit gewesen war wie in der Nacht zuvor – um exakt dieselbe Uhrzeit, auf die Minute genau –, hatte sie allerdings noch nicht gewusst. *Das* hatte sie erst in der dritten Nacht bemerkt. Vielleicht war ihr in dieser zweiten Nacht bereits das Lied aufgefallen … vielleicht aber auch nicht. Es fiel ihr schwer, sich da festzulegen.

Doch mittlerweile, jetzt, wo sie in der siebten Nacht in Folge am Fenster saß, war ihr alles klar. Es geschah immer um exakt 1:34 Uhr, und was sie zu diesem Zeitpunkt abrupt aus dem Schlaf riss, war eine Art Lied. Im Traum hörte sie einen langen Ton, vielleicht ein Läuten, als würde jemand mit einem Metalllöffel über eine alte Glocke streichen, und danach das Anschwellen einer …

Stimme. War es eine Stimme? Es schien etwas Gesungenes zu sein. Ein düsteres und zugleich goldenes Lied, das wie ein Fluss vorbeiströmte … ein dünner, gerader Fluss … ein pulsierender, düsterer goldener Liederstrom – zischend, übersprudelnd und wunderschön.

»Jetzt hör doch auf!«, sagte sie laut. Dass sie mit sich selbst sprach, hatte in der fünften Nacht angefangen. Sie wusste, dass niemand sie hören konnte, solange sie nicht schrie. Mum schlief wie ein Stein. »Ernsthaft … es ist nur ein Geräusch in deinem Kopf. So wie dieses … Ohrdingsbums … Tinnitus oder wie das heißt. Daran ist nichts Geheimnisvolles oder Unheimliches. Und um Punkt 1:34 Uhr springt wahrscheinlich jede Nacht eine große Maschine drüben auf dem Industriegelände an. Oder im Elektrizitätswerk. Irgendetwas macht da Lärm, ich höre es im Schlaf und werde davon wach. Das ist alles.«

Und weshalb kannst du es dann nicht mehr hören, sobald du wach bist?, fragte der streitlustige Kopfkobold, der sie in diesen Nächten am Fenster plagte.

»Es ist nur kurz zu hören. Bis ich mich im Bett aufgerichtet habe, ist es schon wieder vorbei«, erklärte sie.

Alles klar – und weshalb kannst du danach nicht einfach wieder einschlafen?

»Ich weiß nicht. Ich schätze, ich habe zu viel um die Ohren. In den frühen Morgenstunden wach zu werden ist ein typisches Anzeichen für Stress. Das weiß ich. Das habe ich gelesen.«

Sieben Nächte hintereinander …? ERNSTHAFT? *Sind Dreizehnjährige schon so gestresst? Ist das normal?*

Sie hatte im Internet recherchiert. »Weshalb wache ich jede Nacht um dieselbe Uhrzeit auf?«, hatte sie eingegeben. Die Suchmaschine hatte sehr viele mögliche Erklärungen dafür gefunden: lärmende Nachbarn, eine Gastherme, die mithilfe einer Zeitschaltuhr nachts regelmäßig ansprang, hormonelle Veränderungen, Haustiere, Poltergeister, Blähungen …

Sie wusste, dass es nichts mit dem zu tun hatte, was sie online gelesen hatte. Es war etwas anderes. Etwas völlig anderes. Vielleicht würde sie am Morgen mit Mum darüber sprechen. Vielleicht. Falls es Mum gut ging; falls sie einen guten Tag hatte.

Elena lehnte sich in ihrem Stuhl zurück und legte die nackten Füße auf das Fensterbrett. Unten auf der Straße lief ein Fuchs über den Gehweg, der immer wieder anhielt, um an den Mülltonnen zu schnuppern. Im schwachen Licht der Straßenlaternen warf er einen langen Schatten.

Elena hatte das Tier Velma getauft, weil sie annahm, dass es sich um eine Füchsin handelte. Sie hatte sie in den vergangenen Nächten schon mehrmals gesehen. In drei Nächten war die Füchsin stehen geblieben, und es hatte so ausgesehen, als würde sie für einige Sekunden direkt zu Elena nach oben schauen. Dann war sie wieder ihrer Wege getrippelt.

Die Reihenhäuser auf der gegenüberliegenden Straßenseite schienen sie anzustarren, die Fenster darin wirkten wie dunkle, leere Augenhöhlen. Elena öffnete ihr eigenes Fenster und sog die Nachtluft in sich auf. Sie war süß und kühl, voll von später Maiblüte und frisch gewässerten Gärten. Als sie um 22 Uhr zu Bett gegangen war, hatte es geregnet. Wolken waren vor den am Himmel verstreuten Sternen vorübergezogen, orange getüncht von den fernen Lichtern des Industriegebiets von Thornleigh, dem Tausendbruch. In den städtischen Straßenlaternen steckten Energiesparlampen, die bläuliches Licht abgaben, doch der Tausendbruch wurde von hohen, orange leuchtenden Lampen erhellt, die die ganze Nacht über brannten und dem Schatten des zerklüfteten Abhangs trotzten, der sich drohend neben ihm erhob. Das orangefarbene Licht waberte über den Himmel bis in die stillen Straßen des zwei oder drei Kilometer entfernten Vororts hinein, in dem Elena wohnte.

Elena griff nach einem Buch und setzte sich wieder ans Fenster, um die nächsten Stunden lesend zu verbringen. Mit etwas Cathy Cassidy würde die Zeit wie im Flug vergehen, und in der Morgendämmerung würde sie ins Bett gehen und sich vom Zwitschern der Vögel in den Schlaf singen lassen. Dann könnte sie noch eine Stunde schlafen, bis der Wecker klingelte.

Vielleicht war sie eingeschlafen – vielleicht auch nicht. Alles, an was sie sich später erinnern konnte – in einer dieser holprigen Zeitsprünge, die sie neuerdings immer erlebte –, war, dass sie die Stirn wieder ans Fenster drückte und dass die Nacht dort draußen, hinter dem dünnen Glas, zu ihr durchzusickern schien wie Tränen durch ein Stück Stoff.

Und dass unten auf der Straße eine einsame, schemenhafte Gestalt stand, reglos, eine Pistole auf sie gerichtet.

2

Am vierten Morgen schleuderte Matts Vater ihn gegen die Wand und verlangte ein paar Antworten.

»Was geht hier vor? Hat dir jemand geholfen? Läuft da irgendwas hinter meinem Rücken? Du willst dir wohl Ärger einhandeln?«

Matt versuchte, ihn von sich wegzudrücken, doch sein Vater war groß und schwer und kräftig gebaut wie eine Bulldogge – mit seinen Hängebacken, den dicken Lidern und seinen glänzenden braunen Knopfaugen sah er auch so aus.

»Das hab ich dir doch gesagt!«, schrie Matt im Versuch, seinen Vater zu übertönen. »Ich bin früh aufgestanden! Das ist alles. Ich habe schon drei Autos fertig. Bist du gar nicht zufrieden damit?«

»Aber warum? Warum bist du früh aufgestanden?« Sein Vater schüttelte ihn, abgestandener Whisky-Atem wehte Matt ins Gesicht. »Was hast du vor?«

Plötzlich spürte Matt die Müdigkeit wie eine Welle über sich hereinbrechen, wie einen Sog, der ihn nach unten zog, ihn ertränkte. »Ich weiß nicht, warum«, murmelte er und sackte unter den Händen seines Vaters zusammen. »Ich wache einfach auf und kann dann nicht mehr einschlafen.«

Sein Gesichtsausdruck dazu musste glaubhaft gewirkt haben, denn jetzt wurde er losgelassen und rutschte langsam an der Betonwand hinunter. Sein Dad überquerte den Hof, stieg über die Rinnsale, in denen die Reste des Seifenwassers zum Gully hinunterliefen, und inspizierte den Honda, den Golf und den Ford. Die drei Autos waren gestern von einer Mietwagen-Firma vorbeigebracht worden und sollten am Vormittag wieder abgeholt werden. Normalerweise wäre Matt um 6 Uhr aufgestanden und hätte noch vor dem Frühstück zumindest eines der Fahrzeuge gewaschen und gewachst, den Innenraum gereinigt.

Heute hatte er, als sein Vater gegen 6:30 Uhr hinunterkam, um nach ihm zu sehen, bereits alle drei Autos geschafft – von innen und von außen. Da er seit 3 Uhr in der Früh an den Wagen gearbeitet hatte, war das kein Problem für ihn gewesen. Ein Auto pro Stunde bedeutete, dass er das Ganze ziemlich gemächlich hatte angehen können. Fast schon lässig.

Sein Vater lief um die Autos herum, kontrollierte, ob noch Staub auf den Armaturenbrettern lag, knuffte in die Sitze, um zu prüfen, ob sie zu feucht gereinigt worden waren, und strich auf der Suche nach Dreckspritzern mit einem Finger über die Radkappen. Keine Dreckspritzer. Nirgends. Matt wusste, wie man einen Wagen reinigte. Er tat es, seit er zehn Jahre alt war.

»Gut gemacht«, sagte sein Dad schließlich.

Matt riskierte ein Schulterzucken. »Hab halt ein gutes Vorbild.«

Sein Dad schlenderte wieder zu ihm hinüber, legte ihm seine kräftige Hand auf die Schulter und sah ihm forschend in die Augen. »Weshalb schläfst du denn nicht?«, fragte er. »Du brauchst deinen Schlaf. Sonst leidet deine Arbeit darunter.«

Jetzt sprach er von Matts schulischen Leistungen. Es war nur eine kleine Bemerkung gewesen, aber es bedeutete ihm viel, dass sich sein Vater manchmal – nur manchmal – daran erinnerte, dass er noch zur Schule ging. Dass sich seine Welt nicht ausschließlich um Schwämme, Scheibenschrubber und Lackpolituren drehte.

»Weiß ich nicht«, erwiderte er. »Irgendwas weckt mich immer wieder auf. In den letzten drei Nächten, gegen halb zwei. Heute Nacht dachte ich dann, ich könnte genauso gut aufstehen und schon mal was wegarbeiten, damit ich heute Abend vielleicht besser penne.«

Er erzählte nicht, dass er es in der Nacht zuvor

bereits mit einem anderen Auto so gemacht hatte … allerdings nur mit einem. Gegen 5:30 Uhr war er damit fertig gewesen und auf der Rückbank des Mercedes in einen leichten, traumlosen Halbschlaf gefallen, bis sein Vater zur üblichen Zeit nach ihm gesehen hatte. Als die Garagentür ins Schloss fiel, war er hochgeschreckt. Dad hatte zwar zu ihm hinübergeschaut, war aber wohl davon ausgegangen, dass er gerade das Innere des Wagens reinigte. Um nicht weiter aufzufallen, hatte Matt, noch völlig benommen, tatsächlich so getan, als poliere er die Scheiben. Sobald sein Vater gegangen war, hatte er sich wieder in den blitzsauberen Ledersitz zurücksinken lassen und bis zum Frühstück ein Spiel auf seinem Handy gespielt.

An diesem Morgen aber hatte er nur gearbeitet. Drei Autos, eins nach dem anderen. Weil er verrückt geworden wäre, wenn er sich nicht abgelenkt hätte. Vier Nächte hintereinander. Immer zur selben Uhrzeit aufgewacht. Was zur *Hölle* ging da vor sich?

»Schlaf heute Nacht mal durch«, sagte sein Dad und schüttelte ihn nur noch leicht an der Schulter, »und morgen früh fängst du zur üblichen Zeit mit den Wagen an. Geh jetzt frühstücken.« Er drehte sich um und ging durch die Tür zurück in die Wohnung.

Als sie am Frühstückstisch saßen, große Becher mit Tee und Eier auf Toast vor sich, schien sein Vater das Ganze bereits vergessen zu haben. So war es häufig bei seinen Wutausbrüchen: Der plötzlichen Explosion folgte eine geschäftige, vergessliche Stille. Als ob überhaupt nichts gewesen sei. Heute hatte Matt keine Spuren davongetragen, aber selbst wenn er ein wenig geblutet, einen neuen blauen Fleck oder sogar ein blaues Auge gehabt hätte – sein Dad hätte es nicht gesehen.

Mum wiederum hätte Matt in einem solchen Fall etwas Wundcreme oder ein Pflaster gegeben. Sie *konnte* es also sehen. Aber sie sagte nie etwas dazu. Nicht ein einziges Wort. Außer vielleicht: »Er ist müde.« Oder: »Er hat Stress.«

Wann immer Matt ihr antwortete: »Er ist betrunken« oder »Er ist gewalttätig«, stellte Mum sich augenblicklich taub. Bei Ben hatte sie sich genauso verhalten, als *er* damals die Wucht von Dads »Müdigkeit« ertragen musste. Ben, vier Jahre älter als sein kleiner Bruder Matteus, war schon vor langer Zeit getürmt und zum Militär gegangen.

Dads Gewalttätigkeiten waren nicht weiter wild. Nichts Lebensbedrohliches, kein großes Ding. In der Schule hatte Matt seinen Ruf als Schläger weg, weshalb es leicht für ihn war, die Spuren der Gewalt als eine Art Kriegsverletzung zu verkaufen, die er sich bei Prügeleien mit anderen Schülern zugezogen hatte. Außerdem konnte Dad auch ganz in Ordnung sein. Wenn alles gut für ihn lief, war er großzügig und fröhlich – sogar liebevoll.

Und Matt war sich ziemlich sicher, dass er Mum nie geschlagen hatte. Das wäre ja wohl auch noch schöner … Zumindest hatte sie nie blaue Flecken oder blutete irgendwo, nur manchmal gingen einige ihrer Sachen zu Bruch.

Das alles war normal. So war sein Leben eben. Und nichts konnte ihn so leicht aus der Ruhe bringen.

Bis jetzt. 1:34 Uhr. Sollte er heute Nacht *wieder* um 1:34 Uhr wach werden, würde er völlig durchdrehen.

Der Schlafmangel holte ihn ein. Schlagartig bewusst wurde ihm das, als er während der Pause am späten Vormittag mit Ahmed in der Schulkantine abhing. Ahmed erzählte ihm von einem neuen Computerspiel auf seiner Xbox, sein begeistertes Geplapper wollte gar nicht mehr aufhören. Matt war gerade dabei, eine Tüte Erdnussflips zu öffnen, und fragte sich, ob er überhaupt noch die Energie aufbringen würde, sie zu essen, als er plötzlich der Länge nach nach vorne fiel.

Mühsam rappelte er sich zum Sitzen auf, verwirrt, die Erdnussflips um ihn herum verstreut. Ahmed starrte ihn mit offenem Mund an, und eine Achtklässlerin mit langen blonden Haaren kam auf ihn zu. Besorgt ging sie neben ihm in die Hocke und fragte: »Ist alles in Ordnung? Du siehst aus, als ob …«

Ahmed drängte sie zur Seite. »Alter! Hast du die ganze Nacht lang an der Xbox gesessen?«

Die Welt drehte sich, alles war plötzlich rosa, dann stand sie wieder halbwegs gerade und nahm normale Farben an. Matt lächelte schief. »Ja – mordsmäßig lang, *Bro*!«

Das Mädchen stand auf, zuckte mit den Achseln, hängte sich die Schultasche um und ging davon. Sie kam Matt bekannt vor. Er wollte Danke sagen … Danke dafür, dass sie sich um ihn gesorgt hatte … Aber da Ahmed vor ihm stand und das Mädchen die Schulkantine schon halb durchquert hatte, war es bereits zu spät dafür.

»Echt, Alter – du siehst gar nicht gut aus!«, sagte Ahmed.

»Wahrscheinlich muss ich gleich reihern«, erwiderte er.

Ahmed, der in diesen Dingen ein totales Weichei war, wich sofort zurück.

»Lass gut sein – wir sehen uns dann in Mathe«,

sagte Matt beschwichtigend, und im nächsten Augenblick war sein Freund, erleichtert darüber, nicht den Krankenpfleger spielen zu müssen, auch schon verschwunden

Matt war nicht schlecht. Nicht wirklich. Aber sein Herz schlug sehr schnell, und er fühlte sich benommen. Er lief zu den Toilettenräumen und hielt die Fäuste unter den kalten Wasserstrahl des Waschbeckens, sein Kopf in der weißen Porzellanvertiefung für die Seife. Das kalte Wasser strömte ihm über die Haut, beruhigte ihn, bevor es sich in einem Wirbel über dem kleinen Abfluss drehte. Nach einigen Minuten war seine Benommenheit weg und sein Herzschlag wieder normal. Er richtete sich auf und betrachtete sein Spiegelbild über dem Waschbecken. Die kurz geschnittenen dunklen Haare waren auf einer Seite des Kopfes feucht, an seinem rechten Ohr klebten die schmierigen Überreste zerquetschter Erdnussflips. Die Haut unter den haselnussbraunen Augen schimmerte bläulich – und passte dadurch hervorragend zu seinen roten, geschwollenen Augenlidern. Sein Gesicht war bleich und wirkte abgemagert. Er sah aus wie ein Zombie.

Aber schlimmer als all das war, dass er kurz, wirklich kurz davor war, in Tränen auszubrechen.

Matteus Wheeler weinte NIE.

Er schlug sich mit den nassen Händen ins Gesicht, froh darüber, dass gerade kein anderer Schüler auf dem Klo war und ihn dabei beobachten konnte. Nein, er würde NICHT weinen, nur weil er unter Schlafmangel litt. Er hatte schon ganz andere Dinge weggesteckt.

Matteus Wheeler weinte NIE.

Das sagte er sich den Rest des Tages immer wieder. Als Mr Thatcher ihn anmeckerte, weil er im Physikunterricht eingenickt war, und die ganze Klasse kicherte. Als ihm das Mädchen aus der Schulkantine noch einmal im Flur begegnete und ihm einen seltsamen Blick zuwarf. Als er am späten Nachmittag bis zum frühen Abend weitere vier Wagen für KOWSKIS GLANZAUTOS reinigte. Er sagte es sich auch, als er um 22:30 Uhr völlig erschöpft ins Bett fiel.

Und als er um Punkt 1:34 Uhr wach wurde, weinte Matteus Wheeler.

3

Wo ist der Gin, Fagin?« Tima stemmte die verschwitzten Hände gegen ihr eng geschnürtes grünes Mieder und lächelte dem Jungen zu, der neben ihr auf der Bühne stand.

Der Junge mit dem erkennbar angeklebten Bart schlug ihr vor, es langsam angehen zu lassen: Zu viel Alkohol sei schädlich für ein junges Mädchen. Ein vernünftiger Rat von einem Zehnjährigen an eine Zehnjährige.

Sie protestierte und sagte, der Gin sei das einzig Aufregende in ihrem Leben – doch das war eine Lüge. Ihr Herz schlug in diesem Moment so schnell, dass sie fürchtete, es könnte ihr Kostüm sprengen und dann, nass und pochend, auf der Bühne landen. Ihren Text laut auszusprechen, das allein war gerade unglaublich anstrengend für sie. Aber in der vollbesetzten Aula, vor all den Kindern und Eltern – und sogar einem Reporter der Lokalzeitung –, musste sie sich zusammenreißen.

Ohgottohgottohgottohgott, wimmerte etwas in ihr, während sie sich durch das Lied kämpfte. Wie hatte sie nur ernsthaft glauben können, dass es eine gute Idee war, die Rolle der Nancy in *Oliver!* anzunehmen? In einem Musical? Wie hatte sie nur glauben können, dass sie es *genießen* würde, auf der Bühne herumzustolzieren, zugekleistert mit Schminke, die Haare hochgesteckt wie bei einer Frau aus dem vorvorigen Jahrhundert, mit wehenden Röcken – singend?

»Life is a game of chance ...« Ihre Stimme hatte sie noch – gerade noch. Ein dünnes, näselndes Flüstern, das sich durch ihren Hals quetschte. Die anderen Musicaldarsteller spielten zwar weiter, tauschten jedoch besorgte Blicke. Was um Himmels willen war mit Tima los?

Einige Meter über ihrem Kopf umkreiste eine Motte einen gelb strahlenden Bühnenscheinwerfer. Es war ein großer, dunkler, summender Falter, und er zog seine Kreise nun immer dichter und dichter neben ihr. Tima begriff plötzlich: Wenn sie jetzt weitersang und ihren Mund offen stehen ließ, um die langen Töne zu halten, würde diese Motte vermutlich auf ihrer Zunge landen.

»... if you don't mind ...« In diesem Moment verabschiedete sich ihre Stimme. Diese klare, starke Stimme, der sie die Rolle verdankte und die alle Einwände beiseitegefegt hatte – dass sie neu an der Schule war, dass die coolen Mädchen sie nicht mochten, dass sie als Tochter arabischer

Eltern nicht die richtige Hautfarbe für die Figur der Nancy hatte. Diese Stimme also verließ sie nun. Tima schwieg.

Mr James spielte noch einige Takte auf dem Klavier, während das Publikum begann, auf den Stühlen hin und her zu rutschen und unbehaglich zu raunen. Einige Kinder kicherten nervös. Dann ließ auch Mr James von den Tasten ab und erhob sich von seinem Klavierstuhl, und mit ihm verstummte das kleine Schulorchester.

Tima stand da, den Mund fest geschlossen, und starrte wie versteinert auf die Motte. Sie spürte, wie ihr ein Schweißtropfen zwischen den Schulterblättern hinunterlief. In ihren Ohren rauschte es wie von voll aufgedrehten Wasserhähnen, es übertönte die weinerliche Lily, die ihr eine Frage stellte – »Tima, was ist denn *los*?!« –, irgendwo ganz weit entfernt, in einer anderen Dimension.

Jetzt stand auch Mr James auf der Bühne, kündigte dem Publikum eine vorgezogene Pause an und legte seinen Arm um die schlotternde Tima. Die Zuschauer bedachten das Ensemble mit einem schwachen, mitfühlenden Applaus. Tima wurde in den seitlichen Bühnentrakt geführt, nur Sekunden bevor die Motte an der Stelle kreiste, an der das Mädchen kurz zuvor gestanden hatte.

Alle drängten hinter ihnen her, bis Mrs Theroux, die Leiterin der Theatergruppe, anordnete, sie sollten Tima in Ruhe lassen und in die Garderoben gehen. »Lily«, hörte Tima sie sagen, »zieh dir dein Nancy-Kostüm über. Du übernimmst die Rolle in der zweiten Hälfte.« Lily schnappte schockiert nach Luft und konnte ihr Glück zugleich kaum fassen. Ihre Freundinnen aus dem Chor jubelten.

»Setz dich hin«, sagte eine ruhige, tiefe Stimme. Mr James führte Tima zu einem kleinen Holzstuhl, während sich der Bühnenvorhang zuzog und die Geräusche der Zuschauer dämpfte, die sich zum Tisch mit den Erfrischungen begaben.

Tima setzte sich.

»Was ist passiert?«

Tima antwortete nicht. Weil sie es nicht wusste.

»Tima, kannst du mich hören?«

Sie konnte ihn hören. Sie konnte ihn auch sehen. Er sah nett aus: lockiges braunes Haar und blaue Augen. Lily und ihre Freundinnen vergötterten ihn, was einfach nur peinlich war. Mr James war uralt – mindestens 35! Aber er war freundlich zu ihr gewesen und hatte mit Tima an ihren Gesangseinlagen gearbeitet. Und er hatte ihr gesagt, dass sie eine der talentiertesten Schülerinnen sei, die er je gehabt habe.

»Tima – kannst du mich hören?«, wiederholte er. Hinter ihm stand Mrs Theroux, die Ben gerade bat, Miss Lanyard zu holen, die Schulkrankenschwester.

Schließlich nickte Tima, und es gelang ihr, etwas zu sagen. »Tut mir leid.«

»Ist dir übel?«, fragte er. »Fühlst du dich schlapp? Du siehst blass aus. Vielleicht solltest du dich ein wenig hinlegen?«

»Oh ja, ich sollte mich unbedingt ein wenig hinlegen«, erwiderte sie und lachte hysterisch auf. Jeden Abend legte sie sich pünktlich um 21 Uhr hin. Und genau 4 Stunden und 34 Minuten später wachte sie wieder auf. Und bis zum nächsten Abend gab es nichts – absolut *nichts* –, was sie hätte tun können, um wieder einzuschlafen.

Als Miss Lanyard kam, musste Tima sich auf eine Decke legen, damit sie ihr den Puls fühlen konnte. »Er geht sehr schnell«, sagte die Schulkrankenschwester. »Sie hat etwas Herzrasen. Und sie fühlt sich ziemlich kühl und verschwitzt an. Wo sind ihre Eltern?«

»Sie wollten die Vorstellung morgen Abend besuchen«, sagte Mrs Theroux. »Ich habe schon mit ihnen telefoniert, sie sind auf dem Weg hierher.«

Mum und Dad kamen, umarmten und trösteten Tima lange und nahmen sie mit nach Hause.

Ihr Puls raste nicht mehr, es kam ihr nur noch so vor, als läge eine sehr dicke Decke auf ihr. Aus dem Auto auszusteigen und in ihr Zimmer zu gehen fühlte sich an, als müsse sie sich im Wasser vorwärtskämpfen.

»Du bist bloß übermüdet, Mäuschen«, sagte Mum, als sie Tima zudeckte. Sie strich ihr die Haare aus den Augen. »Ooh – du hast ja immer noch etwas Schminke im Gesicht. Na, macht nichts. Morgen früh nimmst du ein schönes heißes Bad.«

»Aber morgen ist Schule«, murmelte Tima in ihr Kissen. »Da ist keine Zeit für so was.«

»Du gehst morgen nicht zur Schule«, sagte Mum. »Ich fahre mit dir zum Arzt. Wir müssen der Sache auf den Grund gehen, herausfinden, weshalb du nicht mehr schlafen kannst. Allerdings: Wenn ich recht behalten sollte und das alles nur durch die Aufregung um das Musical kam, wirst du heute Nacht wohl wieder durchschlafen. Jetzt, wo alles vorbei ist.«

Tima spürte, wie ihr Tränen in die Augen stiegen. Ja. Nun war wohl alles vorbei. Bestimmt würde Lily die nächsten drei Aufführungen übernehmen und damit doch noch bekommen, was sie wollte: die Hauptrolle. Lily hatte sie immer für sich beansprucht und hätte sie auch bekommen, wenn nicht dieses neue Mädchen – Tima –

aufgetaucht wäre und sie zur Zweitbesetzung verdonnert hätte. Tima hatte den Text auswendig gelernt, Tanzschritte eingeübt, die Lieder geprobt und versucht, die gehässigen Kommentare von Lilys treuen Freundinnen zu ignorieren … alles umsonst. Sie hatte sich heute bis auf die Knochen blamiert. Nun war alles vorbei.

»Ich wette, du wirst heute Nacht gut schlafen«, sagte Mum. »Du schläfst ja schon fast. Gute Nacht – und träum was Schönes. Wir sehen uns morgen früh wieder – du nimmst ein herrlich entspannendes Bad und bekommst zum Frühstück süße Hefebrötchen, was meinst du? Danach gehen wir zum Arzt und hören mal, was er dazu meint. Mach dir keine Sorgen. Schhhh. Schlaaafen …« Tima spürte noch den Kuss ihrer Mum auf der Stirn, dann hüllte sie die Erschöpfung ein, und weg war sie.

Klick.

»Oh nein! Das soll wohl ein WITZ sein!?«, jammerte Tima, drehte sich zur Seite und schlug mit der Faust auf den Nachttisch. Ihr »SpongeBob Schwammkopf«-Wecker ruckelte kurz auf seinen kleinen Metallfüßen und tickte fröhlich weiter, Sekunde um Sekunde. 1:34 Uhr und 10 Sekunden. Und 20 Sekunden. 30, 40, 50. 1:35 Uhr. 10, 20, 30, 40, 50, 1:36 Uhr …

Wenn sie jetzt nichts dagegen unternahm, würde sie auf diese Weise stundenlang einfach nur daliegen, den Wecker im Blick, gebannt und hellwach, auf die Zeiger starren, bis ihre Augäpfel austrockneten, und immer und immer wieder dieses schreckliche letzte Lied auf der Bühne durchleben wie ein Horrorvideo in Endlosschleife.

Tima stand auf und zog Jeans und T-Shirt an. Sie lief hinunter, in die Stille und in die Dunkelheit. Im Dämmerlicht der Straßenlampen, das durch die Glasscheibe in der Vordertür fiel, sah sie ihre roten Lieblingsjazzschuhe stehen und zog sie sich über die nackten Füße. Dann nahm sie ihre flauschige Reißverschlussjacke vom Garderobenhaken. Ihr Herz raste wieder, aber nicht so sehr wie auf der Bühne. Sie war nervös, ja, allerdings eher aufgeregt nervös als ängstlich nervös. *Was tust du denn, Tima?*, fragte ihr vernünftiges Ich. *Du kannst doch nachts nicht allein nach draußen gehen.*

Warum nicht?, fragte ihr unbekümmertes Ich. *Da draußen ist doch nichts. Niemand sonst. Ich sollte es wissen: Ich habe sieben Nächte hintereinander stundenlang auf diese Straße geschaut. Dort bewegt sich nie irgendetwas, abgesehen von der ein oder anderen Ratte bei den Mülltonnen.*

Tima schloss vorsichtig die Haustür auf, öffnete sie langsam und ließ den Schlüssel in ihre Hosentasche gleiten. Lange würde sie nicht draußen bleiben. Vielleicht würde sie nicht einmal den Vorgarten verlassen. Sie musste nur einmal etwas *anderes* tun. Etwas, was dieses ewig gleiche Muster aufbrechen würde, dieses ständige Aufwachen und erneut Aufwachen und erneut Aufwachen und – WUMMS. Die Tür war hinter ihr ins Schloss gefallen, und sie stand alleine draußen.

Der Geruch irgendeiner nächtlich duftenden Pflanze stieg ihr in die Nase. Er war wundervoll, berauschend. Tima lief über das silbrig glänzende Gras, um die knirschenden Schritte über die mit Kieselsteinen ausgelegte Einfahrt zu vermeiden, auf der Dads Mercedes stand. Es war eine warme Nacht. Tima zog den Reißverschluss ihrer Jacke auf. Eine leichte Brise spielte mit ihrem langen Haar und sorgte dafür, dass das Pampasgras auf dem Rasen ihr verschwörerisch zuflüsterte.

Sie verließ den Garten und lief auf dem Gehweg am Nachbarhaus vorüber. Schließlich überquerte sie die Straße, um zu der kleinen, quadratischen Grünfläche für die Anwohner zu gelangen, auf der ein weiß gestrichener, schmiedeeiserner Musikpavillon stand. Eine Motte flog an ihr vorbei. Anders als bei der Motte, die sie auf der

Bühne beobachtet hatte, machte es ihr hier überhaupt nichts aus. Andere Insekten tanzten in dem fahlen Licht der Straßenlampen. Wenn sie auch nur einem dieser Insekten in einem geschlossenen Raum begegnet wäre, hätte sie Panik bekommen. Doch nicht hier draußen. Nicht heute Nacht. Die Insekten waren in Ordnung. Tima war in Ordnung.

Ihr Herz pochte nicht mehr wie wild. Sie setzte sich auf die niedrige Mauer, die die kleine Grünfläche umgab, und begriff, dass sie sich zum ersten Mal seit einer Woche fast wieder normal fühlte. Wie konnte das sein nach dem, was sie an diesem Abend erlebt hatte? Sie wusste es nicht. Und wieso fühlte sie sich überhaupt entspannt und normal, wo sie doch alleine draußen im Dunkeln saß? Das alles ergab keinen Sinn.

Vielleicht war es ein Traum. Vielleicht war nichts davon wahr. Die Motte flog wieder an ihr vorbei, angezogen vom falschen Mond einer Straßenlampe. Und nur um zu testen, ob es tatsächlich ein Traum *war*, streckte Tima die Hand aus und rief sie in Gedanken zu sich.

Die Motte blieb in der Luft stehen und flatterte dann in einem Bogen zurück. Sie steuerte direkt auf Timas geöffnete Handfläche zu und ließ sich darauf nieder.

Tima hielt den Atem an. Es kitzelte, als die Motte ihre winzigen Insektenfüßchen bewegte und langsam mit den Flügeln schlug. Sie sah den Haarflaum auf dem Kopf des Insekts, den Kupferstaub entlang seiner braunen Flügelspitzen, den feingliedrigen Saugrüssel, der sich wie eine Kindertröte aus dem Gesicht rollte.

Ein Traum. Aber … das Kitzeln? Es musste von etwas herrühren, das sie im Schlaf fühlte, in ihrem Bett. Vielleicht saß dort zu Hause ja gerade tatsächlich ein Insekt auf ihrer Hand. Sie schüttelte sich und ließ die Traummotte davonfliegen. In Sekundenschnelle war sie verschwunden. Tima zitterte, stand auf und rannte zurück zu ihrem Haus.

Komm schon! Wach auf! Wach endlich aus diesem Traum auf!

Sie erreichte das Mäuerchen zum Vorgarten, hüpfte hinüber, um nicht auf die knirschenden Kiesel treten zu müssen *(egal – es ist nur ein Traum!)*, und schlug sich dabei das Knie an den Ziegelsteinen auf.

Der stechende Schmerz und das Blut fühlten sich ziemlich echt an. In der Küche angekommen, holte sie ein Pflaster und klebte es sich auf die Wunde. Auch dabei kam sie sich absolut nicht vor wie in einem Traum.

Sie machte sich einen Kakao und nahm ihn mit nach oben in ihr Zimmer. 2:17 Uhr. Alles klar. Anscheinend war dies hier *kein* Traum. Das mit der Motte war verrückt gewesen, aber vielleicht hatte ihre Hand nach etwas geduftet, das Falter gerne mochten. Tima hoffte, dass sie nicht noch weitere Insekten anziehen würde. In Gedanken sah sie sich schon vor einem Schnakenschwarm davonrennen. Sie stellte sich ans Fenster, nippte an ihrem Kakao und kicherte über den Unsinn, den ihr übermüdetes Gehirn neuerdings fabrizierte. Zumindest war es besser, als im Bett liegen zu bleiben und zuzulassen, dass immer dieselben negativen Gedanken in ihrem Kopf kreisten.

Draußen auf dem dunklen Fensterbrett bildete eine vorbeiziehende Ameisenarmee eine perfekte Kreisform und marschierte dann weiter.

4

Sein Name war Matt. Matteus Wheeler. Er war Elena in der Schule bislang nicht weiter aufgefallen, da er im Jahrgang über ihr war und – nun ja – ihr sicher niemals in der Bibliothek oder im Musikzimmer über den Weg gelaufen wäre.

Er war einer dieser Schüler, die immer Ärger hatten, und er hing häufig mit den toughen, älteren Jungs rum, die immer lauthals angaben und ihr hinterherriefen, wenn sie vorbeilief. Elena machte sich nichts daraus, es ging ihr nicht allein so. Die Jungs pöbelten viele Schüler an. Sie ignorierte es immer und reagierte nie. Wenn jemand darauf reagierte, kam nur noch Schlimmeres von der Gang. Man musste so tun, als ob es einen gar nicht interessierte. Und meist interessierte es Elena auch nicht.

Das Problem war nur, dass Elena durch den Schlafmangel nicht mehr alles so locker wegsteckte. Sie war gerade auf dem Weg in den Musiktrakt, ein flaches Gebäude aus hellen Betonklötzen und mit schwarzem Ziegeldach, als einer der Jungs beschloss, ihr das Kornett wegzunehmen. Ein echter Brüller … Bevor sie wusste, wie ihr geschah, hatte Jed Thomason, ein langer Kerl mit fettigen roten Haaren und einem mickrigen, wie aufgeklebt wirkenden Oberlippen-Bärtchen, ihr auch schon den Instrumentenkoffer aus der Hand geschlagen.

Überrascht und verärgert schrie sie auf und blaffte ihn an: »Gib's mir sofort zurück!«

»Komm und hol's dir doch!«, erwiderte Jed grinsend und hielt das Kornett so hoch, dass sie nicht herankam.

»Boah, echt *witzig*!«, sagte Elena, doch die ironische Antwort blieb ihr im Hals stecken. Sie hatte keine Energie für so etwas. Deshalb sprang sie einfach in die Luft und versuchte, nach dem schwarz-silbernen Köfferchen zu greifen, woraufhin Jed es – natürlich – noch höher hielt. Dann tat er so, als wollte er es ihr zurückgeben. Als sie es seufzend wieder in Empfang nehmen wollte, warf Jed es – natürlich – über ihren Kopf hinweg zu Ahmed Sayid hinüber. Und Ahmed warf es zu Callum Matheson. Es hätte den ganzen Tag so weitergehen können, die Jungs machten sich beinahe in die Hose vor Lachen. *Warum auch nicht*, dachte Elena. Im Ernst, weshalb sollte man sich Komödien im Theater ansehen, wenn man genauso gut im Kreis stehen und das Blechblasinstrument irgendeines Mädchens durch die Gegend pfeffern konnte? Eine bühnenreife Darbietung – allerbeste Unterhaltung!

Elena blieb stehen und wandte den Blick von dem Spektakel ab. Ihr Kopf sank nach unten, ihr Körper schien abzuschalten. Die Welt um sie herum wirkte plötzlich gedämpft, und sie schaute auf ihre Füße, als sähe sie durch dünnes Gewebe hindurch: verschwommen und weich. Elena ließ die Schultasche von der Schulter gleiten; zu schwer. Sie machte kein großes Aufhebens darum, sondern verfiel einfach in den Energiespar-Modus wie ein unbenutzter Laptop. Stand-by.

Die aufgekratzten Teenager lärmten noch eine halbe Minute weiter, dann hörte Elena jemanden sagen: »Es reicht. Hört auf damit!« Als das Geschrei immer noch kein Ende nahm, erklang noch einmal die Stimme, diesmal lauter: »Ich hab gesagt: HÖRT AUF DAMIT!« Daraufhin fielen einige Kraftausdrücke. Und dann wurde ihr der Instrumentenkoffer zurückgegeben. Verwirrt hob sie den Kopf. Vor ihr stand Matt Wheeler. »Nun *nimm* schon«, murmelte er, und sie bekam schließlich den Tragegriff zu fassen und nahm den unendlich schweren Koffer entgegen. Sie sah noch einmal zu Matt hoch – und in diesem Augenblick wusste sie es. Er hatte dunkle Schatten unter den Augen, und die Lider waren gerötet. Seine Haut wirkte gräulich. Und als er ihr den Koffer gereicht hatte, hatte seine Hand leicht gezittert.

Sie wusste es. Sie *wusste* es einfach. Sie öffnete den Mund und flüsterte: »1:34 Uhr.«

Eine Sekunde lang starrte Matt sie nur an. Dann blinzelte er, schüttelte den Kopf und ging davon. Der Rest der Gang hängte sich an seine Fersen, und ihre Pfiffe und Schreie galten nun ihm. »Uowuowouw! Wer hat denn da eine Freundin?«, gluckste Jed wie ein Sechsjähriger im Süßigkeitenrausch. Als die Gruppe um die Ecke des Musiktrakts bog, sah Elena noch aus den Augenwinkeln, wie Matt ihm gegen die Brust boxte und Jed der Länge nach auf den Rasen fiel.

Auf dem Weg zu ihrem Kursraum musste Elena plötzlich unbändig lachen. Und später, im Kreis mit den anderen Musikern – zwei Klarinettisten und einem Flötenspieler, die sich durch »Solveigs Lied« aus *Peer Gynt* quälten –, spürte sie, dass sich noch mehr Gelächter in ihr ausbreitete, dass es sie regelrecht schüttelte und sich alles in ihr verkrampfte. Sie ließ immer wieder Noten aus, weil ihr Brustkorb sich ruckartig zusammenzog und ihre Schultern bebten.

Schließlich rief Mr Gould, der Musiklehrer, gereizt: »Elena, was ist denn los mit dir?«

Aus ihrem Mundstück drang nur noch unkontrolliertes Getröte und Gequietsche. Alle drehten sich zu ihr um. »Tut mir leid«, stammelte sie und strich sich die Haare aus dem Gesicht. »Ich muss nur andauernd so … lachen.«

Mr Gould sagte den anderen, sie sollten fünf Minuten Pause machen, dann nahm er sie zur Seite. »Elena – du lachst nicht«, sagte er stirnrunzelnd, »du weinst.«

Sie starrte ihn ausdruckslos an. Erst jetzt bemerkte sie, dass ihre Wangen nass von Tränen waren. *Was um alles in der Welt …?!*

»Willst du vielleicht mal zur Schulpsychologin gehen?«, fragte Mr Gould, der sich offensichtlich überfordert fühlte, mit Blick auf die anderen Schüler.

»Ähm … ja«, sagte sie. »Das ist vielleicht eine ganz gute Idee.«

Der Besuch bei der Schulpsychologin – einer netten Frau namens Janet – war furchtbar. Elena versuchte ihr zu erklären, dass sie nicht wirklich geweint hatte, doch Janet schien ihr nicht zu glauben.

Also erzählte sie der Psychologin, dass sie seit einigen Nächten nicht mehr so gut schlafe. Janet sah sehr ernst aus, sagte ihr, dass sie zum Arzt gehen sollte, und meldete sie für den Rest des Schultags krank.

Etwas verblüfft verließ Elena daraufhin schon

am frühen Nachmittag die Schule, zur Abwechslung einmal nicht begleitet von 800 weiteren Schülern. Das Köfferchen mit dem Kornett in der Hand, schlenderte sie ziellos die Straße entlang und dachte über Matteus Wheeler nach. Weshalb war er nett zu ihr gewesen? Weshalb hatte er die anderen davon abgehalten, sie weiter zu schikanieren?

*Weil es ihm genauso geht. Hast du sein Gesicht gesehen, als du »*1:34 Uhr*« gesagt hast?* Ja. Nur eine Sekunde lang, ehe er geblinzelt hatte, da hatte sie es gesehen: Bestätigung.

Er wusste Bescheid. Sie hatte es bereits geahnt, als sie ihn in der Schulkantine hatte umkippen sehen. Nun war sie sicher. Das Wissen darum jagte ihr Schauer über den Rücken. Doch was nun? Sie würde mit ihm reden müssen. Aber wie? In der Schule? Keine Chance. Sie runzelte die Stirn, überlegte, was sie über ihn wusste. Sie hatte gehört, dass seine Eltern im Westen der Stadt einen Salon für Autopflege betrieben. Wir hieß der Laden noch mal? Kowolski? Klowski? Matts Familie stammte aus Polen, wenn sie sich recht erinnerte. Aber da er einen so typisch englischen Nachnamen wie Wheeler hatte, war er vermutlich nur zur Hälfte Pole. Vielleicht könnte sie ja herausfinden, wo er wohnte.

Sie ging nicht nach Hause, um sich hinzulegen. Zum einen deshalb, weil sie nicht einschlafen würde – das klappte tagsüber nie. Zum anderen deshalb, weil sie online recherchieren musste und es bei ihr zu Hause derzeit keine Internetverbindung gab. Stattdessen lief sie die Hauptstraße entlang bis zur Stadtbibliothek von Thornleigh. Da die anderen Kinder noch in der Schule waren, würde sie dort nicht allzu lange auf einen freien Computer warten müssen. Sie hatte Glück. Als sie die Stadtbibliothek betrat, stand gerade eine ältere Dame von einem der Computer-Arbeitsplätze auf. Elena ergatterte ein Zeitfenster von 30 Minuten und fand schließlich, wonach sie gesucht hatte.

KOWSKIS GLANZAUTOS. Das war es. Eine schlichte, einseitige Website informierte darüber, wo sich der Autopflege-Salon befand und welche Service-Angebote es dort gab. Und jetzt? Sollte sie gleich dorthin laufen und darauf warten, dass Matt von der Schule nach Hause kam? Was, wenn er seine Kumpels mitbrächte? Elena schüttelte sich. *Das* wollte sie auf keinen Fall riskieren.

Als sie sich daran erinnerte, was sie als Letztes zu ihm gesagt hatte, schien die Antwort auf der Hand zu liegen.

1:34 Uhr.

5

Ein aufgeschürftes Knie ließ sich nicht so einfach damit erklären, dass man geträumt hatte. Tima wusste, dass sie in der vergangenen Nacht *tatsächlich* draußen gewesen war und sich verletzt hatte – der Beweis dafür war auch bei Tageslicht eindeutig zu sehen. Und das Ganze wäre auch nicht weiter dramatisch gewesen, hätte sie sich nicht plötzlich an die Sache mit der Motte erinnert.

Mum und Dad nahmen natürlich an, sie sei wegen ihres Totalausfalls auf der Bühne niedergeschlagen und beschämt – und das war sie auch –, aber was sie *wirklich* durcheinanderbrachte, war die Motte. Denn seit wann kamen denn bitte schön *Motten* angeflogen und setzten sich auf Hände, wenn man sie darum bat? Davon hatte Tima noch nie gehört.

Sie lieh sich Mums Laptop aus und recherchierte im Internet darüber, indem sie eingab: »Können Motten dressiert werden?« Wie sich herausstellte, konnten manche tatsächlich abgerichtet werden, aber dafür brauchte man eine komplette Ausrüstung, viel Zeit und Übung – und überhaupt: Was glaubte sie denn eigentlich, was passiert war? Dass eine gezähmte und dressierte Motte ganz zufällig vorbeigeflogen kam, als sie ihre Hand aufgehalten hatte?

Die Geschichte spukte Tima unentwegt im Kopf herum, sie konnte gar nicht mehr aufhören, darüber nachzudenken – auch eine Folge des Schlafmangels, wie sie festgestellt hatte. Durch die Schlaflosigkeit verhielt man sich in vielerlei Hinsicht merkwürdig, und dazu gehörte auch, dass man sich zwanghaft und endlos mit den kleinsten Nebensächlichkeiten befasste. Der Besuch bei der Ärztin lenkte Tima eine Weile ab. Frau Dr. Jarvis untersuchte sie, kontrollierte ihre Augen, ihre Ohren und die Atmung. Sie sprachen über Schlafapnoe – Atemstörungen, von denen man nachts plötzlich wach werden konnte.

»Im Grunde hört man dabei für ein paar Sekunden auf zu atmen«, erklärte die Ärztin und leuchtete mit einer kleinen Taschenlampe in Timas Hals. »Und wenn der Körper danach wieder anspringt, rüttelt einen das wach.« Und mit einem Blick auf Timas Mum fügte sie hinzu: »Ehrlich gesagt sehe ich aber keine Anhaltspunkte dafür, dass du darunter leiden könntest. Normalerweise sind nur übergewichtige Erwachsene davon betroffen. Das weiche Gewebe an der Rückwand des Halses wird fettig und schlaff, und dadurch kommt es zum Schnarchen und Problemen bei der Atmung. Bei jungen, schmalen Kindern wie dir kommt das nur äußerst selten vor.« Sie lächelte Tima an. »Du kannst den Mund jetzt wieder zumachen.«

»Das meinte mein Mann auch schon«, sagte Mum. »Er ist Chirurg an der Chesterfield-Klinik.«

»Und Mum ist Tierärztin«, erklärte Tima. »Sie könnte mich also immer noch einschläfern, wenn es schlimmer werden sollte.« Sie kicherte hysterisch, während Mum die Augen verdrehte.

Die Ärztin lachte und legte Stethoskop und Taschenlampe zur Seite. Dann setzte sie sich hinter ihren Schreibtisch. »Es gibt viele mögliche Ursachen für Schlaflosigkeit. Die Ernährung, die Raumtemperatur, nächtliche Geräusche, Stress, Angst, Zahnprobleme … die Liste ist lang. Aber nichts davon gehört wirklich zu meinem Fachgebiet. Und da es Tima nun schon eine Weile so ergeht, würde ich sie gerne an ein Schlaflabor überweisen.«

Mum lächelte und nickte.

»Allerdings sollten wir damit vielleicht noch ein paar Tage warten«, sagte Dr. Jarvis. »Höchstwahrscheinlich ist es einfach der Stress gewesen – und da das Schulmusical jetzt vorbei ist, wird

Tima möglicherweise in ihren normalen Schlafrhythmus zurückfinden.«

Tima sah durchs Fenster an der gegenüberliegenden Wand und versuchte die Traurigkeit zu ignorieren, die sich bei den Worten »da das Schulmusical jetzt vorbei ist« in ihr ausbreitete. Im Garten der Ärztin sah sie Schmetterlinge in einem Flieder sitzen. Es waren sechs oder sieben … Sie zählte drei weiße und vier rote, Pfauenaugen oder Admiralfalter. Sie waren auf ihre Art schöner als Motten. Zwar hätte Tima keinen von ihnen mit der Hand aufnehmen wollen, aber sie versetzten sie auch nicht allzu sehr in Panik. Nach einer Weile bemerkte sie, dass einer der Schmetterlinge zum Fenster geflogen und auf der Scheibe gelandet war und nun langsam seine zierlichen braun-rot-blauen Flügel spreizte. Tima fragte sich gerade, ob noch ein anderer neben ihm landen würde, als ein zweiter folgte – ein weißer Schmetterling. Während sie die beiden Schmetterlinge beobachtete, die nun Seite an Seite auf der Fensterscheibe saßen, spürte Tima ein leichtes Kribbeln am unteren Ende der Wirbelsäule. *Noch einer*, dachte sie. Und nun kam ein Pfauenauge herangeflogen. *Noch einer*. Ein vierter Schmetterling landete auf der Glasscheibe. Ein fünfter. Und dann ein sechster, nur Sekundenbruchteile, nachdem sie ihren Wunsch gedacht hatte. Da saßen sie nun in einer Reihe, ganz so, als warteten sie auf weitere Anweisungen. Tima bekam eine Gänsehaut, und ihr Herz schlug schneller. Geschah das hier *wirklich*? War sie überhaupt in der *Arztpraxis,* oder lag sie immer noch zu Hause im Bett und träumte?

»… schauen wir mal, wie es ihr in ein paar Tagen geht«, fuhr Dr. Jarvis, irgendwo in weiter Ferne, fort. »Schicken Sie sie wieder zur Schule und …«

Tima riss die Augen auf und holte tief Luft. Sie sollte aufhören. Sie sollte jetzt damit aufhören. Doch wieder sandte sie einen Wunsch aus: *Bildet einen Kreis.* Und im nächsten Moment flatterten alle Schmetterlinge an der Fensterscheibe umher, um in eine Kreisform zu finden. *Was!?!* Was ging da *vor* sich? Verrückt war gar kein Ausdruck mehr. Dies hier war viel, viel verrückter als eine einzelne Motte, die auf ihrer Hand landete! Die Schmetterlinge waren immer noch da, wirkten bereit – so, als wollten sie sich jeden Augenblick zum Lied »Brüderchen, komm tanz mit mir« bewegen. *Schmetterling, komm tanz mit mir, beide Flügel reich ich dir –*

Hör auf damit!, schrie eine Stimme in Timas Kopf.

»Tima? Geht's dir gut, Mäuschen?« Mum berührte ihr Gesicht. »Du bist ein bisschen verschwitzt.«

Die Ärztin maß noch einmal Fieber. »Die Temperatur ist nur ganz leicht erhöht«, sagte sie. »Tima muss einfach schlafen und ihr Gleichgewicht wiederfinden. Sie leidet unter einer Art … Jetlag.« Hinter ihr flatterten die Schmetterlinge wieder willkürlich umher. Tima zwang sich, den Blick abzuwenden.

»Ja, ich denke, ich könnte jetzt schlafen«, murmelte sie.

»Bist du sicher, dass es dir gut geht?«, fragte Mum auf dem Weg zurück zum Auto. »Du hast da drinnen ein wenig durcheinander gewirkt.«

»Alles gut«, erwiderte Tima und zwang sich zu einem fröhlichen Lächeln. »Da waren … da waren Schmetterlinge.«

6

Zum ersten Mal war 1:34 Uhr in Ordnung. Dieses Mal hatte sie einen Grund aufzustehen. Elena sprang aus dem Bett, als hätte sie acht Stunden durchgeschlafen.

Sie streifte sich schnell ihre Jeans und ein T-Shirt über und schlüpfte aus dem Zimmer. Als sie auf dem Treppenabsatz an Mums Schlafzimmer vorbeikam, hörte sie leises Schnarchen. Nach dem Essen hatte ihre Mutter alle ihre Medikamente genommen, sie würde also wohl erst in ein paar Stunden wieder aufwachen. Ihr Pillen-Mix setzte sie jeden Abend völlig außer Gefecht. Elena blieb stehen und lugte durch den Türspalt. Mum lag auf der Seite, die Augen geschlossen, den Mund offen. Ihr einst so hübsches Gesicht sah im fahlen Mondlicht aufgedunsen und zerknautscht aus, und ihr rechter Arm lag ausgestreckt über der Bettkante, mit der Handfläche nach oben, als ob sie im Schlaf jemanden anflehen würde.

Wovon sie wohl träumte? Elena schüttelte den Kopf und zog die Tür zu. Es brachte nichts, darüber zu grübeln. Sie hatte etwas vor. Unten angekommen, zog sie ihre Jeansjacke und die Turnschuhe an – und sie setzte ihre blassgrüne Schiebermütze auf, die sie zum letzten Geburtstag bekommen hatte. Seltsamerweise war ihr mit der Kopfbedeckung weniger unwohl dabei, alleine nach draußen in die Dunkelheit zu gehen. Es war, als könne die Baskenmütze jeden noch so durchgeknallten Axtmörder in Schach halten.

»Da draußen ist niemand«, murmelte Elena in sich hinein, während sie die Vordertür aufschloss und langsam öffnete. Es war so still nachts. Sie hätte sich vermutlich etwas besser gefühlt, wenn sie schon einmal einen kleinen Pulk von Leuten gesehen oder gehört hätte, die aus einem Lokal kamen, oder einen Lieferwagenfahrer, der die ganze Nacht durcharbeiten musste – doch das hatte sie nie. Es war menschenleer zu dieser nächtlichen Stunde, absolut menschenleer.

Abgesehen von dem Schattenmann, der es auf dich abgesehen hatte, warf ihre innere Stimme ein.

Elena zog die Tür hinter sich zu und trat in die kühle Nachtluft. Es roch wundervoll – die Luft war schwer vom Duft der Blüten, des Grases und einer säuerlichen, mineralischen Erdenschwere, die sie tagsüber nie wahrnahm. Der Kerl, der es auf sie abgesehen hatte, war nicht real gewesen. Sie war sich fast sicher, dass sie nur von ihm geträumt hatte. Eine schattenhafte Figur, hager und sehnig, in einem wogenden, langen schwarzen Mantel und mit schimmerndem weißen Haar. Er hatte auf sie gezeigt. Zuerst hatte sie geglaubt, er ziele mit einer Pistole auf sie, später war ihr der Gedanke gekommen, dass es sich vielleicht nur um einen Zeigefinger mit einem langen, schwarzen, krallenähnlichen Nagel gehandelt hatte.

Was es auch gewesen sein mochte, im nächsten Moment war der Schattenmann schon wieder verschwunden gewesen, und sie hatte die letzte Phase ihrer Schlaflosigkeit erreicht – die, in der sie immer klar mit offenen Augen träumte. Normalerweise war sie gegen 5:30 oder 6 Uhr früh so weit, dass sie sich wieder hinlegen konnte, um in etwas Schlafähnliches hinüberzugleiten. Im Grunde war es kein Schlaf, weil sie immer noch alles hören konnte und jede Sekunde, die auf dem Wecker verging, beinahe *spürte*. Und dann war es auch bald schon wieder Zeit, aufzustehen und den neuen Tag zu begrüßen, so, als sei sie ein ganz normaler Mensch.

Nein. Den seltsamen Kerl mit dem langen Fingernagel gab es nicht. Aber Matt Wheeler gab es, und sie hätte wetten können, dass der gerade wach war – und vielleicht ebenfalls die Zeit damit totschlug, aus dem Schlafzimmerfenster zu schauen … Und wenn er das tat, würde er sie möglicherweise sehen. Und … was dann?

Sie musste einfach mit jemandem reden. Das war alles. Mit jemandem, der wusste, wie es war. Mum verstand das nicht. Sie machte sich immer Sorgen, sobald sie genauer hinsah und die Schatten unter den Augen ihrer Tochter bemerkte – wobei sie ihr in der letzten Zeit nicht mehr oft so nahe kam. Meist war Mum in einem Kokon aus eigenem Kummer gefangen – oder in einem Kokon aus Tabletten, die ihr eigentlich hätten helfen sollen. Vermutlich erinnerte sie sich nicht einmal mehr daran, dass sie mit ihrer Tochter über einen Arztbesuch gesprochen hatte.

Elena lief die Straße entlang. Je weiter sie sich von ihrem Zuhause entfernte, umso entspannter wurde sie. Selbst jetzt, mitten in der Nacht. Diese Erleichterung begleitete sie nun schon seit vielen Monaten, sie hatte sie, bereits lange bevor Dad gegangen war, gekannt. Ihr Zuhause war nicht mehr das, was es einmal gewesen war, so viel Anspannung und Traurigkeit hingen dort in der Luft. Die weichen Sohlen ihrer Turnschuhe machten fast kein Geräusch auf dem Gehweg, und als Elena die Ecke erreichte, an der die Straße an ein überwuchertes, unbebautes Grundstück stieß, blieb sie plötzlich wie angewurzelt stehen.

Völlig verzückt. Dort drüben, weiter vorne auf der Straße, schlich ihre Füchsin durch die Dunkelheit – *Velma*! Und sie wurde von drei Fuchswelpen begleitet. Im Schein einer Straßenlampe trotteten sie hinter ihrer Mutter her – alle Füchschen waren noch knuffig klein und mit ihrem braunen, flauschigen Babyfell ganz allerliebst. Elena hielt die Luft an – sie wollte die Tiere nicht verschrecken –, und die Füchsin, die ihren Geruch wahrnahm, drehte sich zu ihr um.

Sie rechnete damit, dass die Füchsin nun blitzschnell im dunklen Gestrüpp des unbebauten Geländes verschwinden würde, doch das Wildtier blieb einfach stehen und blickte sie an. Die kleinen Füchse waren weitergelaufen und dotzten nun – wie in einem Comic – einer nach dem anderen gegen den Schwanz ihrer Mutter. Auch sie sahen sich jetzt nach diesem Menschen in ihrer Welt um. Elena liefen wohlige Schauer über den Rücken, erst jetzt merkte sie, dass sie selig lächelte. *Du wundervolles Wesen!*, sagte sie in Gedanken zu der Füchsin. *Du wundervolles, wundervolles Wesen.*

Die Füchsin stand immer noch da und betrachtete sie aus dunklen, glühenden Augen. Sie schien sich vollkommen wohlzufühlen. Elena ging in die Hocke und streckte die Hand aus, und zu ihrer Verwunderung begannen zuerst die Welpen, dann auch ihre Mutter zu ihr hinüberzulaufen. Wow! Wie konnten diese Füchse so zahm sein? Fasziniert hielt Elena still und gluckste nur innerlich vor Vergnügen, als die ganze Familie immer näher kam – bis auf drei Meter zu ihr heran, zwei Meter ... einen. Ein Fuchswelpe stupste mit seiner Schnauze gegen ihre Hand. Ein anderer kaute auf dem Schnürsenkel ihrer Turnschuhe herum und zog mit einem zufriedenen, piepsenden Knurren daran.

Das war erstaunlich.

Am erstaunlichsten aber verhielt sich die Füchsin. Sie war nun so nah herangekommen, dass Elena den Arm ausstrecken und ihre feinen Schnurrhaare berühren konnte. Elena bekam Gänsehaut am ganzen Körper. »Kenne ich dich?«, murmelte sie. Die Füchsin neigte sich zu ihr hin, bis ihr warmer Tieratem sie mit dem Mädchen verband – dann berührte sie Elenas Nasenspitze mit ihrer kühlen Schnauze.

Elena stockte der Atem.

Eine Sekunde später waren die Tiere verschwunden, im selben Augenblick tauchte das Licht von Autoscheinwerfern hinter der Ecke auf. Unwillkürlich sprang Elena hinter der Fuchsfamilie her ins Gebüsch und versteckte sich zwischen den dunklen Blättern. Doch von den Füchsen fehlte bereits jede Spur. Kein Laut, kein Geruch, keine Bewegung. Als das Auto vorbeigefahren war, trat sie wieder auf den Gehweg, hüpfte ein paarmal auf und ab, seufzte glücklich und lachte in sich hinein. Das war ein Ding! Was für ein *fantastisches* Erlebnis!

Dann lief sie los, immer in Richtung Weststadt, zu KOWSKIS GLANZAUTOS. Sie hatte schon davon gehört, dass Füchse recht zahm werden konnten. Vermutlich fütterte sie jemand aus der Nachbarschaft mit der Hand – das war alles. Aber selbst wenn – was für eine unglaubliche Begegnung. Nie zuvor hatte sie sich so … *geehrt* gefühlt.

Nach zehn Minuten erreichte sie den Autopflege-Salon. Alles war dunkel. Der Reinigungs-Service befand sich in einer umgebauten Tankstelle, die an den Hang, direkt neben einer steilen, kurvigen Straße gebaut worden war. Vor vielen Jahren hatten Kraftstoffpumpen unter ihrem hohen, rechteckigen Vordach gethront, mittlerweile standen auf der einen Seite des Außenbereichs Hochdruckreiniger und Autostaubsauger, die andere Seite war mit Glasschiebetüren zu einer Art Garage umgebaut worden. In diesem Sicherheitstrakt wurden nachts die Angeberautos untergebracht. Einige Golfs und ein Ford parkten auf dem Außengelände, ein Mercedes und ein BMW auf dem Betonboden im Innenbereich.

Was einmal der Verkaufsraum der Tankstelle gewesen war, diente nun als Büro für den Autopflege-Service. Im Stockwerk darüber befand sich offensichtlich eine ziemlich große Wohnung. Elena vermutete, dass Matt dort zu Hause war. Aber sie sah kein Licht in den Fenstern und auch keine Bewegung an irgendeiner Gardine, die darauf hingedeutet hätte, dass jemand sie beobachtete. Jemand, der ebenfalls an Schlaflosigkeit litt.

Elena kam sich plötzlich dumm vor. Was hatte sie eigentlich erwartet? Nur weil ein Junge in der Schule umgekippt war und müde ausgesehen hatte, hieß das noch lange nicht, dass er dasselbe durchmachte wie sie. Sie *glaubte*, sie hätte eine flüchtige Reaktion in seinem Gesicht bemerkt, als sie »1:34 Uhr« gesagt hatte … Aber genauso gut war es möglich, dass sie es sich nur eingebildet hatte. In letzter Zeit bildete sie sich viele Dinge ein.

Sie seufzte, trat unter das Vordach und lehnte die Stirn gegen die Glaswand. Eine Welle der Müdigkeit erfasste sie, gefolgt von dem Gefühl, sich lächerlich gemacht zu haben. Matt Wheeler war dort oben und schlief tief und fest – wie jeder normale Mensch um diese Uhrzeit. Sie musste sich der Wahrheit stellen: Sie war das einzige verrückte Kind in dieser Gegend.

Dann entdeckte sie das blaue Leuchten im Inneren des BMW. Zuerst sah es aus wie das Lämpchen einer Auto-Alarmanlage, die im Standby-Modus blinkte. Nur dass sich das Lämpchen anscheinend von Seite zu Seite bewegte … Elena schirmte ihre Augen seitlich mit den Händen ab und presste ihr Gesicht gegen das kühle Glas. Nun konnte sie das Licht in dem BMW deutlicher erkennen. Es blinkte nicht, und es kam auch nicht von einer Alarmanlage – es war das blassblaue Leuchten eines Handys oder einer Spielkonsole. Im Schein dieses Lichts erkannte sie das Gesicht eines Jungen, der mit beiden Daumen das Gerät bediente, tief versunken, nicht ahnend, dass sie da war. Matt Wheeler. Dort im Auto. Hellwach.

Sie beobachtete ihn noch einige Sekunden, bevor er sie endlich bemerkte. Schließlich ließ er die Daumen ruhen, schaute von seinem Spiel auf und sah ihr in die Augen. Im nächsten Augenblick war er auch schon ausgestiegen und öffnete die Glasschiebetür. Er sah erstaunt aus. Lange starrte er sie nur schweigend an. Dann sagte er endlich etwas.

»1:34 Uhr.«

7

Tima boxte SpongeBob Schwammkopf mitten ins Gesicht.

Der Wecker flog vom Nachttisch und quer durch den Raum, bevor er mit einem metallischen Protestschrei auf dem Teppich landete, die eine Hand immer noch auf der Eins, die andere auf der 34. Minute.

»Wir machen uns solche Sorgen um dich! Ich meine … es muss furchtbar gewesen sein. Wir wissen ja, wie *viel* dir dieses Musical bedeutet hat.«

Na toll! Schon hatte sich das Gedankenkarussell in Gang gesetzt. Nun würde sie stundenlang wach liegen und jedes einzelne Wort dieses Telefongesprächs noch einmal durchleben. Würg! Oh, wie sie Lily Fry *hasste*. Sie hasste sie *wirklich*!

Alles hatte damit begonnen, dass Mum am Abend, kurz nach dem Essen, ins Wohnzimmer gekommen war, das Festnetztelefon in der Hand. »Ein Anruf für dich«, hatte sie gesagt und gelächelt, ganz so, als warte etwas Schönes auf Tima.

Doch es war Lily gewesen – und wie Tima bald merkte, waren auch Clara und Keira mit von der

Partie. Diese drei allerbesten Freundinnen hatten sich in Lilys Zimmer um ihr Telefon geschart, unmittelbar bevor sie zur nächsten Aufführung von *Oliver!* an der Prinz-William-Schule aufbrechen wollten.

»Wir wollten dich nur wissen lassen, dass wir gerade an dich gedacht haben«, sagte Lily in einer »Ach, ich kann sooo nachfühlen, wie's dir geht«-Tonlage. »Wir machen uns solche Sorgen um dich! Ich meine … es muss furchtbar gewesen sein. Wir wissen ja, wie *viel* dir dieses Musical bedeutet hat.«

»Oh … na ja … danke«, erwiderte Tima. Ihr wurde ganz heiß. Ja, genau. Garantiert dachten sie gerade an Tima. Garantiert würden die drei dafür sorgen, dass die ganze *Schule* an sie denken würde.

»Was ist denn bloß geschehen?«, fragte Lily. »Gerade war noch alles in Ordnung mit dir, und im nächsten Augenblick – sahst du so schlimm aus, und deine Stimme klang so … *schwach* und seltsam. Das muss dir ja unglaublich unangenehm gewesen sein …«

Lily genoss das Ganze in vollen Zügen. Tima konnte deutlich hören, wie Clara und Keira versuchten, ihr Gekicher zu unterdrücken.

»Also, danke – aber, weißt du, das war keine große Sache«, erwiderte Tima. »Ich hatte Schlafprobleme. Wenn man nicht genug Schlaf bekommt, dann … kann man sich nicht mehr so gut konzentrieren. Ich bin zwar enttäuscht, aber ich werde schon darüber hinwegkommen.«

»Na, *sicher* wirst du das«, sagte Lily. »Und, Tima, mal ehrlich: Es war doch klar, dass es eine *riesige* Herausforderung für dich werden würde, stimmt's? Du hattest noch nie zuvor eine Hauptrolle, deshalb hast du wahrscheinlich auch nicht gewusst, was da so auf dich zukommt, weißt du? Niemand macht dir Vorwürfe, dass du dem nicht gewachsen warst.«

Tima biss die Zähne zusammen. Fast wäre ihr das Telefon aus der schweißnassen Hand gerutscht. »Also … Ich hoffe sehr, es hat dir Freude gemacht, für mich einzuspringen«, brachte sie schließlich heraus. »Viel Spaß noch.«

»Oh, den werde ich haben!«, sagte Lily. »Die Vorstellung gestern Abend war der *Wahn*sinn! Die Zuschauer sind sogar aufgestanden, als sie mir applaudierten! Keiras Mum hat gesagt, eine Frau von einer Schauspielagentur sei im Publikum gewesen und denke darüber nach, mich unter Vertrag zu nehmen. Ist das zu fassen?«

Ganz ehrlich? Nein!, dachte Tina, aber sie sprach es nicht aus.

»Wie auch immer – wir müssen jetzt los. Heute ist die letzte Vorstellung! Und danach gibt es noch eine Abschlussparty. Oooh, Tima …« Lilys Stimme triefte vor gespielter Aufrichtigkeit, es klang, als spräche sie mit einem Labradorwelpen. »Besteht denn irgendeine Chance, dass du vielleicht doch noch daran teilnehmen kannst? Alle wollen dich sehen und dich wissen lassen, dass es völlig in Ordnung ist, manchmal zu versagen.«

»Danke, nein«, sagte Tima. »Tschüss.« Sie legte auf und hämmerte mit dem Kopf aufs Sofa.

Jetzt, um 1:36 Uhr in der Früh, hatte sie das Gespräch in Gedanken noch einmal vollständig abgespult – und vermutlich würde sie es wieder tun. Immer wieder. Gut möglich, dass sich der Dialog in ihrem Inneren noch 40-mal oder öfter wiederholen würde, wenn sie nichts dagegen *unternahm*. Tima stand auf und trat ans Fenster.

Im Mondlicht sah die Straße zauberhaft aus, eine Allee mit Bäumen, die gerade in voller Blüte standen. Sie lebten in einer wohlhabenden Gegend: Hier standen ausschließlich große Einfamilienhäuser aus rotem Backstein, gebaut im Viktorianischen Zeitalter, mit breiten Auffahrten und hohen Torpfosten. Ihre Eltern betonten immer wieder, wie glücklich sie sich schätzen konnte, hier zu wohnen und auf eine teure Privatschule gehen zu dürfen. Die Kinder aus der örtlichen Schule erinnerten sie ebenfalls oft daran, wenn sie in dem edlen burgunderroten Blazer und mit der Schultasche und dem lächerlichen Strohhut der Prinz-William-Schule an ihnen vorüberlief. Die Kinder erinnerten sie allerdings mit ganz anderen – gemeinen – Worten daran.

Das Problem war, dass Mum und Dad so viel Geld für die Schulausbildung zahlen konnten, wie sie wollten: Tima würde immer mit Leuten wie Lily, Clara und Keira zu tun haben. Die Schule war nicht übel und die meisten Lehrer nett. Sie hatte auch ein paar Freundinnen – aber keine besten Freundinnen. Sie ging noch nicht einmal ein Jahr dorthin, und die meisten der nun unzertrennlichen Freundinnen hatten schon viele Jahre zuvor in der Vorschule zueinandergefunden. Ja, es gab einige freundliche Mädchen an der Prinz-William-Schule, aber Tima fühlte sich irgendwie nie dazugehörig.

Die Musicalrolle ergattert zu haben war in vielerlei Hinsicht großartig gewesen – und sie hatte Tima mitten hinein in eine bestehende Gemeinschaft aus theaterbegeisterten Kindern katapultiert. Darunter waren aber auch Lily & Co. gewesen, und die hatten bei den Proben alles darangesetzt, an Timas Selbstvertrauen zu kratzen: Bei jeder sich bietenden Gelegenheit hatten sie ihre Leistung schlechtgemacht, indem sie ihr

»Tipps« gaben – und die fiesen Kommentare so als Hilfsbereitschaft getarnt.

Wenn Tima, wie die anderen, seit der Vorschulzeit an der Prinz-William-Schule gewesen wäre, hätten Lily, Clara und Keira vielleicht ihre Freundinnen werden können. Jetzt aber würde es nicht mehr dazu kommen.

»Ich will sowieso nicht mit ihnen befreundet sein«, erzählte Tima der kühlen Nachtluft. Das Fenster war weit geöffnet, und ihre Stimme waberte nach draußen in die sanfte Brise.

Draußen schien alles gut zu sein.

Ernsthaft?, fragte sie sich selbst. *Nach dem, was letztes Mal passiert ist? Willst du noch mehr abgefahrene Insekten-Kunststücke sehen?*

Nein. Nicht wirklich. Und doch … Die Straße wand sich auf die Bäume und die Grünfläche mit dem Musikpavillon zu, und der Blütenduft sickerte in ihr Inneres, kitzelte die Sinne und lockte sie wie die sichtbaren Duftschwaden, die in den Tom-und-Jerry-Trickfilmen immer von den Kuchen auf dem Fensterbrett aufstiegen. Da draußen roch es gut. Hier drin waren SpongeBob Schwammkopf, der wie ein Irrer die Zeit wegtickte, und Lilys klebrig süße Häme als Endlosschleife in ihrem Kopf.

Es war Zeit zu gehen.

8

Ich dachte schon, es wäre ein Hirntumor.« Er sagte es leise und stieß einen kleinen, verschämten Grunzer aus. »Ich hatte Angst.«

Elena blieb auf der Straße stehen und starrte ihn an. »Matteus Wheeler? *Angst?!*« Im nächsten Moment wünschte sie schon, sie hätte den Mund gehalten, denn Matts Gesicht verfinsterte sich, und er wandte sich von ihr ab. Wütend schritt er auf das Wäldchen zu. Sie folgte ihm. »Tut mir leid«, sagte sie, »ich wollte dich nicht ärgern. Es ist nur … so eigenartig. Bis vorhin warst du für mich nur dieser Typ aus der Schule, der herumpöbelt und andere verprügelt.«

Er blieb stehen und drehte sich wieder zu ihr um. »So einer bin ich also?«, fragte er und runzelte die Stirn. »Komme ich bei den Leuten wirklich so rüber?«

Elena zuckte mit den Schultern. »Na ja … ja. Du gerätst doch tatsächlich mit einem Haufen Leuten aneinander, oder etwa nicht?«

Er schnaubte. »Ein Haufen Leute gerät *mit mir* aneinander. Und überhaupt – du bist nicht die Einzige hier, die geschockt ist. Was zur Hölle mache ich hier zum Beispiel in aller Öffentlichkeit mit einer Streberin, die Trompete spielt und herumstolziert und redet wie ein … wie ein Moderator im Kinderfernsehen?«

Sie schnaufte empört, merkte dann aber, dass sich ihr Schnaufen in ein Lachen verwandelte. »Eigentlich ist es ein Kornett, keine Trompete. Glaubst du nicht, wir haben *wichtigere* Dinge zu besprechen …?« Unmittelbar nachdem Matt »1:34 Uhr« gesagt hatte, hatte er auch schon die gläserne Garagentür hinter sich zugeschoben und war dann eilig die Straße hinuntergelaufen. Offensichtlich hatte er erwartet, dass Elena ihm folgte. Doch bisher hatten sie nicht einmal ansatzweise über die Schlaflosigkeit gesprochen.

»Nicht hier«, erwiderte er und sah sich unsicher um, als sei er ernsthaft besorgt, dass einer seiner coolen Kumpels sie sehen könnte. »Da drüben.« Er zeigte durch die Bäume hindurch zu einer Lichtung, über die man auf einen Spielplatz gelangte. Tagsüber waren hier die Kinder aus der Nachbarschaft gewesen, hatten sich von den Klettergerüsten baumeln lassen und sich für die Seilrutsche angestellt. Um diese Uhrzeit war der Spielplatz natürlich leer. Matt marschierte geradewegs auf die Schaukeln zu und setzte sich auf eine von ihnen. Elena nahm die andere.

»Du …«, fing sie an, nachdem eine Minute lang Schweigen geherrscht hatte. »Du dachtest also, du hättest einen Hirntumor?«

Er nickte. »Als ich an diesem Tag umgekippt bin … Das hast du gesehen, stimmt's?«

Sie nickte.

»Ich habe mir danach durchgelesen, was sich im Internet unter ›das Gleichgewicht verlieren‹ findet.«

Elena holte tief Luft. »Oje.«

»Ja – bei einem Hirntumor kann man plötzlich umkippen«, erklärte Matt und wirbelte auf dem hölzernen Schaukelsitz um die eigene Achse, bis sich die Metallketten ineinanderdrehten und quietschten. »Oder wenn man multiple Sklerose hat. Oder …«

»… einen Schlaganfall?«, schlug Elena vor.

Matt lächelte gequält.

»Ich habe auch dazu recherchiert«, sagte sie. »Es gibt haufenweise Krankheiten, die wir haben könnten. Die Friedreich-Ataxie, Morbus Wilson … Die ›transitorische ischämische Attacke‹ ist mein persönlicher Favorit.«

»Ja … genau …«, sagte Matt leise, während Elena vor und zurück rutschte, um die Schaukel in ein Pendel zu verwandeln.

»Aber nichts davon ist es«, fuhr sie fort. Elena

genoss die Nachtluft, die ihr beim Vorwärtsschaukeln die Haare aus dem Gesicht blies und sie wieder zurückwirbelte, wenn sie nach hinten schwang. »Es ist etwas anderes. Irgendetwas anderes lässt uns jede Nacht um dieselbe Uhrzeit wach werden. Weißt du … wenn nur ich betroffen wäre, könnte man vielleicht an einen Hirntumor denken oder an ein Geräusch im Haus, das mich aufweckt, oder was weiß ich. Aber wir *beide*? Wir *beide* wachen jede Nacht um 1:34 Uhr auf. Das ist etwas anderes.«

Matt drehte den Schaukelsitz um 360 Grad und ließ die verwickelten Metallketten wieder frei, sodass sie in ihre ursprüngliche Position zurückschwangen und ihn ruckartig in die andere Richtung drehten. »Nimmst du auch diesen Klang wahr?«

Elenas Schaukeln wurde langsamer, bis es nur noch ein sanftes Schwingen war. Dann erst antwortete sie: »Ja. Ich mag ihn. Was genau hörst du denn?«

Auch Matt hörte auf, sich zu drehen. »Ein Lied … irgendwas in der Art zumindest. Es ist wie Musik, die weit entfernt gespielt wird.«

Sie lächelte, dankbar. Es war gut, jemanden zu haben, der einen verstand. »Ja«, sagte sie. »Wie ein Chor oder etwas Ähnliches – aber ich kann nie wirklich eine Melodie oder einen Text ausmachen.«

»Ist es das, was dich aufweckt?«, fragte Matt.

»Ich weiß es nicht«, erwiderte sie. »Ich höre es immer, wenn ich wach werde, aber dann verklingt es nach einigen Sekunden wieder. Ich finde einfach nicht heraus, von wo es kommt. Ich dachte schon, es wäre in meinem Kopf.«

»Das hab ich auch gedacht«, sagte Matt. »Ich habe versucht, es mit dem Handy aufzunehmen.« Er zog sein Mobiltelefon aus der Tasche und öffnete einen Ordner. »Ich habe mir den Wecker fünf Minuten vor der Zeit gestellt, damit ich den Klang einfangen kann.« Er zuckte mit den Schultern und spielte es ab. Knisterndes Rauschen war zu hören. Kein Lied. »Es wurde nichts aufgenommen«, sagte er. »Deshalb habe ich online nach ›Ich höre Dinge in meinem Kopf‹ gesucht.«

»Oh Gott!« Elena stöhnte auf. »Das war bestimmt lustig für dich.«

»Ja. Ich hab mich einmal quer durch die Websites der Selbsthilfegruppen von psychisch Kranken gelesen.« Er seufzte und hob eine Augenbraue. »Aber immerhin haben die Stimmen in meinem Kopf mir nicht befohlen, jemanden umzubringen. Noch nicht, zumindest.«

»Dann ist ja alles supi«, erwiderte Elena lachend,

verblüfft darüber, dass Matt Wheeler Witze machen konnte. »Aber du sagst mir, falls sich daran etwas ändert, in Ordnung?«

Tima lief durch die Grünanlage, blieb eine Weile am Musikpavillon stehen und schlenderte dann durch die Straßen. Die Wildledersohlen ihrer Jazzschuhe dämpften ihre Schritte. Je länger sie umherlief, umso ruhiger wurde sie. Im Vorbeigehen ließ sie ihre Finger über die kühlen, seidenweichen Blätter der Büsche und Sträucher in den Vorgärten gleiten. Manchmal erhoben sich Insekten von den Blättern. Motten, Schnaken, Mücken, Käfer. Jedes Mal bat sie die geflügelten Tierchen, spiralförmig nach oben zu fliegen. Und das taten sie, jedes einzelne Mal.

Tima glaubte nicht länger, dass sie träumte. Seit der Schmetterlings-Choreografie vor dem Fenster der Arztpraxis wusste sie, dass es Wirklichkeit war. Oder zumindest *ihre* Wirklichkeit. Blieb nur noch die Frage, ob andere Menschen es auch sehen konnten. Und das würde sie ganz leicht herausfinden, indem sie es jemandem zeigte. Wenn sie morgen früh ins Elternschlafzimmer spazierte und eine kleine Fliegerstaffel Marienkäfer bitten würde, als roter Pfeil vorbeizufliegen, würde sie es wissen.

Sollten Mum und Dad es auch sehen können, würden sie ausflippen. Und wenn sie es nicht sehen könnten, würden sie Tima zu einem Psychologen schleppen.

Tima wusste nicht, was davon sie mehr fürchtete. Aber jetzt und hier, mitten in der Nacht, alleine draußen – in einer Situation, in der sie normalerweise nervös und ängstlich wäre –, ging es ihr eigentlich sehr gut. Sie fühlte sich erfrischt und war neugierig und aufgeregt, was die Insektenwelt alles für sie tun würde.

Tima fühlte sich leicht – so leicht, dass sie im bläulichen Schein einer Straßenlaterne sogar ein paar Tanzschritte wagte. Sie machte einen *Shuffle Ball Change* und versuchte sich sogar an einem *Triple Time Step* – gar nicht so einfach in Jazzschuhen. Seit zwei Jahren nahm sie nun schon Unterricht im Stepptanz und im zeitgenössischen Tanz, und so langsam hatte sie den Dreh raus.

Tima hob die Arme und wirbelte herum, und währenddessen passierten zwei Dinge:

Zunächst stob über ihrer rechten und ihrer linken Hand ein Schwarm Nachtinsekten aller Art nach oben und schimmerte im Straßenlampenlicht. Vor Freude hätte Tima am liebsten laut gesungen. Wo war ihre Angst? Wo war sie nur geblieben?

Dann kehrte ihre Angst zurück.

Und urplötzlich hatte diese Angst ihre Seele fest im Griff. Dort war etwas, dort drüben, unter den Bäumen auf der anderen Straßenseite. Es hatte die Gestalt eines Menschen und gleichzeitig so gar nichts Menschliches an sich, wie es dort, in Schwarz gehüllt, von einem der unteren Äste herabhing. Sein Gesicht war totenbleich, seine Augen hatte es auf Tima gerichtet, sie schienen zu glühen. Tima hielt den Atem an und erstarrte.

Die schwarze Kreatur im Baum rührte sich nicht. Sie neigte nur langsam und bedächtig den weißen Kopf, als wolle sie Timas Statur für ein Gemälde abschätzen … oder für einen Angriff.

Timas Beine lösten sich aus ihrer Starre und rannten los. Sie liefen unglaublich schnell, donnernd setzten die Füße auf dem Gehweg auf. Tima wusste nicht einmal, in welche Richtung sie lief. Ihr ganzer Körper kribbelte vor Angst. Dieses *Ding*. Dieses Ding unter dem Baum! Sie querte mehrere Straßen, hörte nur noch ihre eigenen bangen, gehetzten Atemzüge und war zu ängstlich, um sich umzudrehen. Dann sprang sie über eine niedrige Metallstange, die auf Betonpfeilern befestigt war und den Beginn einer Grünfläche markierte. Sie raste über den kurz geschnittenen Rasen. Wie war sie so schnell so weit durch die Stadt gekommen? Wohin würden ihre panischen Beine sie noch führen? Tima hätte doch eigentlich nach Hause rennen sollen! Doch sie spürte – *wusste* –, dass sich zwischen ihr und ihrem Zuhause immer noch die düstere herabhängende Gestalt befand.

Sie hatte sich zu weit von ihrer schicken Wohngegend entfernt und war nun in ein ungemütlicheres Viertel geraten, in dem schlichte Häuserreihen mit Kieselrauputz standen und die Bushaltestellen mit Graffiti übersät waren. Und da sie noch nicht lange in der Stadt wohnte, hatte sie keine Ahnung, wie sie von hier aus wieder zurückfinden sollte.

Dreh dich um!, schrie ihre innere Stimme. *Sieh hin! Wahrscheinlich verfolgt es dich gar nicht. Sieh doch hin!*

Natürlich. Vermutlich war es nur ein Schatten gewesen, und ihre Fantasie hatte ihr einen Streich gespielt. Tima drehte sich um.

Ein gurgelnder Schrei drang aus ihrer Kehle.

Es *folgte* ihr. Wie eine Welle aus schwarzem Rauch, dicht über dem Gras, nur einige Meter hinter ihr, mit glühenden Augen, mühelos mit ihr Schritt haltend. Sie konnte es *atmen* hören. Sie konnte es *lachen* hören. In diesem Augenblick wusste Tima, dass sie sterben würde.

9

Dies ist meine neunte Nacht.«

Matt schwieg eine Weile und zählte in Gedanken. Dann nickte er. »Meine auch.«

»Bis zur dritten Nacht habe ich mir nicht allzu viele Gedanken darüber gemacht«, fuhr Elena fort. »Erst dann habe ich begriffen, was vor sich geht. Es ist immer 1:34 Uhr. Jede Nacht dasselbe. Schlafen … oh Mann, ich würde so gerne schlafen. Richtig schlafen. Durchschlafen, so wie ich es früher konnte. Ich bekomme insgesamt nicht mehr als drei, vielleicht vier Stunden zusammen. Ich hab das Gefühl, mein Gehirn bröckelt allmählich auseinander.«

Matt nickte wieder und wollte gerade etwas erwidern, als die beiden den Schrei hörten. Blankes Entsetzen lag darin. Und er kam vom anderen Ende des Spielplatzes, wo die Bäume standen.

Matt und Elena sprangen auf und starrten sich an.

»Füchse«, murmelte Elena. »Es wird eine Füchsin gewesen sein … Die schreien doch so, oder?« Doch der zweite Schrei, der jetzt folgte, klang nicht sehr füchsisch, wie Elena zugeben musste.

Er klang menschlich. Und auch das hörbare Schluchzen schien von einem Menschen, einem jungen Menschen, zu stammen, der in Panik war.

Matt lief in die Richtung, aus der die Schreie gekommen waren. Elena rannte ebenfalls los. Weshalb? Sie wusste es nicht. Die Schreie und das Schluchzen jagten ihr wahnsinnige Angst ein, aber sie wusste, dass sie das Ganze nicht ignorieren konnte. Drüben, wo der Spielplatz an die Crabtree Road grenzte, konnte sie eine kleine Gestalt ausmachen, die über den Rasen stolperte. Ein Mädchen?

Das Mädchen blieb neben ein paar Bäumen stehen und schien sich in der Luft zu winden. Sie stolperte rückwärts und fiel hin, dann schirmte sie ihr Gesicht mit den Armen ab, als würde sie von etwas Schrecklichem verfolgt. Doch Elena sah nichts und niemanden, der sie gejagt hätte.

Matt erreichte die Stelle als Erster. Er versuchte das Mädchen zu beruhigen, das aber weiter weinte und schrie. Sie war zierlich, hatte langes dunkles Haar und war vielleicht zehn oder elf Jahre alt. Zu ihren schwarzen Leggings trug sie eine schwarze Kapuzenjacke und leuchtend rote Lederschuhe. Als Elena die beiden in vollem Tempo erreichte, ließ sie sich auf die Knie fallen und rutschte durchs feuchte Gras. Dann legte sie ihre Hände auf die zitternden Schultern des Mädchens. »Ist ja gut!«, sagte sie. »Ist ja gut – du bist in Sicherheit.«

Irgendwann hob das Mädchen den Kopf, ihre dunklen Kulleraugen standen voller Tränen, ihr Kinn zitterte. Sie holte tief Luft, bevor sie sich umdrehte und hinter sich sah.

»Wer hat dich verfolgt? Weshalb hast du so eine Angst?«, fragte Elena.

Das Mädchen blickte gehetzt in alle Richtungen, scannte die Schatten um sich herum ab. Schießlich blieb ihr Blick auf Matt und Elena ruhen. »Ich weiß nicht, wer mich verfolgt hat«, sagte sie mit dünner hoher Stimme. »Es war ein dunkler Schatten, und er bewegte sich wie Rauch.«

Elena lief ein Schauer über den Rücken. Sie drückte die Schulter des Mädchens. »Wie heißt du? Was tust du hier mitten in der Nacht?«

»Ich konnte nicht schlafen«, sagte das Mädchen und schniefte. Sie stand auf und schien sich selbst abschütteln zu wollen. Dann atmete sie lange und ruhig aus, fasste sich und sagte: »Ich heiße Tima.«

»Alles klar. Ich bin Elena, und das ist Matt. Wir –«

Matt fiel ihr ins Wort. »Du konntest nicht schlafen? Was heißt das? Nur heute Nacht?«

Das Mädchen zuckte mit den Schultern und

sah sich wieder ängstlich um: »Nur heute Nacht? Nein. Ich schlafe schon seit eineinhalb Wochen nicht mehr gut.«

Matt und Elena sahen sich an. »Um welche Uhrzeit wachst du auf?«, fragte Matt leise.

Sie starrte die beiden an, schien zu begreifen, dass diese Frage sehr wichtig war. »Um 1:34 Uhr«, erwiderte sie. Als die beiden erstaunt auflachten, blinzelte sie verwirrt. »Wieso? Weshalb fragt ihr?«

»Wo wohnst du?«, wollte Elena wissen. »Wir bringen dich nach Hause, und auf dem Weg dorthin können wir uns unterhalten.«

Er hing zwischen den raschelnden Blättern, mitgerissen von einem Sog aus Schwermut, und beobachtete sie.

Die drei gingen davon, sie bewegten sich durch sein Gebiet, als ob es ihnen, nicht ihm gehörte. Er spürte, wie ihm vor Ärger das Blut heiß durch die Adern lief. Das war nicht richtig. Dies hier war sein Ort. Seine Zeit. Wenn sie noch einmal um diese Uhrzeit hierherkommen sollten, würde das Folgen haben.

»Es muss irgendetwas geben, das uns drei miteinander verbindet«, sagte Elena, die unwillkürlich die Stimme senkte, als sie um die Ecke in Timas

Straße einbogen. Die lag mitten in dem Viertel, das ihre Mum als Bonzen-Getto bezeichnete. »Irgendeinen Grund, weshalb wir alle um dieselbe Zeit aufwachen. Vielleicht gibt es ja noch einen Haufen anderer Menschen, denen es so geht.«

»Vielleicht«, grummelte Matt. »Aber wenn es wirklich noch einen Haufen anderer Leute gäbe, wären die Zeitungen mittlerweile voll davon, und sie würden im Radio darüber berichten. Mein Dad hört immer den lokalen Radiosender, wenn wir an den Autos arbeiten. Die sprechen über *alles*, was hier in der Stadt so vor sich geht. Da rufen Leute an, um sich über Hundekacke oder Müll in ihrem Vorgarten zu beschweren oder über die Gemeindesteuer. Mir kommt das alles schon zu den Ohren raus – aber von dieser Sache hab ich noch nie was gehört.«

»Stimmt«, meinte Elena. »Und ich habe auf der Website der Stadt Thornleigh nachgesehen, im Online-Forum zu städtischen Angelegenheiten. Ich habe dort sogar die Frage gepostet, ob jemand Schlafprobleme hat, weil er vom Lärm aus dem Industriegebiet geweckt wird. Ich dachte anfangs, es hätte etwas damit zu tun. Aber niemand hat mir geantwortet, zumindest niemand, dem es ähnlich ging.«

»Erwachsene hören nicht immer, was wir hören«, sagte Tima. »Es gibt einige hohe Frequenzen, die sie nicht wahrnehmen, weil ihr Gehör nicht mehr so gut ist. Ich bin zehn, also ist mein Gehör vermutlich in Bestform. Vielleicht können es nur Kinder hören.«

Elena nickte. »Da könntest du recht haben, Kleine.«

»Ich *bin* nicht klein«, sagte Tima gekränkt, obwohl sie Elena gerade einmal bis zum Kinn reichte.

Elena stutzte. Für eine Zehnjährige schien sie sehr selbstbewusst zu sein. Sie konnte sich auch fabelhaft ausdrücken und bewegte sich wie eine Tänzerin.

»Wie dem auch sei«, fuhr Tima fort, »für mich hört sich das nicht nach Fabrikgeräuschen an. Es klingt wie ein … Lied.«

Wieder sahen Matt und Elena sich an. Jetzt gab es keinen Zweifel mehr. Das Lied. »Beschreib es uns«, bat Elena.

»Es ist prächtig und warm«, erklärte Tima und schloss für einen Moment ihre Augen mit den dunklen Wimpern. »Es klingt, als sei es sehr weit weg. Wie ein Fluss aus Musik, der aus einer anderen Welt hereinströmt.«

Elena nickte. »Das hast du gut beschrieben. Genauso ist es.«

Matt sagte nichts. Elena stupste ihn an. »Und?«

Matt verdrehte die Augen und vergrub die Hände tief in den Taschen seiner Jeans. »Hört mal – es ist nur irgendein *Klang*«, murmelte er. »Und wir werden wach davon. Es ist nichts Mystisches oder Geheimnisvolles, es ruiniert einfach unser Leben. Ich bin in der Schule hingefallen. *Hingefallen*. Wie ein Dreijähriger – vor all meinen Kumpels. Mir ist es scheißegal, ob es für dich wie ein Opernabend klingt, ich will nur, dass es aufhört. Wir müssen herausfinden, woher es kommt – und es beenden.«

Tima wandte sich an Elena: »Hast du eine Idee, wo es herkommen könnte?«

Elena zuckte mit den Schultern. »Ich könnte mir immer noch vorstellen, dass es irgendein Geräusch ist, das vom Industriegelände herüberschallt. Ihr wisst doch – vom Tausendbruch. Er ist nicht weit von mir entfernt, und manchmal höre ich auch so etwas wie ein Echo von dort. Das könnte die Ursache sein. Vielleicht haben sie dort eine neue Maschine, die sich jede Nacht um 1:34 Uhr automatisch einschaltet.«

»Dann lasst uns das herausfinden«, sagte Matt. »Wir könnten morgen dort vorbeigehen und nachsehen.«

Elena zwinkerte ihm zu. »Das ist eine gute Idee.«

»Tja, weißt du, manchmal hab sogar ich eine gute Idee«, grummelte Matt.

»Jetzt sei doch nicht so«, sagte Elena. »Ich weiß, das hier ist merkwürdig und abgefahren – aber immerhin muss nicht jeder von uns allein damit fertigwerden. Zumindest sind wir zu dritt.«

Tima nickte lächelnd. »Es tut richtig gut, darüber zu sprechen. Und, Matt, ich weiß, wie du dich fühlst. Du bist vor all deinen Kumpels umgekippt. Ich hatte während meines Musical-Solos bei der Schulaufführung einen Totalausfall. Vor 300 Zuschauern. Und dann hat ein Mädchen, das ich nicht ausstehen kann, meine Rolle übernommen. Gestern Abend rief sie mich an, um mir zu sagen, wie toll alles gelaufen sei und dass sie bald eine Agentin habe, die ihr neue Rollen besorgt.«

»Autsch«, entfuhr es Elena. »Und ich habe heute vor dem versammelten Schulorchester geheult wie ein Baby.« Sie bemerkte, dass Matt ihr einen Blick zuwarf. Er wirkte … ja, wie? Besorgt? Schuldbewusst? Vermutlich erinnerte er sich daran, dass Elena gerade auf dem Weg zur Orchesterprobe gewesen war, als seine Kumpels sie schikaniert hatten.

»Hier wohne ich«, sagte Tima. Die drei blieben vor einem großen viktorianischen Haus mit breiter Auffahrt stehen. »Ich würde euch ja hereinbitten, aber …« Sie grinste. Nichts erinnerte mehr an das panische, schlotternde Wesen, das Elena und Matt auf dem Spielplatz getroffen hatten.

»Ja, wir sollten jetzt wohl alle nach Hause gehen«, sagte Elena. »Wer weiß, vielleicht bekommen wir ja noch ein oder zwei Stunden Schlaf.« Die anderen sahen sie unbewegt an. Sie alle wussten, dass es unwahrscheinlich war, noch zwei Stunden schlafen zu können.

»Und was ist nun mit dem Industriegebiet?«, fragte Matt. »Wann gehen wir dorthin, um uns mal umzusehen?«

Elena überlegte. »Morgen ist Samstag – ich meine, heute. Wir könnten also tagsüber zum Tausendbruch gehen. Denen dort weismachen, dass wir an einem Schulprojekt arbeiten oder so was – und einige Fragen stellen.«

»Oder wir gehen heute Nacht auf Erkundungstour«, schlug Matt vor. »Wir werden ja sowieso wieder wach sein …«

»Wir können ja beides tun«, sagte Tima. »Ich habe Tanzstunden in der Tanwyn Street, von dort sind es zu Fuß nur ein paar Minuten bis ins Industriegebiet. Der Unterricht beginnt um zehn und dauert immer zwei, drei Stunden. Mum lädt mich immer in der Nähe ab, weil man vor dem Tanzstudio schlecht parken kann. Das heißt, sie wird gar nicht mitbekommen, dass ich zwar in Richtung Studio laufe, mich aber stattdessen mit euch treffe.«

»In Ordnung«, sagte Elena. »Dann treffen wir uns um kurz nach zehn am Tausendbruch. Was ist mit dir, Matt?«

Er schüttelte den Kopf. »Ich werd den ganzen Samstagvormittag Autos für meinen Dad reinigen. Ihr zwei müsst alleine gehen. Ich falle sowieso zu sehr auf, weil ich nicht gerade aussehe, als ob ich an einem Schulprojekt arbeite. Niemand wird mir glauben.«

Elena widersprach ihm nicht. Sie wusste, was er meinte. Nichts an Matteus Wheeler erinnerte an einen Schüler. Allein die Tatsache, dass er eine Schuluniform tragen musste, schien ein Verstoß gegen seine Bürgerrechte zu sein.

»In Ordnung. Dann gehen wir beide morgen früh dort hin«, sagte sie zu Tima. »Ich meine *heute* früh, am Vormittag. Und wir drei könnten uns morgen Nacht um 2 Uhr wieder treffen. Aber wo?«

»Sie sollte nachts nicht alleine herumlaufen«, sagte Matteus mit einem Blick auf Tima. »Wir treffen uns hier.«

»Auf keinen Fall!«, rief Tima aufgebracht. »Ich bin kein *Baby* mehr! Und es ist auch nicht sicher genug, wenn wir uns direkt bei mir treffen. Was, wenn Mum oder Dad aufstehen, um sich ein Glas Wasser zu holen, und dann aus dem Fenster schauen, während ihr hier vor dem Haus herumlungert?«

Matt lächelte kühl. »Dann denken sie, ich checke ab, wo man hier am besten einsteigen kann, um euch zu beklauen.«

»Eben!«, erwiderte Tima.

Elena lachte so laut, dass sie sich die Hand vor den Mund halten musste. »Sie hat recht«, sagte sie, immer noch kichernd. »Du siehst wirklich wie ein Verbrecher aus! Weil du immer so ein Gesicht ziehst!«

Finster starrte Matt auf den Gehweg.

»Ich weiß gar nicht, weshalb du dich darüber wunderst«, fuhr Elena fort. »Du setzt die ganze Zeit alles daran, wie ein Gangster rüberzukommen. Deshalb – was für eine Überraschung – halten dich die Leute auch für einen.«

»Ich weiß ja, dass du keiner bist«, sagte Tima und berührte Matts Arm. »Du warst vorhin, als ich verfolgt wurde, wirklich nett zu mir.«

»Ja, na ja …«, erwiderte Matt. »Erzähl's bloß keinem.«

»Wir können uns dort drüben am Musikpavillon treffen«, sagte Tima und zeigte hinüber zu der kleinen, gepflegten Grünanlage des Viertels. »Das ist nur ein kurzer Weg für mich, mir kann nichts passieren. Und falls mir doch jemand dumm kommt, setze ich die Motten auf ihn an.«

Elena lachte. Sie mochte Timas Sinn für Humor. Erst als das kleine Mädchen ins Haus gegangen war und Matt und sie alleine draußen standen, bemerkte sie die Motten. Es waren etwa zwölf Stück – braune, schwarze, grün gefleckte und hellgelbe. Sie hatten sich auf der Gartenmauer vor Timas Haus aufgereiht wie Wachposten.

Elena schüttelte den Kopf und seufzte. »Ich brauche wirklich etwas Schlaf.«

10

Eure Namen stehen nicht auf der Liste.«

Elena atmete tief durch. So, wie der Kerl in der Warnweste sich aufspielte, hätte man meinen können, sie wollten nicht den aufgeplatzten Asphalt des örtlichen Industriegebiets betreten, sondern den Stadionrasen beim Endspiel der Fußballweltmeisterschaft.

»Ich weiß«, erwiderte sie dann. »Wir haben mit niemandem einen Termin ausgemacht. Wir hätten auch nur einige Fragen, für unser Projekt. Das ist alles.«

»Und wen wollt ihr fragen?« Der junge Mann legte sein Klemmbrett zur Seite, auf dem die Namen all der glückseligen Menschen standen, denen Eintritt zu den heiligen Hallen des legendären Industriegebiets Tausendbruch gewährt wurde.

»Ähm … Ich weiß nicht. Jemanden aus der Zentrale, schätze ich«, erwiderte Elena.

»Es dauert nicht lange«, warf Tima ein und winkte mit ihrem eigenen Klemmbrett und dem Stift. »Wir müssen nur ein paar Arbeitsblätter ausfüllen, die wir bekommen haben.«

»Klingt nach einem merkwürdigen Schulprojekt«, grummelte der Mann. Er griff nach seinem Funkgerät und hielt es mit beiden Händen fest umklammert, als ob es ein Lichtschwert wäre. In seiner kleinen weißen Kabine hing ein *Star Wars*-Kalender an der Wand. »Wer würde denn seine Schüler für so etwas herschicken?«

»Das Projekt ist nicht für die Schule«, sagte Elena. »Es läuft im Rahmen des Internationalen Jugendprogramms. Wie erarbeiten etwas zum Thema ›Einheimische Industrieunternehmen‹ – dazu, welche Rolle sie für die Stadt spielen.«

Der Kabinen-Jedi schien unbeeindruckt. »Trotzdem braucht ihr einen Termin.«

»Das ist wirklich schade«, sagte Tima und senkte den Kopf. »Ich hätte nicht gedacht, dass es ein Problem geben könnte. Vielleicht sollten wir gleich beim *Thornleigh-Anzeiger* anrufen und in der Redaktion Bescheid geben, dass wir den Artikel doch nicht schreiben können.«

Elena sah zu ihr hinüber. Was hatte die Kleine nur vor?

»Beim *Thornleigh-Anzeiger*?«, wiederholte der Mann. »Der Lokalzeitung?«

»Ja«, erwiderte Tima. »Wir haben dort von unserem Projekt erzählt, und sie wollten, dass wir eine Reportage darüber für ihre ›Junge Seite‹

schreiben.« Sie seufzte. »Ich fürchte, jetzt können wir nur davon berichten, dass wir gar nicht erst hineingelassen wurden. Vielleicht, weil wir Mädchen sind …« Sie drehte sich um. »Komm, Elena. Lass uns gehen.«

»Wartet!« Der junge Mann sah plötzlich beunruhigt aus. Mit Recht, dachte Elena. Tima war unglaublich überzeugend gewesen. »Warum habt ihr das nicht gleich gesagt?«, fuhr er fort. »Wir haben hier jemanden, der für die Öffentlichkeitsarbeit zuständig ist. Ich rufe gleich mal an.«

Er ging zurück in seine Kabine und griff nach dem Telefon.

Zehn Minuten später wurden sie von einer netten Frau namens Julie auf dem Gelände des Tausendbruchs herumgeführt.

»Schön, dass sich junge Mädchen wie ihr für Wirtschaft und Industrie interessieren«, sagte Julie. Sie trug eine marineblaue Jacke, die ihr etwas zu klein war, hatte dunkle Locken und rosige Wangen. »Wir beginnen bei Radleigh, der Firma für Dämmstoffe, in Ordnung? Danach schauen wir bei den Schlosser-Eisenwerken vorbei, dann beim Gastronomiezulieferer Fenchurch, und zum Schluss geht's hinüber zu Lederwaren-Lowland.«

Sie gingen zügig den Hauptzufahrtsweg entlang, der einmal quer über das gesamte Gelände führte, das früher ein Steinbruch gewesen war – der Tausendbruch. Fünf kleinere Wege zweigten im rechten Winkel davon ab, an die sich verschiedene Gebäude reihten. Bei einigen der Gebäude handelte es sich um große Lagerhallen, vor denen Transporter und offene Lastwagen parkten. Manche Bauten waren nur eingeschossig, vor ihnen standen oft nicht mehr als ein oder zwei Lieferwagen. Alles spielte sich unmittelbar vor einem Hügel ab, in den sich damals, im 19. Jahrhundert, Generationen von Steinbruch-Arbeitern gehackt hatten. Eine hohe, steile Felswand war davon zurückgeblieben. Ihre kreideweiße Fläche war hier und da mit üppig wuchernden Sommerfliederbüschen und Weidenröschen gespickt, die sich an die grob behauenen Steine klammerten. Vermutlich konnte man den Abhang hinaufklettern, dachte Elena, es gab viele Haltegriffe. Aber wer sollte so etwas wollen? Die Felswand war dreimal so hoch wie ihr Haus, und wenn man dort den Halt verlor, würde man auf einen Stapel Stahlschwerter oder eine Palette mit Schlackenbetonsteinen fallen. Bei dem Gedanken lief ihr ein Schauer über den Rücken.

Elf Industrieunternehmen hatten ihren Sitz im Tausendbruch, und schon beim Besuch des sechsten war Elena kurz davor aufzugeben. Nie zuvor hatte sie sich an einem Samstag so sehr gelangweilt. Zu Hause, kurz bevor sie wieder ins Bett gegangen war, hatte sie sich einen Fragebogen für die Firmen ausgedacht, ihn fein säuberlich ausformuliert und eine Kopie für Tima gemacht. Darin standen allgemeine Fragen wie: »Wann geht es morgens bei Ihnen los?« oder »Wie viele Personen arbeiten hier?«, danach ging es um Umweltthemen – »Wie nachhaltig arbeitet Ihre Firma?« – und im Anschluss ans Eingemachte: »Entsteht Lärm bei der Produktion?«, »Gibt es Maschinen, die die ganze Nacht über in Betrieb sind?«, »Hat sich schon einmal jemand darüber beschwert?«.

Womit sie und Tima allerdings nicht gerechnet hatten, war, wie viel Zeit das alles in Anspruch nehmen würde. Nicht etwa deshalb, weil ihnen niemand hätte helfen wollen, sondern ganz im Gegenteil – weil ihnen fast *jeder* helfen wollte. Die Leute waren beinahe *zu* hilfsbereit und antworteten wahnsinnig ausführlich auf jede ihrer Fragen. Elena kam es vor, als seien sie alle mächtig gelangweilt von ihrer Arbeit und froh über die Ablenkung. Sie selbst bemühte sich beim Zuhören darum, ein fasziniertes Gesicht zu machen. Oder einfach nur sehr freundlich zu sein. Zum Glück machte wenigstens Tima einen engagierten Eindruck.

Eine Stunde später hatten sie in acht der insgesamt elf Firmen Interviews geführt. Bei zwei weiteren wurde samstags nicht gearbeitet. Eine Firma war also noch übrig. Und was hatten Elena und Tima bisher erfahren? Überhaupt nichts, was hilfreich gewesen wäre. Niemand hatte eine Idee, was nachts hier vor sich ging, weil niemand um diese Uhrzeit im Tausendbruch war. Alle Angestellten, die sie befragt hatten, gingen abends nach Hause und schliefen in der Nacht, wie jeder normale Mensch.

»Wessen Idee war das hier noch mal?«, murmelte Tima, als sie Julie hinüber zu Sentry Super-Pack folgten – einem riesigen Warenlager voller Verpackungsmaterial, das direkt an die Felswand des Steinbruchs gebaut worden war. Durch seine gewaltigen, weit geöffneten Tore sah man Regale, die bis unter die Decke reichten und in denen dicht an dicht Umzugskartons und Versandumschläge, Papier und Luftpolsterfolien lagen.

»Achtung!«, sagte ein stämmiger Mann in einem Arbeitsoverall, als sie den Eingang zur Lagerhalle erreichten. »Hier kommen die Toten!« Er trug einen Pappkarton voller Federn.

Nein. Es waren nicht bloß Federn. In dem Karton lagen Vögel. Eine Taube, eine Saatkrähe und zwei Stare. Alle tot.

Elena und Tima blieben wie angewurzelt stehen.

»Noch mehr?«, fragte Julie. »Oh, wie furchtbar, nicht wahr? Ich frage mich, weshalb sie immer wieder hier hineinfliegen.«

»Was weiß ich«, entgegnete der Mann achselzuckend. »Blöde Viecher. Die flattern hier rein, aber nicht eines von ihnen findet wieder hinaus. Und das Erste, was man morgens sieht, sind dann die da – mausetot auf dem Fußboden, ganz hinten in der Halle. Man sollte doch meinen, dass Vögel nach draußen ins Licht fliegen, oder? Auf dem Gelände hier brennen doch auch nachts Lampen! Dämliches Federvieh.«

»Äh … ist das normal?«, fragte Tima.

Julie schüttelte den Kopf. »Eigentlich nicht. Das heißt, immer mal wieder gerät ein Vogel in eine der großen Hallen, flattert dann aufgeregt herum und hinterlässt seinen Kot auf den Lagerbeständen. Aber normalerweise finden die Tiere von allein wieder hinaus. Dieser träge Haufen hier« – sie zeigte verächtlich auf den Pappkarton – »scheint allerdings kein Vogelhirn zwischen den Federn zu haben.«

»Wie lange geht das denn schon so?«, fragte Elena und versuchte noch einen Blick in den Karton zu erhaschen.

Der Mann nahm den Pappkarton auf die Schulter und spitzte nachdenklich die Lippen. »Ein paar Wochen«, erwiderte er dann. »Schade, dass ich keinen Krähen-Tauben-Auflauf mag!« Dann ging er weiter, um die leblosen Körper in einem großen Müllcontainer auf dem Parkplatz des Geländes zu entsorgen.

»Warten Sie«, rief Elena. Sie lief ihm mit dem Klemmbrett hinterher und kam gleich zur wichtigsten aller Fragen. »Ist Ihnen noch etwas anderes aufgefallen, was Ihnen merkwürdig vorkommt? Ein seltsames Geräusch vielleicht …? Eventuell in der Nacht …?«

Fragend blickte er sie an.

Elena hielt das Klemmbrett hoch und lächelte. »Es geht um … eine Studie. Ein Projekt, an dem wir arbeiten.«

Der Mann zog die Stirn unter seinen grau werdenden Haaren kraus. »Ein Geräusch? Nachts? Also, gegen sieben oder acht Uhr abends fahre ich immer nach Hause, von daher würde ich es gar nicht mitbekommen, Schätzchen. Aber ansonsten – nein, nichts – nur tote Vögel. Mit Furcht einflößenden toten Augen … Huuuhuuuuuu!« Er schlug direkt vor Elena mit den Armen auf und ab, was wohl gruselig wirken sollte. »Ist das seltsam genug für dich?«, rief er lachend. »Das werden wohl die letzten für heute gewesen sein«, fügte er mit einem Blick auf den Müllcontainer hinzu.

Dann ging er wieder seiner Wege. Weder Tima noch Elena sagte etwas, aber beide wussten, dass es nun Zeit war zu gehen. Elena dankte Julie herzlich. »Es war sehr nett von Ihnen, dass Sie uns Ihre kostbare Zeit geschenkt haben.«

»Gern geschehen«, sagte Julie. »Ihr habt mich vor einem langweiligen Vormittag im Büro bewahrt. Es war mal eine willkommene Abwechslung, meine Zeit mit solch klugen jungen Köpfen wie euch zu verbringen. Ich hoffe, ihr schreibt einen tollen Artikel für die Zeitung.«

»Oh, das werden wir«, antwortete Tima und warf Elena einen schuldbewussten Blick zu.

Als sie das Gelände verließen, winkten sie dem jungen Mann in der Kabine zum Abschied zu, und er winkte fröhlich zurück.

»Ich fühle mich mies«, sagte Tima.

»Geht mir genauso«, erwiderte Elena. »Vielleicht sollten wir wirklich einen Artikel für den *Thornleigh-Anzeiger* verfassen.«

»Nicht deswegen. Wegen der Vögel. Wegen der Lagerhalle. Hast du das nicht gespürt? Das war … nicht gut.«

»Die toten Vögel waren gruselig«, gab Elena

zu. »Aber ansonsten sah es dort doch ganz normal aus.«

»Nein, eben nicht«, sagte Tima. »Es war leer.«

»Leer? Die Lagerhalle war *rappelvoll* mit Luftpolsterfolie und Versandumschlägen. Sie war sozusagen vollge*packt* mit Ver*pack*ungen!«

Tima ging langsamer und sah dabei auf ihre Füße. Sie sprach ganz leise. So leise, dass Elena zuerst dachte, sie hätte sich verhört. »Es gab dort keine Insekten.«

Elena überlegte, wie sie am besten darauf antworten sollte. »Ich glaube, du bist einfach etwas übermüdet«, sagte sie schließlich. »Diese Schlaflosigkeit … die bringt einen völlig durcheinander. Vielleicht solltest du auch mal was essen.«

»Nicht einmal Spinnen.«

Elena riss der Geduldsfaden. Auch etwas, was ihr in den letzten Tagen immer öfter passierte. Menschen, die unter Schlafmangel litten, waren nicht besonders geduldig. »Wovon redest du da bitte? Wie um alles in der Welt kannst du das wissen? Natürlich gab es dort Spinnen. Tausende! Es ist eine riesige, verstaubte Lagerhalle.«

Tima schwieg. Dann sagte sie: »Ich will jetzt nach Hause«, und klang dabei plötzlich wie ein kleines Kind. »Ich gehe zurück zur Tanzschule, weil Mum mich dort abholen kommt. Bis heute

Nacht am Pavillon.« Und weg war sie, ohne ein weiteres Wort.

Elena blieb an der Ecke stehen und sah ihr nach. Es fröstelte sie. Tima machte einen vernünftigen Eindruck, aber erst war da dieser »dunkle Schatten« gewesen, der sie angeblich gejagt hatte, den aber weder Matt noch sie hatten sehen können – und nun brabbelte sie etwas von fehlenden Insekten. Vielleicht war das kleine Mädchen einfach ein bisschen durcheinander.

Dann kam ihr ein neuer Gedanke. Vielleicht war *sie* ja ebenfalls ein wenig durcheinander …

11

Erst als sein Kopf an der Windschutzscheibe hinunterrutschte, merkte Matt, dass er eingenickt war. Sein Mund hatte sich wie ein Gummischrubber an dem sauberen Glas festgesaugt, sein verschlafenes Gesicht ruckelte wirr und zerknittert hinterher. Wenn jemand im Inneren des Autos gewesen wäre, hätte es für ihn wahrscheinlich ausgesehen wie der Angriff des Quallenmensch-Mutanten. Ein langsamer, verwirrter Angriff.

Den ganzen Morgen hatte Matt bereits gegen die Müdigkeit angekämpft, und nun, da es fast Mittag war, konnte er kaum noch die Augen offen halten.

Die letzte Nacht war rundum toll gewesen: Matt war erleichtert darüber, seine Probleme endlich mit zwei anderen Menschen teilen zu können, die ihn genau verstanden. Er hatte begriffen, dass er nicht einfach nur irgendein einsamer Freak in dieser Stadt war, und es tat gut, so etwas wie einen Plan zu haben. Das Industriegebiet unter die Lupe zu nehmen war zumindest ein Anfang. Als er im Morgengrauen endlich zurück ins Bett kriechen konnte, war es ihm durch die aufregende Begegnung jedoch noch schwerer als sonst gefallen, abzuschalten und noch einmal einzuschlummern. Samstags musste er nicht ganz so früh aufstehen. Normalerweise begann er zwischen 9 Uhr und 10 Uhr morgens mit seinen Aufgaben – das hing davon ab, wie viele Kunden auf ihre gereinigten Fahrzeuge warteten. An ruhigen Tagen ließ Dad ihn bereits um die Mittagszeit gehen, und er hatte den Nachmittag über frei.

Vielleicht hatte er noch eine Stunde geschlafen, zusätzlich zu den drei Stunden, die er vor 1:34 Uhr im Bett verbracht hatte. Das heißt, insgesamt waren es höchstens vier Stunden Schlaf für ihn gewesen. Nach dem Frühstück hatte er todmüde und im Autopilot-Modus an den Wagen gearbeitet. Dad hatte ihm bereits am frühen Vormittag zweimal eine Kopfnuss verpasst, weil er ein paar Wachsspuren übersehen und einen der Aschenbecher nicht gesäubert hatte. Und nun hatte sein Sohn das Fass zum Überlaufen gebracht, indem er eingepennt war und die bereits gereinigte Windschutzscheibe eines Jaguar-Oldtimers von oben bis unten vollgesabbert hatte.

»Was ist bloß los mit dir?!« Dad zog ihn am T-Shirt hoch und schüttelte ihn. Über ihnen flatterte ein Vogel, ein Star, von seinem Schlafplatz hoch – dem Schild mit der Aufschrift KOWSKIS

GLANZAUTOS. »Warst du die ganze Nacht über an der PlayBox? Ich hab deiner Mutter schon gesagt, sie hätte dir das Ding niemals kaufen dürfen. Das macht dich zu einem hirnlosen Zombie. In diesem Zustand kann ich dich hier nicht brauchen.«

Matt war so müde, dass er nicht einmal grinste, als sein Vater sich als kompletter Gaming-Anfänger outete. *PlayBox?!* »Ich hab's dir doch schon gesagt, Dad«, meinte er nur. »Ich kann nicht schlafen. Ich weiß nicht, warum.«

»Ich weiß, warum!«, fauchte sein Vater. In diesem Augenblick merkte Matt – nicht zum ersten Mal –, dass Dad schon am Morgen eine Whisky-Fahne hatte. Wenn er fitter gewesen wäre, wäre er jetzt vielleicht davongerannt. »Du verplemperst deine Zeit mit Spielen und deinem Handy und meinst, DAS hier wär nicht weiter wichtig – deshalb mogelst du dich im Halbschlaf durch! Aber genug ist genug! ALEKS! ALEKS!«

Nur Sekunden später stand Matts Mutter auf dem Hof. Sie lächelte zaghaft, so wie sie es immer tat, wenn sie noch nicht wusste, wie weit er schon war. Sie lächelte in der Hoffnung, ihn noch ablenken oder besänftigen zu können, bevor er explodierte. Manchmal hatte sie sogar Erfolg damit. Heute nicht.

Dad schüttelte Matt noch einmal und boxte

ihm hart gegen die Brust. »Hol mir diese PlayBox runter!«, befahl er seiner Frau.

Diesmal war Matt zu müde, um *nicht* zu lachen. Er konnte einfach nicht an sich halten. Ein hysterisches Kichern drang aus seinem Mund, bevor er es verhindern konnte. Dad schleuderte ihn gegen die Fahrertür des Jaguars. »Du findest das also WITZIG?«

Matt schüttelte kraftlos den Kopf. Über ihm kreisten drei Stare und setzten sich dann auf die Kante des Vordachs. Benommen, wie er war, bildete er sich ein, dass es von einem von ihnen zurückschallte: »WITZIG? WITZIG?« Jetzt kam Mum wieder nach unten. Sie hatte seine Xbox auf dem Arm, wobei Controller und Stecker an ihren Kabeln über den Boden holperten. Mum sah jetzt verängstigt aus. »Hier ist die Xbox«, murmelte sie und blickte sich suchend nach einem Platz um, wo sie das Gerät abstellen konnte. Im nächsten Augenblick hatte Dad es ihr schon aus den Händen geschlagen und neben den Hochdruckreiniger geschleudert. Er kippte eine halbe Flasche flüssige Autoseife über die Xbox, hob dann den Schlauch samt Spritzpistole und ließ die Konsole mithilfe des Wasserdrucks seitwärts über den Boden schießen. Mum sah tatenlos zu, die Arme verschränkt, und versuchte sich nicht anmerken zu lassen, wie bestürzt sie war. Matt hatte die Xbox vor nicht einmal drei Monaten zum Geburtstag geschenkt bekommen. Nun war sie sehr, sehr sauber. Und ruiniert.

Irgendwann ließ Dad die Spritzpistole sinken und kickte die Xbox in Richtung eines schlammverkrusteten Golf Kombi. Sie schlitterte vorwärts, riss Stecker und Controller mit sich und verschwand schließlich unter dem Wagen.

Dann drehte er sich zu Matt um und streckte die Hand aus. »Dein Handy«, sagte er, »sofort.«

Matt gab ihm sein kleines Mobiltelefon. Er redete sich ein, dass es kein großer Verlust war und sowieso ein wertloses Ding. Aber es war sehr wohl ein großer Verlust. Bereits jetzt spürte er, wie seine Welt ohne das Handy zusammenbrach. Von nun an würde sich keiner seiner Kumpels mehr bei ihm melden können. Er würde nicht mehr erfahren, wo sie gerade rumhingen oder was abging. Nach seiner Arbeit im Autopflege-Salon würde er sie nicht mehr treffen können, weil er nicht wusste, wo sie steckten. Selbst wenn Dad ihm erlauben würde, das Festnetztelefon zu benutzen – nicht eine Nummer seiner Freunde kannte er auswendig. Das war auch nie nötig gewesen, weil er sie alle im Handy gespeichert hatte.

»Und jetzt gehst du in dein Zimmer«, sagte Dad. Er klang nicht mehr aggressiv, nur noch empört. »Du wirst dich ins Bett legen und vor 6 Uhr heute Abend nicht mehr dort rauskommen. Hol Schlaf nach.«

Matt taumelte die Treppe zur Wohnung hinauf, ein seltsam schwankendes Gefühl im Brustkorb. Mum eilte ihm nach. Als er vor seiner Zimmertür stand, sagte sie: »Nachher tut es ihm bestimmt leid. Er will dir nicht wehtun.«

Matt wirbelte herum und starrte sie an. »Doch, das will er!«, zischte er. »Das will er immer!«

Seine Mutter sah nach unten auf den Flurteppich und zuckte mit den schmalen Schultern. »Er hat in letzter Zeit einfach sehr viel Stress.« Sie strich sich eine lose Haarsträhne aus dem Gesicht.

»*Mein ganzes Leben lang* hat er schon sehr viel Stress!« Matt schluckte und wischte etwas Nasses von seiner Wange – er musste Wasser aus der Spritzpistole abbekommen haben. »Hast du jemals erlebt, dass er *nicht* unter Stress stand? Oder dass er *nicht* zu viel getrunken hatte? Und dass er seinen Stress *nicht* an mir und dir ausgelassen hat? Und an Ben? Ben hat den Absprung geschafft«, murmelte er niedergeschlagen, »ich stecke immer noch hier fest.«

»Er … er meint es nicht so«, beharrte seine

Mutter, die bei seinen letzten Worten das Gesicht verzogen hatte.

»Dann möchte ich nicht wissen, was passiert, *wenn* er es eines Tages mal so meint!« Matt wandte sich ab, betrat sein Zimmer und schlug die Tür hinter sich zu. Eine Welle der Traurigkeit umspülte ihn. Und er hatte ein schlechtes Gewissen, weil es schließlich nicht Mums Schuld war. Dad war schuld, immer nur Dad. Er lief ans Fenster und sah hinunter in den Hof. Sein Vater arbeitete wieder an dem Mitsubishi 4x4. Er polierte die dunkelrote Kühlerhaube, die bereits so sehr glänzte, dass sich der Himmel und ein, zwei Vögel darin spiegelten. Dads Gesicht wirkte erstarrt, wie eine Maske.

Die Xbox musste immer noch unter dem Golf liegen. Der Gedanke daran war wie ein Schlag in die Magengrube. Matt starrte auf den Hinterkopf seines Vaters und wünschte sich, dass er größer und stärker wäre, um zurückzuschlagen. Eines Tages würde es so weit sein. Und diesen Tag konnte er kaum noch erwarten.

Plötzlich landete ein schwarzer Schatten draußen auf dem Fenstersims. Matt sprang erschrocken zurück. Es war einer der Stare, ein seidig glänzender, dunkler Vogel mit einem ölartig verschwimmenden Regenbogenmuster auf den Flügeln. Er saß einfach da, wenige Zentimeter von Matt entfernt, auf der anderen Seite der Glasscheibe. Ihm musste bewusst sein, dass Matt direkt hinter dem Fenster stand. Als er sanft gegen die Scheibe klopfte, drehte sich das Tier um und sah ihn an. Es sah ihn … einfach nur an. Verblüfft blickte Matt in seine perlenartigen Augen. Weshalb flatterte der Vogel nicht aufgeschreckt davon? Stattdessen rückte er sich auf dem Betonsims noch einmal zurecht, als wollte er Matt genauer betrachten. Matt schüttelte den Kopf. Auch der Vogel schüttelte den Kopf. Dann flog er vom Fensterbrett hoch und außer Sichtweite.

Matt blinzelte und sah noch einmal hinunter auf die verhasste Gestalt seines Vaters. Der ging gerade ein letztes Mal mit dem Putzleder über die Motorhaube des Mitsubishi, dann trat er einen Schritt zurück, verschränkte die Arme und bewunderte sein Werk.

Mit einem Mal stob eine Schar schwarzer Vögel an Matts Fenster vorbei. Sie schossen durch die Luft und drehten sich in Pfeilformation. Matt sah gerade noch, wie sein Vater zum Himmel aufschaute, als auch schon zahlreiche weiße Spritzer auf der Motorhaube landeten. Dad schrie wütend auf, wirbelte herum und stierte wieder nach oben.

Matt stieß einen Freudenschrei aus und schlug sich die Hände vor den Mund.

Im nächsten Moment machten die Stare kehrt und nahmen das Autodach unter Beschuss. Flächendeckend ließen sie klebrigen, weiß-grauen Vogelkot fallen, der mit solcher Wucht auf das Blech donnerte, dass es in alle Richtungen spritzte. Es sah fast aus wie ein Kunstwerk. Dad tobte mittlerweile. Er hatte die Arme drohend in die Luft gereckt, ganz so, als wollte er die Vögel wegboxen.

Seinen Sohn, der hinter einem der oberen Fenster von einem Bein aufs andere sprang und schallend lachte, bis ihm Tränen über die Wangen liefen, bemerkte er nicht. Matt konnte kaum glauben, was er da gerade erlebt hatte. Dann sah er, dass die Stare zurück waren – in einem bizarren, sich ständig verändernden Schwarm über den gegenüberliegenden Häusern. Wie viele waren es jetzt? Zuvor waren es nur etwa ein Dutzend gewesen, und jetzt … 100? 200? 300?

Plötzlich schossen sie wie ein einziges Wesen auf KOWSKIS GLANZAUTOS zu. Sie umkreisten den Wagen und seinen Vater, der jetzt nur noch dastand und den gefiederten Besuch mit offenem Mund anstarrte. Die Vögel flogen schneller und schneller und verschmolzen zu einem kreischenden Luftkarussell. Matt riss erstaunt die Augen auf und hielt den Atem an. Nun ließ jeder einzelne Star – wie auf Kommando – offensichtlich alles, was die Vogelverdauung hergab, auf das Auto und den daneben stehenden, vor Wut rasenden Menschen niederprasseln.

Matt lachte noch einmal überrascht auf und sank fassungslos auf die Knie. Der Schwarm verlor sich am Himmel, und Sekunden später war alles, was von den Staren übrig blieb, ein vor Kot triefender Mitsubishi sowie ein Mann, der sich Vogelkacke aus dem Gesicht wischte und blinzelte – ganz so, als ob er glaubte zu träumen.

Ein einziger Vogel drehte eine letzte Runde und schrie etwas, was bizzarerweise so klang wie »WITZIG?«.

12

Tima lag im Gras. Mucksmäuschenstill. Für morgen war der Gärtner bestellt, um den Rasen zu mähen, aber noch stand das Gras hoch und üppig und war voller Leben. Noch vor einigen Wochen hätte sich Tima niemals direkt ins Gras gelegt. Sie hätte eine Decke oder eine Strandmatte ausgebreitet und ängstlich jedes Insekt weggeschnipst, das darübergekrabbelt wäre.

Im Moment jedoch fühlte sie sich richtig wohl damit, dass die kühlen grünen Halme an ihren Ohren und in den Kniekehlen kitzelten. Ameisen, Spinnen, Käfer, Tausendfüßer, Grashüpfer – um sie herum wimmelte es nur so von Insekten, aber keines von ihnen war so unhöflich, über sie hinwegzukrabbeln, während sie durch halb geschlossene Lider in den blauen Himmel blickte. Sie schlief nicht, doch sie döste vor sich hin. Träumte vage. Einmal war ihr, als sähe sie einen Schwarm Vögel, der sich in der Luft drehte und seltsame Flugformationen bildete: Spiralen, Kugeln, Linien … Einer der Vögel rief laut krächzend »WITZIG! WITZIG!«, und es war tatsächlich witzig. Aber sobald sie sich etwas aufgerichtet hatte und übernächtigt auf das Schauspiel starrte, zeigten sich die Vögel wieder als wilde, willkürliche Schar und flogen davon.

Es war, natürlich, der Schlafmangel gewesen, der ihrem Gehirn diesen Streich gespielt hatte. Seit ihrem Ausflug zum Tausendbruch war Tima völlig aus dem Häuschen. Es war schön gewesen, Zeit mit Elena zu verbringen. Obwohl das Mädchen drei Jahre älter war, redete es nicht von oben herab mit ihr, und es spielte sich auch nicht als Chefin auf. Die Begegnung mit Elena – und auch mit Matt – war das Einzige, was Timas Panik im Zaum halten und verhindern konnte, dass sie völlig ausflippte.

Doch diese Sache heute Morgen, bei der Lagerhalle … Was hatte sie ihrer neuen Freundin noch mal erzählt?

»Es gab dort keine Insekten. Auch keine Spinnen.«

Elena hatte recht: Wie um alles in der Welt hatte sie das wissen können?

Tima hatte keine Ahnung, woher sie es wusste – sie wusste es einfach. Doch ernsthaft: Wie konnte sich jemand durch einen flüchtigen Blick auf eine riesige Lagerhalle sicher sein, dass es dort drinnen nicht ein einziges lebendes, nichtmenschliches Wesen gab, weder Ratte noch Floh?

Abgesehen von den Geräuschen der Handvoll Menschen vor Ort, war es in und um die Halle still wie im Grab gewesen.

Komm schon, Tima. Geh das Ganze mal logisch an, ermahnte sie sich selbst. *Du hast gesehen, wie der Mann die toten Vögel hinausgetragen hat. Dadurch bist du auf diese aberwitzige Idee gekommen. Du hast es dir ausgedacht und schließlich selbst geglaubt. Und dann hast du etwas wirklich Dummes getan, du hast es nämlich laut ausgesprochen.*

Ja, so musste es gewesen sein. Nur dass sie das, was sie zu Elena gesagt hatte, zuvor gar nicht *gedacht* hatte. Sie hatte es *gespürt*.

»Du bist einfach übermüdet«, murmelte Tima in sich hinein, während die Wolken über sie hinwegzogen, »das ist alles.« Bei dem gemeinsamen Treffen heute Nacht würde sie das klarstellen. Sie wollte nicht, dass Elena und Matt sie für verrückt hielten.

Mum trat mit einer Gartenschere vors Haus, um am anderen Ende der Wiese etwas abzuschneiden. »Alles in Ordnung, mein müdes Mäuschen?«, fragte sie im Vorbeigehen.

Tima nickte lächelnd. »Ich tanke nur etwas Sonne«, sagte sie leise, und Mum lächelte zurück und verschwand dann hinter dem Gartenhaus.

Tima drehte sich auf die Seite. An einem hohen

Halm entdeckte sie einen Grashüpfer. Er hatte fast dieselbe Farbe wie der Stängel, an den er sich klammerte. Seine Hinterbeine hatte er an die Flügel gezogen, er zirpte schrill. Tima streckte den Arm aus und legte ihn mit der Handfläche nach oben ins Gras. In Gedanken sendete sie ein *Hallo.* Der Grashüpfer hörte auf zu zirpen. *Hallo*, sendete sie noch einmal. Das Tier drehte sich an seinem Stängel zu ihr um und war im nächsten Augenblick auch schon auf ihre Hand gesprungen.

Tima stockte der Atem, dann setzte sie sich auf und betrachtete es erstaunt. »Du bist zu mir gekommen«, murmelte sie. »Wie die Motte … wie die Schmetterlinge. Kannst du mich wirklich verstehen?« Der Grashüpfer bewegte die Hinterbeine und zirpte wieder. »Du bist wunderschön«, sagte sie. Weil es so war. Dieser Gedanke war ihr noch nie gekommen. Natürlich hatte sie auch nie so genau hingesehen. Noch zwei Wochen zuvor hätte sie aufgeschrien, wenn ein Grashüpfer auf ihr gelandet wäre, und ihn weggeschnipst. Sie hätte niemals wirklich *hingesehen.* Nun hielt sie das Tierchen ganz nah vors Gesicht und betrachtete es fasziniert. Der Grashüpfer war kräftig gebaut, sein Körper bestand aus einzelnen, sich fließend bewegenden Abschnitten, die aussahen wie aus grünem Aluminium. Seinen Hinterleib zierten schwarze Streifen, links und rechts davon saßen starke, angezogene Hinterbeine, die die Farbe von Äpfeln hatten – Pink und Grün. Er hatte ein langes Gesicht, beinahe wie ein Pferd, mit dunkelbraunen, ovalen Augen, über denen kurze, spitze Fühler aufragten.

»Wo sind deine Freunde?«, fragte Tima. »Stellst du sie mir vor?«

Sofort spürte sie zartes Trippeln auf Armen und Beinen – ein gutes Dutzend Grashüpfer saß auf ihr und drehte neugierig die Fühler hin und her. Tima hielt den Atem an, dann lachte sie verzückt. »Wow! Hallo! Hallo, ihr alle!«

Jetzt, da sie ihre Aufmerksamkeit hatte, wusste Tima nicht, was sie damit anstellen sollte. Immer mehr Grashüpfer kamen herbei und bedeckten ihren Körper wie große grüne Regentropfen. »Ihr seid alle … entzückend. Könnt ihr mich *wirklich* verstehen?« Sie schwenkten die Fühler, doch das konnte auch Zufall sein. »Falls ihr mich versteht«, sagte Tima, »dreht euch doch mal im Kreis herum.«

Und das taten sie – *alle*. Jeder einzelne von ihnen drehte sich um die eigene Achse und bewegte seine Fühler hin und her.

»Danke schön! Oh, ich danke euch!«, flüsterte sie atemlos und lachte begeistert.

»Tima, mit wem sprichst du denn?«

Die Stimme ihrer Mutter war wie ein Eimer kaltes Wasser, den man über ihrem Kopf auskippte. Erschrocken drehte Tima sich um, während die Grashüpfer wie ein grünes, blitzschnelles Feuerwerk zurück in die Wiese sprangen.

Mum stand hinter ihr, die Gartenschere und einen Strauß frisch abgeschnittener Blumen in den Händen, und wirkte irritiert.

»Mit niemandem«, sagte Tima. Ihre Stimme klang schrill und schuldbewusst, so als hätte sie etwas falsch gemacht.

»Mit niemandem?« Mum kniete sich neben sie ins Gras und strich ihr ein paar Haare aus der Stirn.

»Na ja ...« Tima dachte fieberhaft nach. Was könnte sie jetzt antworten, um die Situation »normal« wirken zu lassen? »Ich habe eine Art Schwätzchen mit den Grashüpfern gehalten.« Sie kicherte. »Du weißt ja ... Grashüpfer kennen immer den allerneuesten Gartenklatsch.«

»Oh?« Mum hob die dunklen Augenbrauen. »Und was brodelt so in der grünen Gerüchteküche?«

»Ach, nichts Besonderes«, erklärte Tima mit einem Schulterzucken. »Wahrscheinlich sind es doch eher die Ameisen, die über alles auf dem Laufenden sind.«

»Dir ist schon klar, dass du *laut* mit den Grashüpfern gesprochen hast, oder?«, fragte Mum, die Brauen immer noch skeptisch nach oben gezogen.

»Ja, schon …« Tima zuckte wieder mit den Schultern.

Mum streichelte ihr über den Kopf und lächelte ein wenig. »Mäuschen, sei nicht sauer – ich muss dich jetzt etwas fragen: Kannst du tatsächlich *hören*, wie sie dir antworten?«

Tima lachte trocken. »Natürlich nicht. Es sind *Grashüpfer*.«

»Puh.« Mum seufzte erleichtert und lief zurück ins Haus.

Tima kicherte in sich hinein, sie sprudelte innerlich immer noch über vor Begeisterung. Wow! Sie konnte tatsächlich mit Insekten reden! Doch sie musste aufpassen. In der letzten Zeit hatte sie Mum und Dad schon genug Grund zur Sorge gegeben, da wollte sie die beiden jetzt nicht noch mehr beunruhigen. Genau genommen hatten die Grashüpfer zwar nicht mit ihr *gesprochen*, aber sie hatte sich eindeutig mit ihnen verständigen können. Die Tierchen hatten genau das getan, worum Tima sie gebeten hatte. Aber momentan war wohl kein günstiger Zeitpunkt, um ihren Eltern davon zu erzählen. Tima spürte wieder ein aufgeregtes Kribbeln. Sie konnte es gar nicht erwarten, es Elena und Matt zu berichten.

Im Lavendel, der am Rand der Terrasse wuchs, waren Bienen. Tima hörte sie summen, während sie eifrig Pollen aus den winzigen lila Blüten sammelten. Sie stand auf, lief hinüber und setzte sich auf die Bank, direkt neben den Lavendel. Dann legte sie ihre Hand auf die von der Sonne gewärmte hölzerne Armlehne und schickte den Bienen eine Botschaft: *Kommt zu mir.*

Ihr Herz klopfte laut vor Aufregung. Grashüpfer und Motten waren das eine, dies hier aber waren *stechende* Insekten. Es war riskant, was sie tat. Eine Biene landete auf ihrem Handrücken und bewegte die Fühler. Tima schnappte nach Luft. *Hallo.* Eine weitere Biene flog heran. Und dann gleich mehrere, die auf ihrem Arm landeten. Es kitzelte leicht. *Dreht euch zu mir um*, sendete sie den Tieren in Gedanken. Im nächsten Moment wandte sich ihr gut ein Dutzend Honigbienen zu, sie bewegten die Fühler und legten ihre zarten, hauchdünnen Flügel eng an den Körper.

Natürlich hatte es so etwas schon gegeben. Tima hatte einmal einen Dokumentarfilm gesehen, in dem ein Imker ganz still dagestanden hatte, bis ihm langsam ein *Bienenbart* gewachsen war. Er hatte die Königin zuvor in einem winzigen Käfig gefangen und diesen an seinem Kinn befestigt. Daraufhin war das ganze Bienenvolk ausgeschwärmt und auf dem Kinn gelandet, wodurch eine Traube aus Bienen wie ein Bart an ihm herunterhing. Er hatte keinen einzigen Stich davongetragen.

Während sie noch darüber nachdachte, landete plötzlich eine Biene auf ihrer linken Wange. Sie sprang auf und zuckte zusammen, schüttelte die Biene aber nicht ab. *Wirklich?*, fragte sie. *Sollen wir das tun?* Eine zweite Biene landete auf ihrem Kinn. Eine dritte auf ihrem Ohr. *Nicht da – dort summt es zu laut*. Die Biene verließ gehorsam Timas Ohr und krabbelte stattdessen an Timas Unterkiefer entlang. Die Tierchen kitzelten auf der Haut – aber nur ganz leicht. Und es kamen noch *mehr*. *Sehr* viel mehr. Tima hielt den Mund geschlossen und bat die eine oder andere, *höflich*, nicht in ihre Nasenlöcher zu kriechen. Und die höflichen Bienen gehorchten. Nicht eine von ihnen näherte sich noch einmal ihrem Ohr oder ihren Augen, aber im Nu waren Nacken und Schultern bevölkert.

Timas ganzer Körper vibrierte nun. Es war ein außergewöhnliches Gefühl – etwa so, als ob sie sich inmitten eines schwachen elektrischen Stroms befände und zugleich die Bewegung von

Tausenden winziger Beinchen auf der Haut spürte. Die Bienen sammelten sich jetzt an beiden Armen und fielen wie lange Seidenärmel von ihren Handgelenken herab. Auf Timas nackten Knien bildeten sich zwei Ovale, eine glitzernde Masse aus Flügeln, Fühlern und pelzigen, mit Pollenstaub überzogenen Körpern. Sie hätte eigentlich in Panik geraten müssen, spürte aber eine tiefe innere Ruhe – und noch etwas, was sie schlicht *Freude* nannte. Durch Timas Lächeln bewegten sich die Bienen auf ihrem Gesicht wie bei einer La-Ola-Welle auf und ab, während sie sich innerlich bereit machte, ihnen alles Gute zu wünschen und sie wieder davonfliegen zu lassen.

In diesem Augenblick hörte sie ihre Mutter schreien.

13

Drei waren es. Genau wie in der Nacht zuvor. Demnach hatten sie sich gefunden. Wie niedlich.

Er schaukelte sanft unter einer Buche, wiegte sich in ihrem dunklen Wispern hin und her – und dachte nach. Das war eine Invasion, daran gab es keinen Zweifel mehr. Und wenn er untätig bliebe, könnte die Invasion noch schlimmer werden. Der Pavillon war einer seiner Lieblingsorte, und nun waren sie einfach dort aufgetaucht und hatten von ihm Besitz ergriffen.

Nachts gehörte dieser Teil der Stadt ihm. Die Menschen, die im Schichtdienst arbeiteten, konnte er gerade noch ertragen. Sie waren träge, wollten nur zur Arbeit oder nach Hause laufen. Niemals verließen sie die Straße oder den Gehweg, und so ließ auch er sie meistens in Ruhe. Betrunkene Partygänger waren ebenfalls zu ertragen, ja sogar erwünscht. Sie dienten ihm zur Unterhaltung, waren die ideale Zielgruppe für seine Art von Scherzen. Er konnte mit ihnen spielen, sich das von ihnen nehmen, was er brauchte, die bestmögliche Ausbeute –

und niemand würde ihnen am nächsten Morgen glauben.

Noch besser gefielen ihm die Kriminellen, die nachts auf Diebestour gingen oder einen Überfall planten. Die genoss er ganz besonders. Ihre erstaunten Gesichter, wenn ihnen klar wurde, was gerade geschah. Zu spät. Zu schnell. Den Biss! Den wohligen Nervenkitzel, wenn sie begriffen, was er war. Wie sie ihre Augen aufrissen und wieder schlossen, während ihre gesamte Weltordnung in wenigen Sekunden durcheinandergeriet.

Ja. Ja, es gab ihn wirklich.

Aber diese drei hier waren anders. Zum einen waren sie jung. Alle drei, selbst der Junge, waren viel zu jung, um hier in seiner Welt zu sein. Das kleine Mädchen? Geradezu lächerlich jung für jemanden, der nachts draußen war. Die Jagd, die er in der vorigen Nacht mit ihr veranstaltet hatte, hätte ihr eine Lehre sein sollen, und doch war sie heute Nacht – seelenruhig – wieder hierhergekommen. Nun gut, jetzt hatte sie ja auch zwei Freunde gefunden. Was aber hielt die drei davon ab, sich tagsüber zu treffen, so wie es alle anderen Kinder taten?

Er beobachtete sie lange, erwog die Möglichkeiten, dachte an ihr schnell fließendes Blut, fühlte Bitterkeit in seinem Inneren. Sie hatten ihren Tag und nahmen sich dennoch seine Nacht; was für eine Gier.

Selbstverständlich hätte er ihnen einfach Angst einjagen können. Ohne jeden Zweifel wäre er in der Lage gewesen, sie innerhalb weniger Sekunden aus seinem Revier zu vertreiben und dafür zu sorgen, dass sie nie wiederkämen. Aber wo bliebe der Spaß dabei? Sosehr er auch den Drang verspürte, sie davonzujagen – der Wunsch herauszufinden, weshalb sie hierherkamen, war noch stärker.

Er schwang sich hinauf in die Äste, verhielt sich vollkommen ruhig und lauschte.

14

Tima sah aus wie eine professionelle Einbrecherin. Elena musste lächeln, als sie ihre neue Freundin auf den Stufen des Musikpavillons sitzen sah. Tima band gerade ihre schwarzen Leder-Jazzschuhe mit einem Doppelknoten zu, sie trug eine hautenge schwarze Jeans sowie ein schwarzes Langarm-Shirt. Das Haar fiel ihr in einem langen, dunklen Zopf über den Rücken.

»Du weißt einfach, wie man sich angemessen kleidet, stimmt's?« Elena selbst trug Turnschuhe, Jeans, einen grünen Kapuzenpulli und ihre grüne Schiebermütze. Außerdem hatte sie einen kleinen Rucksack mit ein paar Taschenlampen, einer Wasserflasche, ihrem Handy und anderen nützlichen Dingen dabei.

Tima lächelte. »Ich mag es, mich zu verkleiden«, sagte sie. »Und ich trage gern Klamotten, in denen ich gut rennen kann. Man weiß ja nie, was passiert.« Sie blickte über das weiß gestrichene Holzgeländer des sechseckigen Pavillons zu den dunklen Bäumen hinüber, die den kleinen Park säumten. Elena folgte ihrem Blick. Für einen Moment dachte sie, etwas Blasses, Glühendes in den

Ästen gesehen zu haben. Doch als sie blinzelte, war es wieder verschwunden.

»Hast du Angst, dieses Schattenwesen könnte dich noch einmal verfolgen?«, fragte sie das jüngere Mädchen.

Tima zuckte mit den Schultern.

»Bist du denn sicher, dass es nicht doch nur ... – ich weiß auch nicht – ... eine schwarze Katze oder so was gewesen ist?«

Tima warf ihr einen vernichtenden Blick zu. »Ja, na klar«, erwiderte sie mit versteinerter Miene. »Es war eine *Katze.*«

Matt sagte nichts. Er stand einfach nur da, die Hände tief in den Hosentaschen vergraben, und starrte hinauf in den Nachthimmel. Er schwieg auch, als Tima und Elena von ihrem Vormittag im Tausendbruch berichteten. Erst als die toten Vögel zur Sprache kamen, senkte er den Kopf wieder, blickte die Mädchen aus zusammengekniffenen Augen an und fragte: »Tote Vögel? Was für welche?«

»Eine Taube ... eine Krähe ... Stare, glaub ich«, erwiderte Elena. »Spielt das eine Rolle?« Er sah sie einige Sekunden lang stumm an, dann schüttelte er den Kopf und tauchte wieder in seine eigene Welt ab.

»Komm mit, Matt«, sagte Elena. »Wir müssen

noch einmal dorthin. Mal sehen, was wir jetzt, wo niemand dort ist, herausfinden können. Das war schließlich deine Idee … erinnerst du dich?«

Sie verließen den Pavillon und machten sich quer durch die Stadt auf in Richtung Tausendbruch.

»Matt, ist alles in Ordnung mit dir?«, fragte Elena, als die drei ihre Laufgeschwindigkeit aufeinander abgestimmt hatten. Sie sprach sehr leise, war sich bewusst, dass jedes Wort vom Bürgersteig und den Backsteinhäusern widerhallte.

»Keine Ahnung«, erwiderte er zu ihrer Überraschung. »Es passieren komische Dinge.«

»Das musst du *mir* nicht erzählen«, murmelte Tima.

Sie liefen eine Weile schweigend nebeneinander her, dann versuchte es Elena erneut: »Und? Willst du uns davon berichten?«

»Ihr glaubt ja doch nur, dass ich mir das Ganze ausgedacht hab.«

In diesem Augenblick sprach Tima genau das aus, was auch Elena dachte: »Matt! Wir stecken hier alle drei mit drin. Du musst uns alles erzählen. Es könnte wichtig sein.«

Sie klang viel älter als eine Zehnjährige, dachte Elena.

Matt lief noch einige Sekunden schweigend

weiter, dann sagte er: »Diese Vögel … die Stare … die haben sich heute bei uns auf dem Hof wirklich merkwürdig verhalten. Sie haben irgendwie … das gemacht, was ich von ihnen wollte.«

Tima blieb stehen, die Augen weit aufgerissen, und fasste ihn am Arm. »Was!? Was haben sie getan?«

»Also …« Matt sah sich um, wollte sichergehen, dass sie immer noch alleine waren, bevor er fortfuhr. »Mein Dad hat mich angepflaumt, weil ich bei der Arbeit eingeschlafen bin. Er denkt, ich war die ganze Nacht wach, um auf der Xbox zu spielen. Deshalb musste meine Mum das Ding auf den Hof runterholen, und er hat es mit dem Hochdruckreiniger bearbeitet. Er hat die Xbox einfach ertränkt.«

Elena seufzte. Matt hatte das Ganze in ruhigem Ton vorgetragen, aber sie wusste genau, wie wichtig Jungs ihre Spielkonsole war. Das musste richtig *weh*getan haben.

»Dann hat er mir noch das Handy abgenommen«, sagte Matt, ganz so, als sei auch das keine große Sache gewesen, »und mich auf mein Zimmer geschickt. Und während ich ihn vom Fenster aus beobachtete, tauchte plötzlich dieser Vogel auf …«

Als Matt seine Geschichte erzählt hatte, bogen

sich Elena und Tima vor Lachen. Auch Matt lächelte, zum ersten Mal in dieser Nacht. Dann fuhr er sich mit den Händen durchs Haar und schüttelte lachend den Kopf. Eine große Last schien von ihm abzufallen. Und dann beruhigten sich alle drei fast zeitgleich und atmeten tief durch. Diese Geschichte war wirklich *komisch*, in jeder Hinsicht …

»Du glaubst also, die Vögel hätten irgendwie deine Gedanken gelesen?«, hakte Elena nach.

»Ja«, erwiderte Matt. »Ich habe ihn einfach nur *gehasst*. Ich *wollte*, dass er genauso stinksauer wird wie ich.«

»Na, das scheint ja geklappt zu haben«, sagte Elena. »Wäre es möglich, dass deine Xbox die Sache überlebt hat?«

»Mum hat sie nach dem Kaffeetrinken wieder hochgeholt. Sie funktioniert nicht, aber meine Mutter versucht jetzt, sie irgendwie wieder trocken zu kriegen.« Matt sah nicht überzeugt aus.

»Und das Handy?«, fragte Tima.

»Keine Chance.«

»Na, dann war dein Tag ja ziemlich abgefahren«, sagte Tima. »Wartet, bis ihr erst hört, was *ich* heute erlebt habe.« Sie sah zu Elena, dann zu Matt und grinste. »Allerdings nicht hier. Ich will zwar, dass ihr davon erfahrt, aber ich glaub, dass es noch besser wäre, es euch zu zeigen. Und das werde ich, sobald wir im Tausendbruch sind.«

»*Erzähl* uns doch einfach, was passiert ist«, grummelte Matt.

Doch Tima schwieg.

»Du brauchst immer den ganz großen Auftritt.« Elena lachte und zog das jüngere Mädchen am Zopf.

Tima hob die Hände und vollführte im Gehen ein paar anmutige Tanzschritte. »Stimmt.«

Sie liefen weiter durch die stillen Straßen, vorbei an den dunklen Umrissen des Rathauses von Thornleigh und dann entlang der ebenen, asphaltierten Straße, die zum Industriegebiet führte. Auf halbem Weg dorthin passierten sie die riesige, schattenhafte Silhouette des Elektrizitätswerks. Seine Warnbefeuerung für tief fliegende Flugzeuge hing wie ein roter Stern an dem Metallschornstein hoch über ihren Köpfen.

Aus dem Gebäude drang leises Brummen, am anderen Ende brannte Licht. Während die drei Kinder sich an dem Gelände vorbeischlichen, kam Elena plötzlich ein Gedanke. »Vielleicht sollten wir auch das Elektrizitätswerk genauer unter die Lupe nehmen«, flüsterte sie, »dieses Geräusch, das uns nachts immer weckt, könnte genauso gut von hier kommen.«

»Wenn wir im Tausendbruch nichts finden«, flüsterte Matt zurück, »könnt ihr ja dort vorbeigehen und wieder euer Projekt für das Internationale Jugendprogramm vorschieben.«

»Von da kommt es nicht«, murmelte Tima.

»Woher weißt du das?«, fragte Matt.

»Ich weiß es einfach.«

Fünf Minuten später erreichten sie die bunt zusammengewürfelten, kastenartigen Gebäude des Tausendbruchs. Von den Lampen auf den hohen Metallmasten breitete sich ein orangefarbener Schleier aus Licht aus und hob die Gebäude fahl hervor. Ein Maschendrahtzaun war entlang der Eingrenzung hochgezogen und oben mit Furcht einflößendem Stacheldraht versehen worden. Die massiven Metalltore, durch die man das Gelände betrat, waren geschlossen und mit einer Kette samt großem Vorhängeschloss gesichert. Tima, Elena und Matt blieben bei der Kabine stehen, vor der der anfangs so wenig hilfsbereite Mann vom Sicherheitsdienst gestanden hatte. Sie war leer und dunkel.

»Ich hätte nicht gedacht, dass hier alles abgeriegelt ist«, sagte Elena. »Das durchkreuzt natürlich unseren Plan.«

Matt schnaubte. »Das nennst du *abgeriegelt*? Jeder könnte hier reinkommen.« Er lief zu einer

Recycling-Mülltonne – es war ein großer Metallcontainer auf Rädern mit einem flachen blauen Deckel, den man aufklappen konnte. Der Container war so groß, dass sie alle drei hätten hineinklettern können. Oder oben drauf. Matt gab ihm einen festen Stoß, woraufhin er sich mit einem dumpfen Rumpeln in Bewegung setzte. Matt grinste, stieß noch einmal dagegen und sah die Mädchen an. »Also dann, los geht's!«

Elena und Tima gingen zu Matt hinüber, und mit vereinten Kräften gelang es ihnen schließlich, den Container holpernd über einen Rasenstreifen zu wuchten. Sie schoben ihn dicht an die Kabine des Sicherheitsdienstes heran. Er war so hoch, dass er zwei Drittel der Kabinenhöhe erreichte.

»Helft mir mal rauf«, sagte Matt.

Elena sah sich um. Überall hingen Warnschilder, die auf eine 24-Stunden-Videoüberwachung sowie eine Wachhund-Patrouille hinwiesen. »Was, wenn uns eine Kamera aufnimmt?«, zischte sie.

Matt schnaubte wieder. »Siehst du hier irgendwelche Überwachungskameras?« Nun sahen sich alle drei um, entdeckten aber keine.

»Und was machen wir, wenn sie mit ihren Wachhunden um die Ecke kommen?«, fragte Elena.

»Das ist bloß ein *Schild*«, sagte Matt, als sei Elena schwer von Begriff. »Die können sich hier kein anständiges Sicherheitssystem leisten. Das ist ein stinknormaler Industriepark mit niedrigen Mieten. Ein paar Vorhängeschlösser und Schilder, die einem Angst machen sollen – das ist alles, was die draufhaben. Vielleicht gibt es innen in den einzelnen Gebäuden bessere Alarmanlagen. Aber das wissen wir erst, wenn wir drin sind. Komm schon – hilf mir jetzt rauf!«

Elena verschränkte die Finger und formte die Hände zu einer Räuberleiter. Tima kam dazu und hielt ihre Hände darunter, um die Aufstiegshilfe noch trittfester zu machen. Dann stützte Matt sich auf Elenas Schulter und setzte einen Fuß auf ihre angespannten Hände. Ein kräftiger Ruck – und er war auf dem Container. Matt grinste und streckte die Hand nach unten. »Zuerst Tima.« Tima nach oben zu schieben fiel Elena leicht. Oben angekommen, lehnten sich Matt und Tima über den Rand und halfen ihr, damit sie – wenn auch nicht gerade elegant – seitlich am Container hochklettern konnte. Als sie schließlich alle drei auf der Mülltonne standen, bog sich der Deckel durch. Matt kletterte schnell weiter, bis auf das Dach der Kabine. Dann half er Elena und Tima hinauf. Auf der anderen Seite wartete noch ein Drei-Meter-Sprung in die Tiefe auf ihn, dann würde er auf dem Gelände des Industrieparks stehen. Matt gelang der Sprung mühelos. Nun gab er den Mädchen von unten aus Anweisungen: »Nicht einfach runterspringen – legt euch auf den Bauch und schiebt eure Beine langsam über den Rand nach unten. Haltet euch dabei so lange wie möglich am Dach fest und lasst euch dann fallen. Ich fang euch auf.«

Es sah nicht sehr anmutig aus, aber Elena tat, was er sagte. Tima folgte, geschmeidig wie eine schwarze Katze.

Einen Augenblick lang blieben sie im Dunkeln neben der Kabine stehen, verschnauften und checkten die Lage. Elena spürte ein Kribbeln am ganzen Körper. Matt hatte schon recht gehabt, als er sie als Streberin bezeichnete. Noch nie zuvor hatte sie eine Regel gebrochen – und auch wenn sie fortan kein Leben als Verbrecherin plante, war es doch ziemlich aufregend, mal ein paar Grenzen zu überschreiten. Buchstäblich, in diesem Fall.

»Alles klar«, flüsterte sie. »Die Lagerhalle, zu der wir wollen, ist gleich dahinten, am anderen Ende des Geländes. Sollen wir einfach rüberlaufen oder lieber im Dunklen an der Eingrenzung entlangkriechen?«

»Ich schlage vor, wie kriechen«, antwortete Tima mit leuchtenden Augen.

»Aber an den dunkleren Stellen des Geländes könnte ein Bewegungsmelder dafür sorgen, dass plötzlich Licht angeht«, gab Matt zu bedenken. »Ich würde sagen, wir stolzieren einfach den Hauptzufahrtsweg entlang, als wäre es das Normalste von der Welt. Auf diese Weise sind wir auch am weitesten von möglichen Kameras entfernt, die vielleicht an den Gebäuden angebracht sind.«

Elena zog sich die Schiebermütze ins Gesicht und drückte das Kinn nach unten. Matt zog die Kapuze seiner Reißverschlussjacke über den Kopf. Tima lief einfach weiter, sie versuchte nicht einmal, unverdächtig auszusehen. »Falls ihr eine Kamera seht«, sagte sie, »gebt mir einfach Bescheid.« Das jüngere Mädchen klang derart selbstsicher, dass Elena neidisch wurde. Sie wünschte, *sie* wäre als Zehnjährige schon so gewesen. Vermutlich lag es daran, dass Tima auf eine piekfeine Privatschule ging. Die Schüler von der Prinz-William-Schule schienen alle sehr selbstbewusst zu sein.

Die ersten Gebäude lagen im Dunkeln, und es flammte auch keine Außenbeleuchtung auf, während sie vorübergingen. Vielleicht hatte Matt recht und sie hätten schon sehr viel näher herankommen müssen, um den Bewegungsmelder auszulösen. Eine halbe Minute etwa liefen sie schweigend weiter, dann murmelte Matt: »Da drüben.«

Er nickte mit dem Kopf in Richtung eines blinkenden roten Punktes in der Ecke der Schlosser-Eisenwerke. Daneben leuchtete kaum sichtbar eine gewölbte Kameralinse.

»Wartet kurz«, sagte Tima.

Alle blieben stehen, obwohl Elena nicht die leiseste Ahnung hatte, weshalb. »Was ist denn los?«, flüsterte sie.

»Schhhh.« Tima streckte einen Arm aus und drehte die Handfläche langsam und elegant nach oben. Dann spreizte sie ihre kurzen Finger, hob die Hand leicht an und atmete lange und intensiv aus, als ob sie etwas von sich wegblasen wollte.

Elena sah hinüber zu der Überwachungskamera. Die leuchtende Glaslinse war nur noch ein schmaler Lichtspalt … und schließlich … ganz verschwunden. Auch der blinkende rote Punkt neben der Kamera flackerte und verschwand dann vollständig.

»Was hast du gemacht?« Elena hielt den Atem an.

»Sie helfen mir«, erwiderte Tima lächelnd.

»Wer? Wer hilft dir?«, fragte Matt, der links von Tima stand.

»Die Motten«, erwiderte sie. »Ich habe sie gebeten, die Überwachungskamera abzudecken. Und das haben sie getan.«

Elena jagten Schauer über den Rücken, als sie sich zu Tima umwandte. »Willst du mir etwa erzählen, dass du mit *Motten* sprechen kannst?«

Tima grinste und zuckte mit den Schultern. »Das ist doch nichts Besonderes«, erklärte sie. »Matt kann mit Vögeln sprechen.«

Matt schüttelte den Kopf. »Moment mal – das war eine einmalige Sache! Ich bin doch nicht irgend so ein … Vogelflüsterer!«

»Nein? Bist du nicht? Woher willst du das wissen?«, sagte Tima.

Matt sah sich um. Dann murmelte er: »Hier gibt es sowieso keine Vögel.«

»Hier gibt es jede Menge Vögel«, widersprach Tima. »Sie schlafen nur – auf den Felsvorsprüngen, in den Hecken und Bäumen … Du könntest sie doch vermutlich wecken, wenn du wolltest.«

Elena erinnerte sich an etwas. »Warte mal … Als du sagtest, dass es in dem Lagerhaus keine lebenden Insekten oder Spinnen gebe – hast du das etwa gewusst, weil du mit Krabbeltierchen reden kannst?«

»Na ja, wir tauschen nicht gerade unsere Telefonnummern aus«, erwiderte Tima und lief weiter. »Außerdem geht das erst eine Woche so. Am Anfang hat es mir noch richtig Angst gemacht. Bis ich euch beiden begegnet bin, war ich mir sicher, dass ich verrückt werde. Ich meine ernsthaft verrückt. Aber ich bin nicht die Einzige, stimmt's? Matt hat uns gerade erzählt, was er mit den Staren angestellt hat.«

»Noch eine Kamera«, murmelte Matt. Tima blieb stehen und wiederholte noch einmal, was sie zuvor getan hatte. Dieses Mal sah Elena, wie die winzigen Insekten die unsichtbare Linie entlangströmten, die Tima mit den ausgestreckten Fingern in der Luft andeutete. Sie sah, wie immer mehr von ihnen an der Überwachungskamera eintrafen und sich auf ihr sammelten wie Bienen an einer Honigwabe.

»Ich glaube, so baff war ich in meinem ganzen Leben noch nicht«, sagte Elena. Sie fühlte sich ganz benommen. Wenn Tima so etwas konnte – und Matt vielleicht auch –, dann könnte sie es möglicherweise ebenso.

»Ich auch nicht«, sagte Tima. »Aber ich gewöhne mich langsam daran. Ich mag es irgendwie. Allerdings habe ich es mit dem Bienenbart wohl etwas zu weit getrieben …«

»Mit dem Bienen… – was?« Elena blieb stehen, drehte sich zu Tima um und starrte sie an.

»Ich war im Garten und habe die Bienen, nun ja, auf irgendeine Art und Weise *eingeladen*, zu mir herüberzukommen. Ich musste an diese Typen denken, die man manchmal im Fernsehen sieht – ihr wisst schon, diese Leute, die ganz viele Bienen über sich drüberkrabbeln lassen.«

»Und … du hast sie dazu gebracht, auf dir zu landen?«, fragte Matt. »Weshalb hast du das getan?«

»Ich weiß es nicht, aber es lief gut … Ich meine, ich triefte sozusagen vor Bienen, und nicht eine hat mich gestochen. Ich habe mich eigentlich ganz wohlgefühlt mit ihnen. Aber dann hat meine Mutter mich so gesehen und ist vollkommen durchgedreht. Ich habe ihr weismachen müssen, dass ich die Bienenkönigin gefunden und hochgehoben hatte und dass der Rest des Bienenvolks seiner Königin gefolgt war. Sie konnte gar nicht fassen, dass ich so ruhig geblieben war … und nicht an einem Haufen Bienenstichen gestorben bin. Fast hätte sie die Leute von der Schädlingsbekämpfung angerufen, aber da waren die Bienen schon wieder weggeflogen.«

»Dann bist du ja so was wie Doktor Dolittle für Insekten«, erklärte Elena verwundert. Sie wandte sich an Matt: »Und du hast deine Vögel.«

»Es muss irgendeinen Grund geben, weshalb uns das passiert«, sagte Matt kopfschüttelnd. »Und ich will wissen, welchen. Mich macht das alles ganz kirre. Lasst uns jetzt zu dieser Lagerhalle gehen und nachsehen, ob da irgendetwas vor sich geht.«

Noch zwei weitere Male musste Tima die Motten vor einer Kamera tänzeln lassen, dann standen sie endlich in der Ecke des Tausendbruchs, an der sich die Lagerhalle von Sentry SuperPack erhob, riesig … und still. Sehr, sehr still.

Elena fragte sich, ob sie sich das Ganze vielleicht nur einbildete, weil Tima sie darauf gebracht hatte, aber es schien tatsächlich so, als umgäbe eine unheimliche Stille das Gebäude. Der untere Teil war aus Backsteinen gemauert, darüber zogen sich mit Wellblech verkleidete Außenwände bis unter das leicht geneigte Flachdach. Die Lagerhalle war höher als ihr Haus.

»Ist sie das?«, fragte Matt.

»Ja«, erwiderte Tima. »Hört ihr es auch?«

»Hören? Was?«

»Nichts.«

Matt lauschte einige Sekunden und nickte dann. »Wie die Art von Stille, die sie bei Musikaufnahmen zwischen den Songs einsetzen. Kein Laut, kein Geräusch. Nichts.«

Elena lief – nicht zum ersten Mal in dieser Nacht – ein Schauer über den Rücken. In jedem Schatten glaubte sie eine Bewegung zu erkennen. Zweimal hatte sie sich schon in der Überzeugung umgeblickt, dass hinter ihnen eine dunkle Gestalt davonrannte. Aber gehört hatte sie absolut *nichts*. Sie schluckte. »Dann mal nichts wie rein, oder? Bittest du deine Mottenfreunde wieder, die Kameralinse abzudecken?«

»Schon erledigt«, sagte Tima. »Ich muss sie deswegen gar nicht mehr fragen, sie wissen jetzt Bescheid. Egal, was an diesem Gebäude leuchtet, flackert oder blinkt – sie lassen sich darauf nieder.«

»Schön und gut, aber können sie auch ein Vorhängeschloss knacken?«, fragte Matt, als sie sich dem Eingang zum Handelsbüro des Lagerhauses näherten. Tatsächlich gab es dort kein Vorhängeschloss – nur eine fest verschlossene weiße PVC-Tür.

»Ich glaube, beim Einbrechen stößt selbst die Mottenmeute an ihre Grenze«, sagte Tima. »Aber vielleicht können sie uns ein paar Schwachstellen zeigen, an denen wir hineingelangen könnten. Ich bitte sie mal, sich umzusehen.«

Über ihren Köpfen begann sich eine flimmernde Wolke zu bilden, die sich in Sekundenschnelle über die gesamte Vorderseite des Gebäudes ausgebreitet hatte. Ein Vorhang aus schimmernden Nachtfaltern ließ sich an dem Spalt nieder, der oben zwischen den riesigen Rolltoren und der Wellblechwand klaffte. »Zu hoch«, sagte Tima.

Dann zog ein Trichter aus winzigen geflügelten Insekten um die Ecke. Wie ein Geisterfinger schwebte er an der rechten Außenseite der Lagerhalle entlang bis zum hinteren Ende – unmittelbar vor der dunklen Felswand des Steinbruchs. »Da vorne!«, rief Tima trumphierend. »Seht nur!«

Sie folgten dem kleinen, asphaltierten Gehweg, der am Gebäude entlanglief, und entdeckten ein Fenster auf Schulterhöhe. Die Scheibe bestand aus Milchglas, und nur der obere Teil des Fensters stand offen. Motten und andere fliegende Nachtinsekten strömten durch die schmale Luke hinein und hinaus. »Ich danke euch«, kam es von dem Mädchen, das sie um Hilfe gebeten hatte, woraufhin sie in alle Richtungen davonflogen. Tima zog eine schmale Stiftleuchte aus ihrer Hosentasche und knipste sie an. »Nein«, sagte sie, als sich einige ihrer geflügelten Freunde zum Lichtstrahl begaben, »diesen hier nicht.« Im nächsten Augenblick waren die Insekten verschwunden. Tima wandte sich an Matt und Elena: »Helft mir hoch! Ich werfe mal einen Blick hinein.«

»Das riecht wie eine Toilette«, sagte Elena, die durch das niedrige Fenster den Geruch von Seife und Desinfektionsmittel wahrnahm. Es gelang ihnen problemlos, die kleine, leichte Tima in die Höhe zu schieben. Oben angekommen, zog das

Mädchen die schmale Luke weiter auf, zwängte sich dann bis zur Hüfte hinein und leuchtete mit der Mini-Taschenlampe im Inneren herum. Matt und Elena hörten ein Kratzen und einen dumpfen Schlag, dann schwang das größere, untere Fenster auf. Umständlich schob sich Tima aus der oberen Luke heraus, nur um dann wie eine Turnerin zum unteren Fenster wieder hineinzuspringen. »Es *ist* eine Toilette«, rief sie den anderen zu. »Kommt rein.«

Elena zitterte. Sie war sich alles andere als sicher, ob sie in diese stille Lagerhalle eindringen sollten.

»Komm schon«, sagte Matt und machte sich bereit, ihr hochzuhelfen. »Es war *deine* Idee.«

Das genügte. *Ja, verdammt*, es war auch ihre Idee gewesen. Und jetzt würde sie dort hineinklettern.

15

Matt kletterte als Letzter durch das Fenster, wobei er sich die Schulter an dem dünnen Metallrahmen aufschürfte, und landete mit einem dumpfen Geräusch auf dem Fliesenboden. Es war tatsächlich eine Toilette, mit zwei Kabinen, einem schlichten Schrank und ein paar Waschbecken. Die Mädchen sahen sich bereits um – Tima hatte wieder den kleinen Leuchtstift gezückt, Elena benutzte eine Taschenlampe mit größerem Lichtkegel, die sie aus ihrem Rucksack geholt hatte. Im Schein der Taschenlampen flatterten einige Motten. Tima leuchtete zum offenen Fenster und sagte: »Da hinaus.« Im nächsten Moment flogen die Insekten in Reih und Glied hintereinander nach draußen, wie Gänse am Himmel. Matt sah Tima bewundernd an. Ob *er* mit den Staren auch so etwas anstellen könnte? Beim Gedanken daran lief ihm ein Schauer über den Rücken.

»Kommt jetzt«, sagte er. »Ich will nicht die ganze Nacht auf dem Klo verbringen. Wenn wir nach etwas suchen wollen, dann … sollten wir auch nach etwas *suchen*.« Er drückte die Tür auf, und schon standen sie in einem schmalen Korridor. »Hast du einen Plan?«, fragte er Elena. »Gibt's einen bestimmten Ort, wo wir hingehen sollten?«

Elena runzelte die Stirn. »Der Mann, der den Pappkarton mit den toten Vögeln rausgetragen hat … Ich glaube, der sagte, dass sie einfach durchgeflogen seien, bis in den hinteren Teil der Lagerhalle. Also lasst uns da mal hingehen.«

Auf der linken Seite führten Türen zu einer Reihe von Zimmern – darunter ein Büro und eine kleine Küche –, auf der rechten Seite sahen sie eine große Doppeltür. Matt ging davon aus, dass sie verschlossen war, doch als er den Griff hinunterdrückte, öffnete sich eine der Türen. »Warte – die brauchst du vielleicht«, sagte Elena, die neben ihm stand. Sie gab ihm eine zweite Taschenlampe aus ihrem zweckmäßig gepackten kleinen Rucksack. Matt hätte wetten können, dass sie auch einen Verbandskasten dabeihatte. Er nickte und bedankte sich murmelnd, denn er wollte nicht, dass man ihm anhörte, was er eigentlich dachte: dass er nicht gerade die hellste Kerze auf der Torte war, wenn er ohne eigene Taschenlampe hier auftauchte. Ursprünglich hatte er vorgehabt, mit seinem Handy herumzuleuchten … und schlicht vergessen, dass er keines mehr besaß.

Matt stieß beide Türen auf und stand in der Dunkelheit der Lagerhalle. Im selben Augenblick war die Luft eine andere. Es roch hier nicht nur leicht butterartig nach Papier, Luftpolsterfolie und Pappkartons. Etwas anderes hatte sich hineingemischt, das er nicht genau bestimmen konnte. Es war ein sehr schwacher Geruch … wie von verdorbenem Fleisch in einem alten Kühlschrank.

Und dann war da diese totale Stille. Zum einen kam das sicherlich durch die räumlichen Gegebenheiten. Regal um Regal, vollgestopft mit gepolsterten Versandtaschen und Kartons, dämpften zwangsläufig jedes Geräusch. Und doch schien hier alles, wie Tima schon gesagt hatte, so *tot*.

»Glaubt ihr, wir könnten Licht anmachen?«, flüsterte Tima. Als sie näher zu ihm heranrückte, begriff Matt, dass er nicht der Einzige mit einem mulmigen Gefühl war.

»Nein, zu riskant«, sagte er und legte ihr die Hand auf die Schulter – eine Geste, die ihn selbst überraschte. Jemandem tröstend zur Seite zu stehen war etwas völlig Neues für ihn. Jemanden zu *bedrohen* war bisher eher sein Ding gewesen. »Das Licht könnte man vielleicht von draußen sehen. Über den Rolltoren an der Vorderseite ist ein langer Spalt, stimmt's? Das hat uns deine Mottenschar doch gezeigt.«

»Richtig«, sagte Tima, »obwohl es ja eher eine Motten-Fliegerstaffel ist.«

Elena atmete tief durch, trat vor und bog dann nach rechts ab. Sie folgte dem geraden Lichtstrahl ihrer Taschenlampe durch den ersten Gang hindurch in den hinteren Bereich der Lagerhalle. Neben ihr türmten sich zu beiden Seiten breite, fest verankerte Bücherregale bis unter die Hallendecke auf. Da er nicht das Schlusslicht bilden wollte, rannte Matt hinter ihr her. Tima, der es offensichtlich genauso ging, blieb ihm dicht auf den Fersen.

Nach etwa 20 Sekunden hatten sie das Ende des Lagerhauses erreicht und fanden … nichts. Da war nur die Rückwand der Halle und noch mehr Regale. In der Mitte der Wand gab es einen Abschnitt aus unverputzten Schlackenbetonsteinen, in die eine schwarze Notausgangstür eingelassen worden war.

Unter Matts Turnschuhen knirschte es leise. Er hielt die geliehene Taschenlampe nach unten und zuckte zusammen, als ihm klar wurde, dass er auf einem Haufen aus Insekten und Spinnen stand. Die meisten waren tot, zwei oder drei bewegten noch schwach einen Flügel oder ein Bein. »Seht euch das an«, zischte er.

Alle schwiegen. Als Matt wieder aufsah, suchten Tima und Elena im Schein ihrer Taschenlampen den Boden vor der Wand ab. »Und jetzt seht euch *das* an«, sagte Elena. Vor ihren Füßen lagen mehrere Vögel. Drei von ihnen waren zweifelsfrei tot, zwei der Vögel bewegten sich noch.

Matt stieg über den knirschenden Insektenteppich und kniete sich neben die Vögel auf den Boden. Zwei Saatkrähen, ein Star und zwei Tauben. Als er sich über sie beugte, sah er, dass der Star und eine der Tauben zwar noch am Leben waren, aber schon zu schwach, um noch irgendetwas anderes zu tun, als zu zittern und leicht die Schnäbel zu heben. Matts Herz schlug fast schmerzhaft gegen den Brustkorb, während er sich die Taschenlampe in den Hosenbund schob und den Star vom Boden aufnahm. Der Vogel sackte in seinen Händen zusammen, hob noch einmal den Kopf, als ob er Matt ansehen wollte, und ließ ihn dann wieder zurückfallen. »Ich muss ihn hier rausbringen«, sagte Matt. »Nehmt ihr den anderen mit!«

Er hatte es plötzlich eilig. Kaum hatte er sich wieder aufgerichtet, rannte er auch schon durch den Gang zurück zur Seitentür. Die Taschenlampe schlackerte in seinem Hosenbund und leuchtete wahllos in alle Richtungen. Als er das Toilettenfenster erreichte, durch das sie eingestiegen waren, benutzte er nur eine Hand, um hindurchzuklettern – mit der anderen hielt er den sterbenden Vogel wie in einer Wiege an seine Brust gedrückt.

Draußen kniete Matt sich auf den schmalen Weg und legte den Star sanft auf dem Asphalt ab. Er nahm kaum wahr, dass Tima und Elena ihm durch das Fenster hinterherkletterten. Er platzierte die Taschenlampe neben dem Vogel, sodass ihr Licht in einem schmalen Strahl über den Weg fiel. Auch Tima kniete sich hin und legte die Taube neben den Star. »Werden sie es schaffen?«, fragte sie.

Matt schüttelte den Kopf. Er konnte spüren, wie die Lebenskraft der Vögel schwand. *Was ist mit euch geschehen?*, fragte er den Star und die Taube in Gedanken. *Weshalb seid ihr da hineingeflogen? Und weshalb konntet ihr nicht wieder heraus?*

Als der Star unerwartet den Kopf hob, um ihn anzusehen, bekam Matt am ganzen Körper Gänsehaut. War das der Vogel, dem er durch die Fensterscheibe hindurch in die Augen geschaut hatte? *Ist das möglich?* Der Star schien ihn zu kennen. *Es tut mir leid*, sandte Matt in Gedanken aus. *Ich weiß nicht, wie ich dich retten kann. Was ist mir dir passiert? Weshalb seid ihr da alle hineingeflogen?*

Der Star legte den Kopf auf die Erde, und mit der allerletzten, winzigen Flamme seines Lebensfeuers bewegte er noch einmal den Flügel. Erst als das regenbogenfarbene Gefieder vor seinen Augen verschwamm, merkte Matt, dass er weinte. Der Flügel spreizte sich auf wie ein Fächer, die Spitze war auf den Lichtstrahl der Taschenlampe gerichtet. Noch einmal bewegte der Star den Kopf, und seine Perlenaugen nahmen Blickkontakt mit Matt auf, dann sank er endgültig zu Boden. Das Licht schwand aus seinen Augen, der Flügel blieb aufgestellt stehen. Ein Schluchzen ließ Matts Brustkorb beben; er ballte die Hand zur Faust und presste sie gegen den Mund. Nicht weinen. Nicht vor den Mädchen weinen.

»Sie haben versucht, dir etwas zu sagen«, sagte Tima, die neben ihm stand, mit sanfter Stimme.

Matt sah zu der Taube. Erst jetzt fiel ihm auf, dass dieser zweite Vogel exakt dieselbe Bewegung mit seinem Flügel gemacht hatte. Nun waren beide tot. Und beide hatten die Flügelspitze auf den Lichtstrahl der Taschenlampe gerichtet.

Matt schniefte, hustete und stand auf. »Das alles ergibt doch überhaupt keinen Sinn!«

Tima berührte ihn am Arm. »Doch. Du musst nur herausfinden, welchen.«

»Sie zeigen beide auf den Strahl der Taschenlampe«, sagte Elena. »Es könnte also etwas mit Licht zu tun haben. Vielleicht. Vielleicht gibt es dort drin eine große Lampe, die eben noch eingeschaltet war – und sie angezogen hat.«

Tima schüttelte den Kopf. »Nein. Es war nicht das Licht. Vögel fliegen doch nicht auf Lichtquellen zu wie Insekten, oder? Und diese Vögel hier sind auch nicht nachtaktiv. Von Sonnenuntergang bis zum Morgengrauen sitzen sie normalerweise irgendwo und schlafen. Weshalb also …?«

»Wir waren zu spät«, sagte Matt. »Das alles ist passiert, bevor wir hergekommen sind.«

»Aha … Und wann *hätten* wir hier sein sollen?«, fragte Elena.

»Ist das nicht offensichtlich?«, erwiderte er. »Um 1:34 Uhr! Falls das hier etwas mit uns zu tun haben sollte, dann wissen wir, um welche Uhrzeit es losgeht, stimmt's? Um 1:34 Uhr nachts.«

Sie schwiegen eine Weile. Dann nickte Elena. »Morgen Nacht müssen wir den Wecker auf 0:30 Uhr stellen. Um 1:34 Uhr müssen wir bereits auf dem Gelände sein. Beobachten, was geschieht.«

»In Ordnung«, sagte Tima. »So machen wir's. Hier können wir gerade ohnehin nichts mehr tun.« Sie klang müde und etwas zittrig, und Matt fiel wieder ein, dass sie ja noch viel jünger war als er – gerade einmal zehn.

»Du hast recht«, sagte er. »Es wird Zeit, nach Hause zu gehen.«

Sie zogen das untere Toilettenfenster von außen zu, danach schob Matt Tima nach oben, sodass sie sich noch einmal durch die schmale Luke zwängen und nach unten greifen konnte, um das Fenster von innen zu verriegeln. »Nichts sollte darauf hindeuten, dass wir da drin gewesen sind«, sagte Matt. Die obere Luke ließen sie einen Spalt weit offen stehen, so wie es zuvor gewesen war.

Als sich Matt bückte, um die toten Vögel aufzuheben, schrie er überrascht auf. »Schaut euch das an …«, sagte er und drehte sich zu den Mädchen um. »Ihre Augen.« Er öffnete seine Hände, in denen die toten Vögel lagen und ausdruckslos in die Nacht starrten. Seine Finger hatte er schützend um ihre zerbrechlichen kleinen Köpfe gelegt. Die Augen der Vögel schimmerten schwach … und *rot*.

»Was ist das?«, murmelte Elena und sah genauer hin.

»Tieraugen wirken im Dunkeln manchmal rot«, sagte Tima, »weil sie jeden Lichtstrahl reflektieren.«

»Das ist es nicht.« Elena trat noch dichter heran. »Die reflektieren nichts. Die sind einfach … rot. Vielleicht ist es Blut oder sonst irgendwas.« Sie zitterte merklich.

Matt schüttelte den Kopf. »Wie auch immer …

Ich kann sie hier nicht einfach liegen lassen, damit sie später im Müll entsorgt werden. Ich bringe sie an einen besseren Ort.« An der hinteren Ecke der Lagerhalle, dort, wo der schmale Pfad endete, standen einige Sträucher mit dicken, wächsernen Blättern. Dorthin brachte Matt die Vögel und legte sie tief im Gestrüpp behutsam ab. Ihre fein gefiederten Körper, die langsam erkalteten, glitten stumm in den Schatten der Blätter. Hier war es besser als auf dem Asphalt. Oder im Müllcontainer.

Matt wischte sich über die Augen, dann kehrte er zu Elena und Tima zurück. Gemeinsam liefen sie lautlos über das Gelände Richtung Ausgang. Timas Motten-Fliegerstaffel war erneut zur Stelle, um die Linsen der Überwachungskameras zu verdecken. »Ich glaube, das kann man jetzt offiziell als Superkraft gelten lassen«, murmelte Elena und klopfte dem jüngeren Mädchen auf die Schulter. »Unglaublich.«

Matts Uhr zeigte 4:13 Uhr an. Bald würde es dämmern. Ob er zu Hause wohl noch ein oder zwei Stunden Schlaf bekäme? Sonntags musste er Dad erst ab 11 Uhr bei der Autopflege helfen – er könnte also eigentlich schlafen. *Eigentlich.*

Den Tausendbruch wieder zu verlassen war alles andere als leicht. Das hatten sie zuvor nicht richtig durchdacht. Auf ihrer Seite gab es keine Müllcontainer, über die sie auf das Dach der Kabine hätten gelangen können. Sie sahen sich um und fanden schließlich einen alten Anhänger, der neben dem Eisenwerk abgestellt worden war. Einer der beiden Reifen war platt, aber der Anhänger ließ sich dennoch rollen, indem sie alle drei mit anpackten und ihn schoben. Bei der Kabine angekommen, stellte Matt sich auf die Anhängerkupplung, um sie nach unten zu drücken und den Anhänger zu stabilisieren. Dann kletterte Elena über das vordere, nach oben gerichtete Ende auf die Kabine und half anschließend Tima nach oben. Sobald Matt die Kupplung gehen ließ, um selbst nach vorne zu klettern, geriet der Anhänger ins Schwanken. Das hier würde nicht leicht werden. Elena und Tima legten sich auf dem Kabinendach flach auf den Bauch und halfen ihm hinaufzukommen. Beinahe hätte er sie beide wieder mit nach unten gezogen. Aber indem er die Turnschuhe gegen die Seitenwände stemmte, fand er schließlich doch noch Halt auf dem flachen Fiberglas-Dach.

Kein Problem war es, sich an der gegenüberliegenden Seite wieder auf den Müllcontainer hinabzulassen, und von dort aus auf den Boden zu springen war noch leichter. »Wir müssen ihn dahin zurückbringen, wo er gestanden hat«, sagte Matt und gab dem Container einen Stoß. »Wenn sie herausfinden, dass jemand über den Zaun geklettert ist, stellen sie vielleicht einen Wachdienst ab.«

»Was machen wir *damit*?« Tima zeigte auf den Anhänger, der auf der anderen Seite neben der Kabine geblieben war.

Matt zuckte die Achseln. »Da können wir gar nichts mehr machen. Vielleicht denken sie ja, dass ihn ein Angestellter dort vergessen hat. Vielleicht.« Ihm war klar, dass er sich besser hätte vorbereiten müssen. In der folgenden Nacht würde es anders laufen.

Während sie Tima nach Hause brachten, beschlossen sie, sich auch in der nächsten Nacht am Musikpavillon zu treffen – dieses Mal allerdings bereits um 0:45 Uhr. Kurz bevor sie Timas Zuhause erreichten, nahm das jüngere Mädchen Elena plötzlich in die Arme, danach war Matt an der Reihe. »Ich weiß nicht, was hier vor sich geht«, flüsterte sie. »Und es ist unheimlich und, ich glaube, auch ein bisschen gefährlich … Aber ich bin so froh, dass wir da alle zusammen drinstecken. Ich bin so froh, dass ich euch getroffen habe!« Daraufhin rannte sie um die Ecke und verschwand im Haus.

Matt und Elena standen eine Weile schweigend da. Schließlich sagte Matt: »Sie ist ein bisschen …«

»Ja«, erwiderte Elena. »Aber das ist in Ordnung. Einer von uns muss es sein.« Sie verzog den Mund zu einem schiefen Grinsen.

Anschließend begleitete Matt Elena nach Hause und sah zu, wie sie in dem kleinen Reihenhaus verschwand. Ihm fiel auf, dass sie sich nicht hineingeschlichen hatte. Selbstbewusst hatte sie den Haustürschlüssel ins Schloss gesteckt, ihm noch einmal zugewinkt und war dann einfach hineingegangen. Er fragte sich, ob ihre Eltern überhaupt zu Hause waren.

Dann lief er selbst nach Hause: zurück in die nette, saubere, stressgeplagte kleine Wohnung über dem Autopflege-Salon. Je näher er der Wohnung kam, umso langsamer wurde er, umso angespannter starrte er hinauf zu den dunklen Fenstern.

Alles gut, sagte er sich. *Er schläft bestimmt.*

16

Elena wühlte sich durch den Schreibtisch im Wohnzimmer, bis sie die Karten gefunden hatte. Hätte sie in einem ganz normalen Haushalt gelebt, hätte sie alles ganz schnell mit ein paar Tastengriffen am Familien-Laptop erledigen können. Aber Mum hatte den Vertrag über den Internetzugang schon vor Monaten auslaufen lassen und nicht mehr erneuert. Sie empfingen ein paar kostenlose TV-Sender, sie hatten ihr Festnetztelefon und ihre beiden Handys, aber es gab kein WLAN im Haus und auch keinen Drucker. Und Mums alter Laptop lag, bedeckt von einer dünnen Staubschicht, unter ihrem Bett. Sie hatte versucht, ihre Mutter dazu zu bringen, die Internetverbindung wieder aktivieren zu lassen. Die aber war der Ansicht, über die wenigen verfügbaren Fernsehkanäle kämen schon genug schlechte Nachrichten an, noch mehr wolle sie gar nicht haben.

Nun gut, Elena würde auch die Karte genügen. Während das Morgenlicht allmählich durch die Vorhänge zu sickern begann, setzte sie sich an den Esstisch, knipste die Lampe an und breitete den Stadtplan von Thornleigh vor sich aus. Google hätte genau die Gebäude hervorgehoben, nach denen sie suchte. Die Papierversion war nicht ganz so praktisch, und doch konnte sie recht genau herausarbeiten, wo sich Timas Haus befand, nämlich auf halber Strecke des Cheriton Place. Außerdem wusste sie, dass KOWSKIS GLANZAUTOS an der Biegung der Mulberry Road lag. Die Straße, in der sie selbst wohnte, der Jenkin Way, bestand aus einer langen Front mit schmalen Reihenhäusern. Sie lebte mit Mum im drittletzten dieser Häuser.

Elena strich mit den Handflächen über die Karte. Sie hatte wieder die Vögel vor Augen, sah noch einmal, wie beide mit dem letzten Atemzug den Flügel ausbreiteten und auf den Lichtstrahl der Taschenlampe wiesen.

Sie ging zurück zum Schreibtisch, um sich einen Stift und ein Lineal zu holen. Zurück am Esstisch, legte sie eine Ecke des Lineals auf KOWSKIS GLANZAUTOS und schob, indem sie diese Spitze mit dem Finger auf den Tisch drückte, das Lineal so zurecht, dass das andere Ende über Timas Haus zu liegen kam. Soweit sie es erkennen konnte, verlief diese gedachte Strecke von Nordwest nach Südost. Sie zog die Linie schwach mit dem Bleistift nach und starrte dann einige Sekunden auf den Stadtplan, bevor sie ungläubig blinzelte. Ungefähr auf halber Strecke zwischen den Häusern ihrer beiden neuen Freunde lag der Jenkin Way. Wenn sie sich nicht irrte, lag ihr eigenes Haus sogar genau auf der Bleistiftlinie. Das ganze Zimmer schien vor Bedeutsamkeit zu dröhnen.

Elena atmete tief durch und schob das Lineal wie einen flachen Plastikzug über die Bleistiftlinie hinaus, vorbei an Timas Haus, immer weiter südöstlich, exakt an der gedachten Verlängerung dieser Linie entlang … Sie wusste es, noch bevor der Zug dort eintraf – nächste Station: Tausendbruch.

17

Er stand im sicheren Schutz einiger Stechpalmensträucher und sah im Erdgeschoss das Lampenlicht durch die Vorhänge schimmern. Sie war immer noch auf. Nicht zu Bett gegangen. Obwohl bereits der Morgen graute.

Die Zeit lief ihm davon. So lange war er noch nie draußen geblieben, aber hey, schließlich hatte er auch noch nie so viel Kurzweil gehabt. Was taten sie bloß? Weshalb waren sie mitten in der Nacht in eine Lagerhalle eingestiegen, nur um dann mit zwei sterbenden Vögeln herauszukommen?

Er hatte fest vorgehabt, sich mit ihnen anzulegen. Einige Male schon war er kurz davor gewesen, aber dann hatte ihn immer etwas davon abgehalten – Faszination. Sie gaben ein so ungleiches Trio ab – der Autowäscher-Junge, das Tanzpüppchen und das brave Mädchen. Wie um alles in der Welt hatten die drei sich gefunden? Sie stammten aus verschiedenen Stadtteilen, und auch wenn die beiden Älteren auf dieselbe Schule gingen, musste man nur einen Blick riskieren, um zu wissen, dass sie NIEMALS

Freunde geworden wären. Nicht unter normalen Umständen. Sie so hübsch und wohlerzogen – er so ungehobelt und übellaunig. Und das Tanzpüppchen wohnte im Bonzen-Getto und ging auf eine Privatschule. Ihre Eltern würden durchdrehen, wenn sie wüssten, dass die Kleine sich mit dem Gesindel von der öffentlichen Schule herumtrieb.

Aber dies hier waren eindeutig keine normalen Umstände. Er war davon ausgegangen, dass ihre nächtlichen Spaziergänge bald ein Ende haben würden, doch sie schienen immer intensiver zu werden. Weshalb? Bildeten die drei eine Art Selbsthilfegruppe für Leute, die unter Schlafstörungen litten? Allerdings ging noch etwas anderes mit ihnen vor sich. Diese Sache mit den Motten ... Ihn schauderte wieder – eine ungewohnte Empfindung. Es kam selten vor, dass er sich vor etwas gruselte. »Ich bin derjenige, der andere das Gruseln lehrt«, murmelte er.

Das Licht begann ihn zu kitzeln. Er fluchte. Noch war er nicht fertig mit dem Beobachten und dem Denken. Seit er das brave Mädchen entdeckt hatte, seit er gesehen hatte, wie es, ins Fenster gerahmt wie die Mona Lisa, ruhig in die Nacht hinausblickte, hatten sich die Dinge verändert. Er hatte sich mit ihr angelegt, doch irgendwann begriffen, dass der Einzige, dem es schlecht damit ging, er selbst gewesen war. So sollte es nicht sein.

In Ordnung. Genug. Das Kitzeln verwandelte sich in ein Brennen. Keine Zeit mehr, dazustehen und zu beobachten. Heute Nacht würde er auf das Pavillondach steigen, sich zurücklehnen und auf ihr nächstes Treffen warten – und dann ganz genau hinhören.

Morgenlicht flutete die Straße. Es war wie ein Schlag ins Gesicht. Er schlang sich seinen schwarzen Baumwollumhang um den Kopf und rannte.

18

Tima, du hast Besuch«, sagte Mum lächelnd und hob verheißungsvoll die Augenbrauen. Ganz offensichtlich handelte es sich nicht um jemanden, den sie erwartet hatte. »Kommen Sie doch herein«, sagte sie zu dem Gast.

Tima sah von ihrem Buch auf und blinzelte überrascht. Es war ihr Musiklehrer. Mr James hob grüßend die Hand. Anstatt neben dem Klavier im Musikzimmer der Schule zu stehen, stand er nun bei ihr zu Hause – und wirkte merkwürdig fehl am Platz. Sie legte ihr Buch beiseite und lächelte.

»Tima!«, sagte er. »Wie geht es dir? Du siehst schon viel besser aus!«

»Ich mache uns einen Tee«, erklärte Mum und verschwand in der Küche.

»Mir geht es auch besser«, erwiderte Tima. Verblüfft stellte sie fest, dass sie die Wahrheit sagte. Nach dem Ausflug zum Tausendbruch in der Nacht zuvor und dem Drama um die toten Vögel sollte sie eigentlich erschöpft sein. Doch nachdem sie nach Hause gekommen war und sich ins Bett gelegt hatte, war sie beinahe augenblicklich eingeschlafen. Sie schätzte, dass sie insgesamt ganze sechs Stunden Schlaf bekommen hatte. Es fühlte sich nicht mehr so an, als könnte sie jeden Moment vornüberkippen.

»Gut«, sagte Mr James mit breitem Grinsen. Er setzte sich auf die Couch, die an der gegenüberliegenden Wand stand. »Wir haben dich bei den Aufführungen wirklich vermisst, weißt du.«

Tima spürte, wie sich ihr Magen zusammenkrampfte. Es tat immer noch furchtbar weh, daran zu denken, dass sie es vermasselt hatte. Morgen würde sie wieder zur Schule gehen und sich Lily nebst Freundinnen und deren geheucheltem Mitgefühl stellen müssen. Sie hatte keine Lust darauf, und das in dieser Nacht geplante Wiedersehen mit Elena und Matt war das Einzige, was sie wirklich ablenken konnte.

»Die Sache ist die«, fuhr Mr James fort, »du hattest ja ganz schön zu kämpfen. Du bist während des Musicals zusammengebrochen, weil es dir nicht gut ging – und jetzt denkst du vielleicht, dass du nie wieder auf einer Bühne stehen willst.«

Tima nickte. *Volltreffer, Mr James. Nie wieder.*

»Aber ehrlich, Tima – du *musst* weitermachen.«

»*Muss* ich das?«

»Ja«, erwiderte er immer noch lächelnd, aber bestimmt. »Wenn du vom Rad stürzt, musst du dich sofort wieder in den Sattel setzen – andernfalls wirst du dein ganzes Leben Angst vor dem Radfahren haben, anstatt dich daran zu erfreuen, dass du auf zwei Rädern fahren kannst. Dasselbe gilt für Auftritte vor Publikum. Du hast jetzt eine schlechte Erfahrung hinter dir … Aber was ist mit all den *guten* Erfahrungen, die du schon gemacht hast? Bestimmt erinnerst du dich noch an den Weihnachtsgottesdienst, als du dein Solo gesungen hast. Und daran, wie es damals für dich gelaufen ist.«

Bei der Erinnerung an ihren Auftritt in der Kirche musste sie lächeln. Es war wundervoll gewesen. Ihre komplette Jahrgangsstufe samt Familien hatte sich in der St.-Thomas-Kirche gedrängt, die gleich um die Ecke neben der Schule lag. Es war eine schöne Kirche mit hohen Gewölbedecken und einer herausragenden Akustik. Dass sie als Tochter arabischer Eltern dort war, mochte manchem vielleicht merkwürdig vorgekommen sein, doch Mum und Dad waren nicht sonderlich religiös, und sie liebten es, Tima singen zu hören – egal was. In dieser Kirche hatte sie kein Mikrofon gebraucht. Während ihres Solos hatte sie das Gefühl gehabt, dass ihre Stimme sie hoch bis zu den Sternen trug. Es war »Herbei, o ihr Gläub'gen« gewesen, ein Weihnachtslied mit einer Melodie,

die sich hob und senkte wie eine Lerche in den Lüften. Die Töne waren einfach aus ihr herausgesprudelt und immer weiter hinaufgeflogen, während das Publikum ihr verzückt gelauscht hatte. Tima hatte jeden Ton exakt getroffen und war davon so begeistert gewesen, dass sich sämtliche Härchen an ihren Armen aufgestellt hatten. Sie war zu diesem Zeitpunkt noch neu an der Schule gewesen und zu Beginn des Solos sehr nervös, aber das Adrenalin hatte ihre Darbietung nur noch überzeugender gemacht. Eine herrliche Erfahrung.

Als sie geendet hatte, hatte einen Augenblick lang Stille geherrscht. Dann war überall begeisterter Beifall aufgebrandet, und es hatte sogar einige Jubelrufe gegeben – an sich etwas unangemessen für einen Schulgottesdienst. Mr James war vom Klavier aufgestanden, hatte ebenfalls geklatscht und ausgesehen, als sei er wahnsinnig stolz auf sie.

»Ja – ich erinnere mich«, sagte sie.

»Sehr schön. Genau *das* musst du jetzt tun: dich an die guten Erfahrungen erinnern. Und denk nur mal daran, welchen Spaß du bei all den Proben zu *Oliver!* hattest. Ich weiß natürlich …« – er machte eine Pause und sah sie bedeutungsvoll an – »… dass Lily und ihre Freundinnen es dir nicht leicht gemacht haben.«

Timas Augenbrauen schnellten in die Höhe. Das war ihm *aufgefallen*?

»Ja, ich weiß, wie Lily sein kann«, erklärte ihr Lehrer weiter. »Und obwohl du mit all dem fertigwerden musstest, hast du es richtig genossen, stimmt's?«

Sie nickte. Die Musicalproben waren für sie immer der Höhepunkt der Woche gewesen. Auch die anderen beim Proben zu beobachten hatte ihr sehr viel Spaß gemacht. Ein oder zwei ihrer Schauspielkollegen waren richtig gut – witzig und klug. Fasziniert hatte sie beobachtet, wie deren Selbstbewusstsein unter der Regie von Mrs Theroux im Lauf der Zeit gewachsen war, ja, wie sie alle sich immer weiter verbessert hatten. Sie hatten sich ihre Bewegungen auf der Bühne überlegt, ihre Dialoge aufpoliert, an ihren Tanzfiguren gearbeitet und daran, dass diese mit der Musik harmonierten. Gemeinsam an einem Strang zu ziehen, um etwas derartig Tolles auf die Bühne zu bringen, war wunderschön gewesen. Sie hatte es sehr genossen, ein Teil davon zu sein.

»Ich möchte dir gern einen Vorschlag machen«, sagte Mr James. »Ich dachte mir, es wäre hilfreich, wenn wir bereits darüber gesprochen haben, bevor du morgen wieder zur Schule kommst.«

»Ja …?«, fragte Tima nervös und interessiert

zugleich. Im selben Augenblick kam Mum ins Zimmer, ein Tablett mit Tee und Keksen in den Händen. Sie setzte sich neben Mr James und stellte das Tablett auf dem Couchtisch ab.

»Fahren Sie fort«, bat sie Mr James. »Wir sind ganz Ohr.«

»Man hat uns gebeten, Auszüge aus dem Musical bei einer Wohltätigkeitsveranstaltung aufzuführen«, erklärte Mr James. »Sie findet am Mittwochabend im Saal des Rathauses statt. Eigentlich hatten die Veranstalter etwas anderes eingeplant, aber die gebuchten Künstler haben einen Rückzieher gemacht. Und jetzt wurden *wir* angefragt, ob wir an diesem Abend nicht zwei oder drei Szenen aus *Oliver!* zeigen könnten, mit Liedern, Tanzfiguren und allem Drum und Dran.«

»Oh.« Tima hielt plötzlich die Luft an.

»Ich würde gerne einige der Lieder bringen, die immer gut ankommen – ›Consider yourself‹, ›Pick a pocket or two‹ und zum Schluss noch ›As long as he needs me‹.«

Tima schluckte. Das letztgenannte war ihr Lied. Das heißt … *Lilys* Lied, wie sich letzte Woche herausgestellt hatte.

»Also … wärst du bereit dazu?«

Tima starrte ihn an, spürte, wie ihr Gesicht vor Aufregung rot anlief. Oder vor Angst? Sie war sich nicht sicher. »Was … was ist mit Lily? Vielleicht sollten Sie lieber sie fragen? Lily hat meine Rolle doch schließlich übernommen – und ich habe gehört, dass sie das sehr gut gemacht hat und eine Schauspielagentin Interesse an ihr zeigt und alles.«

»Wer hat dir das denn erzählt?«, fragte Mr James und zog skeptisch eine Augenbraue hoch. Dann lachte er. »Lass mich raten … Lily?«

Tima zuckte mit den Schultern und kicherte. »Äh … ja.«

»Lily wird ebenfalls mitspielen«, ergänzte er. »Als Bet – nicht als Nancy. Das wird ihr nicht gefallen, aber ich bin überzeugt, sie versteht, weshalb es eine großartige Idee ist, dich für einen neuen Versuch auf die Bühne zu holen.«

»Das klingt fabelhaft«, sagte Mum. »Ich bin sicher, Tima ist einverstanden … So ist es doch, nicht wahr, Mäuschen?«

Tima dachte nach. Was, wenn sie es noch einmal vergeigte? Was, wenn alles schieflaufen würde? Und dieses Mal nicht nur vor der voll besetzten Aula, sondern vor dem voll besetzten *Rathaussaal*? Das Risiko war hoch – aber ein Teil von ihr sprudelte über vor Begeisterung. Dieses Mal würde sie es schaffen. Sie war jetzt stärker – hatte sich sehr viel mehr unter Kontrolle, seit sie Elena und Matt begegnet war. Und es wäre fantastisch, wenn sie ihre Rolle doch noch spielen, ihr Lied doch noch singen könnte.

»In Ordnung«, sagte sie. »Ich mache es.«

Mr James strahlte. Dann seufzte er schwer. »Was für ein Glück!«, sagte er und warf Mum einen Blick von der Seite zu. »Um ehrlich zu sein, hätte ich für die Wohltätigkeitsveranstaltung gar nicht zusagen können, wenn Tima nicht gewollt hätte. Die Person, die uns wegen der Aufführung gefragt hat, hat Timas Solo im Weihnachtsgottesdienst gehört … Ohne Tima in der Rolle der Nancy hätten wir dort also gar nicht auftreten können.«

»Wow«, sagte Tima. Mehr brachte sie nicht heraus.

Nachdem Mr James einen Schluck Tee getrunken hatte, ergänzte er: »Ich muss ja wohl nicht extra erwähnen, dass *das* unter uns bleiben muss!«

Etwas später brachte Mum ihn zur Tür, wobei sie fröhlich über die anstehende Aufführung plauderte und ihm versicherte, dass Tima mehr als bereit dafür sei. Als sie die Haustür geschlossen hatte, drehte sie sich zu Tima um und strahlte.

»Tima – das sind ja *sooo* wunderbare Neuigkeiten. Genau das brauchst du jetzt. Und dieses Mal wirst du einen großartigen Auftritt hinlegen. Da bin ich mir absolut sicher.«

»Danke«, erwiderte Tima, »ich gebe mein Bestes. Es wird schon werden, denke ich.«

Mum nickte langsam und atmete tief durch. »Vielleicht … sprichst du dann auch nicht mehr mit den Bienen …«

»Mum, ich hab dir doch schon erzählt, wie es dazu kam. Die Bienenkönigin …«

»Ich weiß«, sagte ihre Mutter. »Ich verstehe mittlerweile, wie es passiert ist, ich hab's im Internet recherchiert. Was ich *nicht* verstehe, ist, *weshalb* es passiert ist. Du hast dich immer unwohl gefühlt, wenn Insekten in deiner Nähe waren, und plötzlich sitzt du da, mucksmäuschenstill und völlig entspannt, während Tausende von Bienen über dich hinwegkrabbeln.« Sie schauderte.

»Ich bin einfach insgesamt etwas gelassener geworden«, sagte Tima. »Nach dem, was mir letzte Woche während der Aufführung passiert ist, können mich doch so ein paar *Insekten* nicht mehr aus der Ruhe bringen.« Sie wusste, dass ihre Erklärung wenig überzeugend klang, aber etwas anderes fiel ihr nicht ein.

»Irgendetwas stimmt nicht mit dir«, sagte Mum und strich ihrer Tochter über die Wange. »Du hast Ringe unter den Augen. Du schläfst immer noch schlecht, stimmt's?«

»Es ist schon viel besser geworden«, sagte Tima,

was zumindest teilweise der Wahrheit entsprach. »Ehrlich – mir geht es gut. Ja, ich bin *eigenartig*, aber das wusstest du doch schon.«

Mum wuschelte ihr durch die Haare. »Du bist wirklich erstaunlich«, sagte sie. »Zur Sicherheit lassen wir mal eine MRT-Aufnahme von deinem Kopf machen, ich kümmere mich gleich um einen Termin.«

19

Als um Mitternacht der Wecker klingelte, schreckte Matt verwirrt aus dem Schlaf hoch. Gerade hatte er noch geträumt, dass ein Star mit einem weißen Kreidestummel im Schnabel eine Nachricht für ihn auf den nassen Hof schrieb.

Matt richtete sich auf, brachte den Wecker zum Schweigen, rieb sich das Gesicht und versuchte sich an das zu erinnern, was der Star aufgeschrieben hatte. Der Text der Vogelbotschaft sickerte ihm durchs Gedächtnis wie Wasser durch die Finger. Es hatte irgendetwas mit hell und dunkel zu tun gehabt …

Er stand auf, schüttelte sich die Müdigkeit ab – und damit auch den Traum. Rasch schlüpfte er in seine Kleider, sein Herz raste vor Aufregung. Vielleicht würden sie heute Nacht den Grund für ihre Schlaflosigkeit erfahren. Und dieses Mal würden sie beim Hinein- und Hinauskommen sehr viel cleverer vorgehen. Er hatte sich eine Methode überlegt, und alles, was er dafür brauchte, lag hinter dem Verschlag mit dem Autopflege-Zubehör. Gestern hatte er den ganzen Nachmittag geistesabwesend Autos gewaschen und dabei, bis auf ein gelegentliches Grummeln und Nicken, nicht ein einziges Wort mit seinem Vater gewechselt. Und während er die Autos mit Wasser bespritzte, einseifte, wusch, trocknete und wachste, hatte er sich in Wahrheit voll und ganz darauf konzentriert, wie Elena, Tima und er sich sehr viel leichter Zugang zum Industriegelände verschaffen könnten.

Zuallererst müssten sie Timas Motten dazu bewegen, sich auf die hohen, orange leuchtenden Lampen zu setzen. Die Beleuchtung des Geländes müsste insgesamt etwas heruntergedämmt werden, da sie sonst nur allzu leicht entdeckt würden. Der Tausendbruch lag am Ende einer Sackgasse, es fuhren demnach keine Autos vorüber, was aber noch lange nicht hieß, dass sich dort niemand aufhielt. Vielleicht hatte jemand in einem der Gebäude gerade Nachtschicht – oder in diesem Kraftwerk, die Straße runter. Man konnte nie wissen. Gestern Nacht hatte Matt mehrmals geglaubt, dass ihnen jemand folgte. Er war natürlich einfach nervös gewesen, doch möglich wäre es trotzdem gewesen. Im Dämmerlicht würde er sich sehr viel sicherer fühlen.

Anschließend müssten sie, wie zuvor, über die Kabine des Sicherheitsdienstes aufs Gelände gelangen – und wieder zurück nach draußen. Falls der Anhänger, den sie letzte Nacht zum Raufklettern benutzt hatten, wieder an seinem alten Platz stand, würde man *eindeutig* Verdacht schöpfen, wenn sie ihn ein zweites Mal neben die Kabine ziehen und dort zurücklassen würden. Sie brauchten einen besseren Plan.

Als er und sein Vater am Nachmittag mit der Arbeit fertig waren, hatte er alles schon bis ins Detail ausgearbeitet. Er aß mit seinen Eltern, danach schlich er sich hinunter in den Hof, um alles zusammenzusuchen, was er brauchte. Dad hatte es sich inzwischen mit einer Flasche Bier gemütlich gemacht, um Fußball zu schauen. Und wenn er einmal dabei war, würde ihn nichts mehr ablenken können. Zu besseren Zeiten hatte Matt ihm hin und wieder Gesellschaft geleistet. Gelegentlich hatte sich sogar Mum dazugesetzt. Bier schien seinen Vater nicht so wütend zu machen wie Schnaps, manches Mal war er sogar ziemlich nett gewesen – besonders dann, wenn seine Mannschaft in Führung lag. Doch nach dem Vorfall mit der Xbox würde sein Dad lange darauf warten müssen, dass sein Sohn sich wieder zu ihm aufs Sofa setzte, um gemeinsam Fußball zu gucken. Matt kam es so vor, als gäbe es kleine, unsichtbare Fäden, mit denen Menschen an ihre

Familien gebunden waren. Einige Fäden würden ewig halten, komme, was wolle. Aber nicht alle. Gestern war einer dieser unsichtbaren Fäden zwischen ihm und seinem Vater durchtrennt worden. Für immer.

Vielleicht war es so das Beste. Schon vor einiger Zeit hatte er beschlossen, sein Zuhause – wenn irgend möglich – zu verlassen, sobald er 16 war. Vielleicht würde er zum Militär gehen, genau wie Ben. Und je weniger unsichtbare Fäden er dann spürte, umso leichter würde es ihm fallen.

Als er seine Zimmertür öffnete, lag die ganze Wohnung dunkel und still da. Eine Weile stand er im Türrahmen und lauschte. Dann trat er hinaus auf den Flur. Eine Sekunde später prallte er mit jemandem zusammen, taumelte zur Seite und schrie unwillkürlich auf.

Sein Vater stand über ihm.

»Pass doch auf!«, brüllte er schwerfällig. Hinter ihm schlug die Badezimmertür zu. »Wissobisnduwach?«, fragte Dad und steuerte das Elternschlafzimmer an. Soweit Matt das im Dunkeln erkennen konnte, trug er lediglich Boxershorts. Sein Bierbauch wackelte wie Götterspeise.

»Ich muss mal«, murmelte Matt. Er nickte in Richtung Badezimmer und hoffte inständig, dass sein Vater zu abwesend war, um zu bemerken, dass sein Sohn vollständig angezogen war.

»Allsklaar. Nacht«, murmelte sein Vater. »Hast gut gearbeitet heut, Kleiner. Siehste: Schlafmamehr. Is besser für dich.«

»Ja«, hauchte Matt nervös. Sein Dad verschwand ins Schlafzimmer und schloss die Tür hinter sich. Die Stille kehrte zurück. Matt ging zur Toilette – zum einen, weil er überzeugend wirken wollte, zum anderen, weil er nach diesem Schreck tatsächlich dringend musste. Als er wieder auf den Flur trat und Dads gedämpftes Schnarchen hörte, war er beruhigt. Er schlich sich leise aus der Wohnung und lief hinunter zum Hof. Dort griff er nach einem großen Wanderrucksack, der hinter dem Verschlag mit dem Pflege-Zubehör stand. Sein Inhalt war eher sperrig als schwer, doch Matt war heilfroh, alles dabeizuhaben. Sein Plan war gut. Er würde funktionieren. Und er würde Elena und Tima damit beweisen, dass er mehr draufhatte, als um tote Vögel zu heulen.

Er setzte den Rucksack auf, zog die Kapuze seines Pullis über den Kopf und machte sich auf den Weg zum Musikpavillon. Durch das Zusammentreffen mit seinem Dad war er immer noch angespannt und nervös. Er rechnete jeden Moment damit, dass eine Hand ihn an der Schulter packen und eine wütende Stimme ihn fragen würde, wo zur Hölle er hinwollte. Doch Dad kam ihm nicht nach – und auch sonst schien um diese Zeit niemand draußen zu sein. Einmal fuhr ein Auto an ihm vorbei, doch die Scheinwerfer hatten Matt frühzeitig gewarnt, sodass er sich im Schatten einer Bushaltestelle verbergen konnte, bis es wieder verschwunden war.

Auf halbem Weg zum Musikpavillon ließ sich etwas Helles von einem ausladenden Ast einer Eiche nach unten gleiten. Matt hielt den Atem an. Was war das? Es umkreiste einige Häuser und kam dann herangeschossen, tiefer diesmal. Eine Schleiereule … glänzend und geisterhaft. Matt spürte ein Kribbeln. Könnte er … könnte er mit ihr in Kontakt treten?

Die Eule flog auf ihn zu und glitt stumm so nah an ihm vorbei, dass er den Abwind ihrer Flügel im Gesicht spürte. Dann war sie fort, verschwunden zwischen den dunklen Eichen. Ob er sie dazu bringen könnte zurückzukehren?

Mach dich nicht lächerlich, sprach eine zynische Stimme in seinem Inneren. *Du bist kein Vogelflüsterer. Das schaffst du nicht. Und dann bist du wütend, wenn du dich mit Elena und Tima triffst. Lass es sein.*

Matt ließ es sein.

20

Schweigend erreichten sie den Tausendbruch und blieben für einen Moment auf der Straßenseite gegenüber dem Haupteingang stehen. Von dort aus, verborgen unter einigen Stechpalmen, betrachteten sie die nun schon vertraute, leere Kabine des Sicherheitsdienstes, die direkt neben den Metalltoren stand.

Elena drehte sich um und zeigte in die Richtung, aus der sie gekommen waren. Sie hielt den Arm gerade und ruhig. »An einem Punkt entlang dieser gedachten Linie«, sagte sie, »steht Timas Haus. Wenn man von dort aus weiter geradeaus läuft, gelangt man zu mir nach Hause. Geht man dann immer weiter in dieselbe Richtung, steht dort … na, ratet mal!«

»*Mein* Haus«, ergänzte Matt.

Da er nicht besonders überzeugt aussah, zeigte Elena ihnen noch einmal den Stadtplan mit dem geraden Bleistiftstrich. »Seht ihr, die Linie verläuft von Nordwesten nach Südosten. Schnurgerade wie mein Lineal. Findet ihr das nicht merkwürdig?« Als Matt und Tima nickten, lief Elena ein Schauer über den Rücken. Das Gefühl war nicht nur unangenehm – sie war aufgeregt. Kaum zu glauben, dass sie bis vor einigen Tagen noch nie ein Wort mit Matt oder Tima gewechselt hatte. Weshalb sie alle auf diese Weise miteinander verbunden waren, wusste sie nicht, aber wenn all das heute Nacht ein Ende hätte, würde sie die beiden vermissen. Allerdings glaubte Elena nicht so recht daran, dass es schon heute Nacht enden würde.

»Du denkst also, dass sie genau *da* durch« – Matt deutete zum Haupteingang – »und dann mitten hinein in diese Lagerhalle für Verpackungsmaterial läuft?«

»Ja«, erwiderte Elena. »Das tue ich. Ich wünschte nur, ich hätte einen Kompass, mit dem ich sichergehen könnte.«

»Dein Handy«, sagte Matt. »Da ist doch bestimmt ein Kompass drauf.« Er versuchte, nicht frustriert zu klingen, aber es gelang ihm nicht. Sein eigenes Handy war immer noch beschlagnahmt.

»Ach?! Daran habe ich gar nicht gedacht! Wo finde ich den Kompass?« Elena zog ihr Handy aus der Tasche, rief das Hauptmenü auf und ging die Apps auf dem Bildschirm durch. »Wo ist der denn?« Matt seufzte schwer und tippte mit dem Finger auf das kleine Kompass-Symbol. »Oh! War das immer schon da? Das ist mir noch nie aufgefallen.«

»Mädchen!« Matt stöhnte auf. »Echt, mal wieder typisch!«

»Spar dir gefälligst deine Geschlechterklischees!«, blaffte Tima ihn an.

Elena lachte laut. »Gib's ihm, Schwester!«, sagte sie grinsend. »Und jetzt mal Ruhe. Wir müssen da über den Zaun und der Linie mit dem Kompass folgen.«

»Zuallererst müssen deine Motten in die Gänge kommen«, sagte Matt zu Tima. »Es ist hier viel zu hell. Bring sie dazu, die Lampen abzudecken. Und auch die ganzen Überwachungskameras, genau wie beim letzten Mal. Sind es denn genug?«

»Es sind Tausende«, sagte Tima. »Millionen.«

»Dann sag's ihnen«, forderte Matt.

»Ich sage ihnen nicht, was sie tun sollen, ich bitte sie darum«, stellte Tima klar. »Du kannst ihnen nichts vorschreiben, Matt. Es geht um eine Anfrage, nicht um einen Befehl.«

»Was auch immer«, grummelte er. »Sorg einfach dafür, dass es gemacht wird.«

Tima sah sich um. Heute Nacht hatte Elena noch keine Motten gesehen, die dem jüngeren Mädchen gefolgt wären. Sie hatte sich sogar schon gefragt, ob die Motten ihre Begleitung ganz aufgegeben hatten – doch dem war offensichtlich nicht so. Tima trat jetzt aus dem Schatten der Stechpalmen hervor und hob die Arme wie eine Balletttänzerin. Sie schloss die Augen, lächelte und atmete dann langsam aus, wobei sie den Mund leicht spitzte und durch die Lippen zu blasen schien. Innerhalb von Sekunden zog ein Nebel aus winzigen geflügelten Wesen aus dem Grün hinter ihnen auf. Die Tiere kamen von den Bäumen und Büschen und aus den zerklüfteten Felsvorsprüngen in der Steilwand des ehemaligen Steinbruchs herangeflogen. Aus dem Nebel wurden Wirbel, und die Wirbel stoben davon und strömten hinüber zu den hohen Lampen.

Mit offenem Mund stand Elena da und starrte auf die Straßenlaterne, die ihr am nächsten war. Einen Moment lang drehte sich der Wirbel unterhalb der Lampe, als ob er von der Laterne herabhinge. Dann, als Timas fliegende Helfer sich auf dem Glas sammelten, verdichtete sich der Nebel zu einer dunklen Kugel. Auch die Lampen auf dem Industriegelände leuchteten immer schwächer. Bald war rundherum kaum noch ein Flimmern zu erkennen – der Tausendbruch lag im Dunkeln. Matt schulterte seinen Rucksack und ging auf die Metalltore zu.

Elena lief zum Müllcontainer, um ihn herüberzurollen.

»Lass ihn«, rief Matt ihr nach. »Den brauchen wir nicht.«

Er blieb neben den Toren stehen und ließ sein Gepäck vor sich auf den Boden fallen. Der Rucksack war sehr groß und kakifarben und sah aus wie vom Militär. Matt kippte ihn um und zog etwas Helles, Rechteckiges heraus.

Elena holte ihre Taschenlampe und leuchtete ihm, während er den Gegenstand hochhielt und daran rüttelte. Mit einem leisen Rattern verwandelte er sich in eine schmale Leiter.

»Eine Teleskopleiter«, erklärte Matt. »Aus Aluminium – sehr leicht. Die lässt sich in sich selbst zusammenschieben. Wir benutzen sie bei der Autopflege, beim Saubermachen mancher Vans muss man ganz schön hoch klettern.«

»Das ist genial«, sagte Elena. »Aber … wie sollen wir *da* drüberkommen, ohne uns die Nieren zu durchlöchern?« Sie zeigte auf die bedrohlich aufragenden Metallspitzen der Tore und den Stacheldrahtzaun zu beiden Seiten.

Matt griff noch einmal in seinen Rucksack und holte ein dickes schwarzes Gummistück heraus, das die Form eines Regenbogens hatte. »Ich hab einen alten Reifen aufgeschlitzt«, erklärte er. »Der sollte die Metallspitzen ausreichend abdecken, wenn wir rüberklettern.«

Er stellte die Teleskopleiter aufrecht vor sich hin. Am oberen Ende waren weiche Schaumstoffpolster angebracht, die offensichtlich verhindern sollten, dass bei der Reinigung der Vans Kratzer im Autolack entstanden. Matt lehnte die Leiter gegen die Eingangstore, die stabiler waren als die Maschendrahtzäune. Die Leiter erreichte zwei Drittel der Höhe. Matt stieg hinauf und legte das Reifenstück über die Metallspitzen, sodass das gebogene Gummi vorne und hinten herunterhing. Er drückte es noch ein-, zweimal nach unten, aber es schien bereits fest genug verankert zu sein, um einen sicheren Weg über die Tore zu gewährleisten. Dann stieg Matt wieder von der Leiter herunter.

»Soll ich zuerst gehen?«, fragte Tima und machte sich daran, nach oben zu klettern.

»Halt – nicht so schnell!«, sagte Matt. Er griff ein drittes Mal in den Rucksack und zog ein dünnes, starkes Seil heraus. Ein Ende schlang er um die linke Ecke der obersten Leitersprosse und sicherte es mit einem festen Knoten. Dann band er das andere Seilende an die rechte Sprossenseite, sodass eine lange Schlaufe entstand.

Matt, den Rucksack wieder auf dem Rücken,

stieg als Erster hinauf und warf die Schlaufe über das Tor zur anderen Seite hinüber. Dann sprang er selbst nach unten und wartete, um Elena und Tima nach der Kletterpartie hinunterzuhelfen. Als sie alle drei hinter den Toren standen, griff er nach oben und zog leicht an der Schlaufe. Mit etwas Geknarre und Gequietsche hob sich die Aluminiumleiter vom Boden, kam ruckelnd auf dem Gummireifen an, wurde darüber hinweggezogen, wobei sie etwas zur Seite schwenkte, und glitt dann schnell nach unten. Matt, Elena und Tima standen bereit, um sie in Empfang zu nehmen. Sie rutschte gar nicht erst zu Boden, kein lauter Aufprall verriet die drei. Dann lehnte Matt die Leiter noch einmal gegen die Tore und kletterte hinauf, um das Stück Gummi von oben zu holen.

»Clever«, sagte Elena, während er die Leiter zusammenschob und sie zusammen mit dem Seil und dem Reifen in seinem Wanderrucksack verstaute. »Ich bin beeindruckt.«

»Ich auch«, sagte Tima. »Echt raffiniert.«

Matt blickte die beiden finster an, weil er glaubte, sie würden sich über ihn lustig machen. Als er begriff, dass sie es ernst gemeint hatten, zuckte er mit den Schultern, und seine Gesichtszüge entspannten sich. Dann versteckte er den

Rucksack ganz in der Nähe hinter einem Stapel Holzlatten. Elena fragte sich, wie oft ihm wohl schon jemand gesagt hatte, dass er clever war. Vermutlich eher selten. Deshalb fügte sie noch hinzu: »Die Leiter zu nehmen war die richtige Entscheidung. Seht mal – jemand hat den Anhänger gestern zurückgerollt.« Elena zeigte auf das Gefährt, das wieder an seinem ursprünglichen Platz vor einem der nahe gelegenen Gebäude stand. »Sie wären hunderprozentig misstrauisch geworden, wenn der morgen früh noch einmal hier gestanden hätte. So hinterlassen wir keine Spuren. Genial!«

Dieses Mal lächelte Matt. Es stand ihm gut. Schade, dass er nicht häufiger lächelt, dachte Elena.

»Also dann«, sagte sie und sah wieder auf den Kompass. »Guckt mal – hier verläuft die Linie.« Sie zeigte nach hinten auf das Tor, in die Richtung, aus der sie gekommen waren. »Und sie geht …« – Elena drehte sich und streckte den linken Arm in einer gedachten Linie nach Südosten aus – »da entlang.«

Sie hob den Kopf, um in dem von den Motten gedämmten Licht etwas erkennen zu können, und spürte plötzlich ein Kitzeln an den Schultern. Ja. Dort, genau in der Richtung, in die sie zeigte, lag die Lagerhalle von Sentry SuperPack – weit hinten, am anderen Ende des Geländes.

Sie liefen, Elena folgend, in einer Reihe hintereinander her. Auf dem Weg zur Lagerhalle sagte niemand ein Wort. Die unsichtbare Linie, die Elenas Kompass vorgab, verlief leicht schräg durch das riesige Doppeltor des Halleneingangs. Unmittelbar davor blieben sie stehen. Matt klopfte mit der flachen Hand gegen eines der großen Holztore. »Und was jetzt? Gehen wir noch einmal da rein … oder sollen wir hier warten?« Er warf einen Blick auf seine Uhr. »Wir haben noch zehn Minuten.«

Elena und Tima sahen sich an.

»Ich will nicht noch einmal an diesen toten Ort«, sagte Tima und schlang die Arme um den Oberkörper.

»Ich auch nicht«, gab Elena zu. »Aber wir müssen herausfinden, was *drinnen* geschieht. Was auch immer passiert, es passiert da drin, dort, wo wir gestern die Vögel gefunden haben.«

»Jetzt kommt schon«, forderte Matt die Mädchen auf. »Wir haben keine Zeit herumzutrödeln. Sitzen deine Motten noch auf den Überwachungskameras, Tima?«

Tima nickte lächelnd. »Sie lassen uns nicht im Stich.«

Elena hatte sich Sorgen gemacht, dass das obere Fenster der Toilettenräume diesmal fest verschlossen sein könnte, doch das war es nicht. Es war angelehnt, so wie sie es in der letzten Nacht zurückgelassen hatten – niemand hatte die Luke in der Zwischenzeit von innen verriegelt. Noch einmal zwängte Tima sich hindurch und öffnete das untere Fenster, damit sie hineinklettern konnten. Einige Minuten später standen sie wieder in der Haupthalle des Warenlagers, hinten, vor der schwarzen Tür des Notausgangs, und blickten ins … Leere.

Der Haufen toter Insekten und Spinnen, den Matt in der Nacht zuvor entdeckt hatte, war weggefegt worden. Vögel gab es keine in der Lagerhalle, weder tote noch lebende. Sie waren allein. Und so legten sie ihre Taschenlampen auf den Boden und warteten.

»Ist es gleich 1:34 Uhr?«, flüsterte Tima, die sich die Arme rieb, obwohl es gar nicht kalt war.

»Noch eine Minute, 40 Sekunden«, antwortete Elena, nachdem sie einen Blick auf ihr matt leuchtendes Handy geworfen hatte. Dann schob sie es in ihre Tasche und blieb regungslos stehen.

Sie schwiegen. Die Sekunden vergingen.

»Vielleicht werden wir überhaupt nichts sehen«, flüsterte Tima, während die letzte Minute anbrach. »Es könnte unsichtbar sein. Und wir könnten …«

Da war ein Klang – ein Rauschen, ein Summen. Alle drei fuhren herum. Matt griff nach seiner Taschenlampe und leuchtete in die Richtung. Es war der vordere Teil der Lagerhalle, über dem Doppeltor. Durch den unscharf umrissenen Spalt, den die Motten ihnen in der Nacht zuvor gezeigt hatten, drang blasses Sternenlicht und zunehmend auch das orangefarbene Leuchten der hohen Lampen, die auf dem Gelände standen. Jetzt hob auch Elena ihre Taschenlampe auf. Sie vermutete, dass Timas Motten – jetzt, da sie in der Halle angekommen war – ihren Dienst beendet hatten.

Vielleicht wollten die Motten ihnen aber auch nur Gesellschaft leisten, denn nun sah sie, dass in der Halle mittlerweile Insekten umherflogen. Es waren Fliegen und Käfer und Motten, die durch den Spalt schwirrten und dann in eine Art Wolke fielen. Das Ganze sah aus wie ein bizarrer Insektenwasserfall, der im Schein ihrer Taschenlampen glitzerte.

Jetzt konnte Elena sich auch die Geräusche, eine Art Vibrieren und gedämpfte Schläge, erklären: Einige Vögel – vielleicht ein Dutzend – waren ebenfalls durch den Spalt über den Toren hereingeflogen und flatterten nun hoch oben in der Halle, zwischen Kabeln und Dachsparren, um die Deckenbeleuchtung herum.

Keines dieser fliegenden Wesen schien einem Plan zu folgen. Vielmehr sah es so aus, als ob sie alle auf etwas warteten …

Auf Elenas Haut stellte sich jedes einzelne Härchen auf, während sie von Kopf bis Fuß von einem gewaltigen Zittern erfasst wurde. Ihr gegenüber stand Tima, die leise aufschluchzte. Matt schnappte nach Luft. Dann fühlte Elena sich von einer unsichtbaren elektrischen Kraft gepackt. Es geschah mit einer unglaublichen Energie und tat dennoch nicht weh … Im selben Augenblick, in dem ihr bewusst wurde, dass sie sich nicht mehr bewegen konnte, hörte sie das Lied. Wie das Echo von einem weit entfernten Berg drang es zu ihr durch, so süß und wahrhaftig und golden, dass ihr augenblicklich Tränen in die Augen traten.

Die verwässerten ihren Blick allerdings nicht so sehr, dass sie *ihn* nicht gesehen hätte.

Der Lichtstrahl hatte die Farbe von Bernstein und pulsierte nur so vor lauter Blasen, Wirbeln und Wellen in Blau, Grün und Gold. Er fiel mit leichter Neigung einmal quer durch das Warenlager, strömte durch die Vordertore hinein und floss bis ans andere Ende der Halle, zu der Wand oberhalb der Notausgangstür. Später dachte Elena, dass ihr Gehirn wohl in eine Art Zeitlupen-Modus gesprungen war, weil sie Muße genug hatte, die Insekten und Vögel zu beobachten, die dem Lichtstrahl strudelartig in die Halle folgten, in seinen Sog eintauchten und in ihm herumwirbelten, sich auf ihn zubewegten wie im Rausch.

Die Musik umspülte sie, hüllte sie vollständig ein. Selbst wenn sie das Kornett irgendwann einmal meisterhaft beherrschen, in international angesehenen Orchestern spielen und in den besten Konzerthallen der Welt vor Königen und Präsidenten auftreten würde, so könnte sie doch nie an diesen herrlichen Klang heranreichen. Wäre es ihr möglich, diesen Strom aus Licht und musikalischer Schönheit zu *berühren*, würde sie wohl in den Himmel getragen werden und nie mehr zurückkehren.

Als schließlich der letzte himmlische Ton verklang und das Licht in der Schlackenbetonwand verschwand wie ein Zug im Tunnel, merkte Elena, wie sie dem Strahl wirr hinterhersang, ohne die Lippen zu bewegen. In ihrem Inneren schrie alles: »Nimm mich mit! Nimm mich mit dir mit!«

Und sie war nicht die Einzige. Sie konnte auch die anderen hören … alle, die dort waren, Menschen und Tiere. Elena schloss unwillkürlich die Augen. Als sie sie wieder öffnete, fand sie sich auf dem Boden wieder – verwickelt in einem Knäuel, zusammen mit Matt, Tima, einem Haufen Insekten und etlichen Vögeln.

Benommen befreite sie sich aus dem Wirrwarr und kam auf die Beine. Als sie nach ihrer Taschenlampe griff und mit zittriger Hand auf den Boden leuchtete, sah sie, dass auch die Vögel benommen waren, aber nicht verletzt zu sein schienen. Langsam rappelten sich sowohl die Tiere als auch Matt und Tima wieder auf und schauten sich verwirrt um. Selbst die Insekten erholten sich und erhoben sich in Scharen.

Aber … Was hatte die anderen Tiere dann getötet?

Im nächsten Augenblick hatte ihr Rausch ein Ende, und Kälte krallte sich in Elenas Magengrube fest. Abrupt packte sie Tima und Matt bei den Armen und zog sie vom Notausgang fort. »Es ist nicht der Strahl!«, rief sie. »Es ist nicht der Strahl. Der Strahl zieht sie hinein … aber er tötet sie nicht. Es ist etwas –«

»… anderes«, sagte Matt, als die Tür zum Notausgang zu beben begann. Er schubste Elena und

Tima hinter sich und hielt sie mit seinen Armen zurück. Sie wehrten sich nicht dagegen, sondern klammerten sich an ihm fest und starrten über seine Schultern nach vorne. Was immer »etwas anderes« auch sein mochte – es kam. Jetzt.

21

Kälte.

Tima spürte einen eisigen Wasserfall in ihrem Inneren hinabstürzen. Es fühlte sich an, als sei ihr Magen urplötzlich voller kalter Steine. Der wundervolle singende Goldstrahl war verschwunden, und nun kam etwas anderes herein. Etwas Schlechtes, das nach dieser Herrlichkeit vielleicht sprungartig anstieg. Etwas, um das Gleichgewicht in der Welt wiederherzustellen.

Rund um die Notausgangstür brach sich ein Licht Bahn. Später würde Tima versuchen, dieses Licht zu beschreiben, und daran scheitern. Sie würde es als »dunkles Rot«, »dunkles Blau«, »dunkles Lila« bezeichnen, und doch war es nichts davon gewesen … Eher eine Art *Anti*-Licht. Ein Licht, das zugleich *dunkel* war.

Tima konnte auch Elenas und Matts Angst spüren, was ihre eigene Angst noch einmal verstärkte. Die Vögel und sogar die Insekten … sie alle schienen genau wie sie in der Warteschleife zu hängen. Das Dunkellicht hatte sie fest im Griff. Während sie alle wie versteinert auf die Tür zum Notausgang starrten, veränderte sich etwas. Zunächst bogen sich die geraden Strahlen, die entlang des Türrahmens hineinfielen, auf eine Weise, wie es bei einem normalen Lichteinfall von außen nicht möglich gewesen wäre. Das Dunkellicht stellte die Gesetze der Physik auf den Kopf. Die Strahlen krümmten sich, dann *wanden* sie sich und wurden zu etwas Lebendigem ... Eine Kreatur, jenseits aller Vorstellungskraft, streckte ihre Tentakel durch die Tür. Etwas aus den Tiefen des Erdinneren.

Und da war auch ein Klang. Nein – ein *Anti*-Klang. Es war die schreckliche Stille, die eintritt, wenn jedes Geräusch urplötzlich aus den Ohren gesaugt wird und nur der panische Widerhall des eigenen Gehirns zurückbleibt, das versucht, all das zu verstehen. So musste es sich anfühlen, stocktaub zu sein, dachte Tima. Und wenn sie wirklich taub geworden war? Sie riss die Hände hoch, klopfte auf ihre Ohren – und schrie.

Kein Geräusch. KEIN GERÄUSCH. NICHT EIN EINZIGES GERÄUSCH! Und Tima schrie immer noch. *Dass* sie schrie, wusste sie nur durch die Vibrationen auf ihrer Zunge und in ihrem Hals – ein Kratzen am Kehlkopf sagte ihr, dass sie sich bereits heiser geschrien hatte.

Und noch immer bewegten sich die Tentakel aus Dunkellicht, griffen zuerst nach den Vögeln, zogen sie zur Tür, wo auch sie stumm aufschrien und mit den Flügeln flatterten, mit weit aufgerissenen Schnäbeln und hervorstechenden Augen. Diese Augen, die gerade noch vor Angst geglänzt hatten, waren in der nächsten Sekunde ausdruckslos und mattrot.

Die Insekten fielen leblos zu Boden, einige jedoch entkamen. Auch ein Vogel drehte um und wand sich aus den Fangarmen. Er flog direkt über ihre Köpfe hinweg, der Abwind bewegte die Luft, und mit einem seiner Flügel streifte er Matt am Kopf.

In diesem Moment kam Bewegung in Matt. Er drehte sich um, packte Tima und Elena am Arm und schob sie durch den Gang zurück.

»LAAUUFT! LAUFT! LAUFT!!!«

Wie Kanonendonner schossen seine Worte durch Timas Ohren, ihr Gehör funktionierte wieder. Ihr eigener Schrei wurde schwächer, von hastigen, angestrengten Atemzügen abgelöst, während sie durch den engen Gang voller Pappkartons und Luftpolsterfolie liefen. Am Ende des Gangs zog Matt Tima nach links zu den Seitentüren, durch die sie die Halle betreten hatten. Elena war vorangelaufen und stieß die Türen für ihre Freunde auf.

Selbst als diese hinter ihnen zuschlugen, blieben

sie nicht stehen. Innerhalb weniger Sekunden waren sie in den Toilettenräumen angekommen, auf das Fensterbrett gestiegen und hinausgeklettert. Einer nach dem anderen landete auf dem schmalen, asphaltierten Weg und rannte zur Vorderseite des Gebäudes. Tima wäre auch noch weitergelaufen – nach vorne zu den Eingangstoren, zur Leiter und in die Sicherheit –, doch Matt erwischte sie gerade noch und hielt sie fest. Auch Elena war stehen geblieben. Eine Weile konnten sie nicht sprechen, sie rangen nach Atem, vornübergebeugt, die Hände auf den Knien. Tima blickte zur Lagerhalle, doch dort waren keine Dunkellicht-Tentakel zu sehen, die sich ihren Weg nach draußen gebahnt hätten. Timas Herz hatte aufgehört, sich durch den Brustkorb boxen zu wollen, und schlug wieder auf normalem Hysterie-Level.

»Was *war* das? Was?«, japste sie, sobald sie wieder Luft bekam.

Matt und Elena, immer noch um Atem ringend, sahen sie nur an und schüttelten die Köpfe.

»Es kommt nicht hinter uns her«, sagte Matt schließlich.

»Woher willst du das *wissen*?«, fragte Elena. Auch hier draußen, im gedämmten Licht, war sie immer noch weiß wie ein Bettlaken.

»Ich hab nur … Also …«, stammelte Matt und setzte sich erschöpft an den Straßenrand. Ein Stück neben ihm auf der Bordsteinkante saß ein Vogel – er war dunkel, hatte einen geraden spitzen Schnabel und metallisch schimmernde Federn. Matt nickte in seine Richtung. »Sie hat es mir gesagt.«

Elena und Tima linsten an Matt vorbei und betrachteten den Vogel. »Es ist ein Star, stimmt's?«, fragte Tima.

Matt nickte. »Ja – von der Sorte, die meinen Vater unter Beschuss genommen hat.« Er beugte sich zu dem Vogel und legte seine ausgestreckte Hand direkt neben ihm ab. Das Tier spreizte die Flügel, ruckelte seine Federn zurecht und senkte die Flügel wieder. Dann stieg es seelenruhig auf Matts Handfläche.

Während die Mädchen zuschauten, wie Matt den Vogel behutsam aufhob und ihm in die Augen sah, fiel der Schrecken der letzten Minuten allmählich von ihnen ab. Da der Star Mühe hatte, sich auf seiner Handfläche zu halten, machte Matt mit der anderen Hand eine Faust, die er dem Tier anbot. Der Vogel hüpfte hinüber und drückte die Krallen seiner zarten dunkelrosa Füßchen fest in die Haut.

»Das hast du gut gemacht«, sagte Matt sanft.

»Wie du da rausgekommen bist. Deine Kumpels hatten nicht so viel Glück.«

»*Glück*«, erwiderte der Vogel.

Die Kinder schnappten nach Luft und sahen sich an. »Er spricht!«, quietschte Elena.

»Sie ahmt Wörter nach«, stellte Matt klar. »Stare sind wunderbare Imitatoren. Das seid ihr doch, nicht wahr, Glück?«

»Glück«, sagte der Vogel.

»Sieht so aus, als soll das ihr Name sein«, meinte Elena. »Woher weißt du, dass es ein Weibchen ist?«

»Ich weiß es einfach«, entgegnete Matt.

»Kannst du sie lenken, wie Tima die Motten lenkt?« Fasziniert näherte sich Elena dem kleinen Vogel.

»Lenken ist nicht das richtige Wort«, sagte Matt. »Ich weiß jetzt, was du gemeint hast, Tima. Es ist eher eine … eine Vereinbarung.«

Tima nickte lächelnd. »Ja – eine Art Gespräch. Du kannst sie um etwas bitten, und falls es in Ordnung für sie ist, helfen sie dir.« Sie warf einen Blick nach oben zu den Lampen, die dank ihrer Mottenstaffeln wieder gedimmt worden waren und nur noch schwach orange leuchteten. »Ich glaube nicht, dass sie *alles* für mich tun würden. Sie würden meine Bitte zuerst abwägen. Es sind intelligente Tiere. Das Ganze ist ziemlich … wunderschön.«

Elena fröstelte und rieb kräftig über die Ärmel ihrer Jeansjacke. »Jetzt hänge ich hier mit *zwei* Doktor Dolittles rum!«

»Ich könnte wetten, dass nicht nur wir diese Begabung haben«, sagte Tima. »Sie muss ein Nebeneffekt des Strahls sein. Auch du wirst sie haben.«

»Nicht, dass ich wüsste«, erwiderte Elena. »Aber das ist nicht schlimm. Es macht mir nichts aus.«

Tima war schon aufgefallen, dass Elena oft gleichgültig reagierte, so als würde sie nichts an sich heranlassen. Das ältere Mädchen wirkte irgendwie … resigniert, beinahe niedergeschlagen. Tima sollte wirklich mehr über ihre beiden neuen Freunde herausfinden. Weshalb Matt so wütend war, konnte sie sich denken – nach dem, was sein Vater mit der Xbox gemacht hatte … Doch vielleicht steckte auch noch mehr dahinter. Elena aber hatte bisher so gut wie gar nichts über ihr Zuhause erzählt, ja kaum erwähnt, dass sie überhaupt Eltern *hatte*. Dafür gab es sicherlich einen Grund.

»Ich denke, es wird Zeit zu gehen«, sagte Elena, die sich noch einmal nach der bedrohlich aufragenden, stillen Lagerhalle umsah. »Ich weiß, wir haben noch nicht genug herausgefunden, aber ich glaube kaum, dass ich mich jemals wieder da hineintrauen werde. Was immer dieses Ding auch ist – dieser … *Krakendämon* –, ich will ihm nicht noch einmal begegnen. Wir sollten ihn in Ruhe lassen, ihn dorthin zurückkehren lassen, von wo er gekommen ist – welche durchgeknallte Dimension das auch sein mag.«

Matt stand auf. Glück, die auf seiner Faust sitzen geblieben war, schlug kurz mit den Flügeln, um das Gleichgewicht wiederzufinden. Matt sah von Elena zu Tima, dann wieder zu Elena. »So einfach ist das wohl nicht.«

Tima streckte die Hand aus und strich sanft über die Flügel des Vogels. Glück blickte sie ruhig an. »Teilt sie dir irgendetwas mit?«

Matt nickte. »Nicht mit Worten, nur durch Empfindungen. Dieses Ding, dieser *Krakendämon* – so hast du ihn doch genannt? Ein guter Name. Jedenfalls … was auch immer ist: Es hat Hunger.«

»Und was können *wir* dagegen tun?«, fragte Elena und trat schaudernd noch ein paar Schritte von dem Gebäude zurück. »Wir sind bloß Kinder. Sollten wir jemandem davon erzählen?«

»Ich weiß nicht«, sagte Matt. »Wir müssen eine

Nacht drüber schlafen. Ich meine ein paar Stunden … So lange wir eben können.«

Sie liefen zurück zum Haupteingang. Tima hatte ihren Motten mittlerweile freigegeben, und so erhellte sich der Tausendbruch allmählich wieder. Dennoch war es immer noch beruhigend dunkel an den Eingangstoren. Da Matt nun beide Hände für die Leiter brauchte, blieb er stehen und sagte zu dem Vogel, der immer noch auf seiner Faust saß: »Ist alles wieder okay bei dir?« Tima hatte Matt noch nie so reden hören – seine Stimme klang sanft und zärtlich. Glück legte den glänzend schwarzen Kopf schief und sagte: »Okay!«

Matt lächelte und hob die Hand. »Flieg nach Hause und pass auf dich auf«, sagte er. »Wir sehen uns wieder?«

»Okay!«, krächzte Glück, flog von seiner Faust auf und flatterte in die Dunkelheit.

»Das ist … unglaublich«, murmelte Elena. »Ich frage mich –« Doch was Elena sich fragte, erfuhren die anderen nicht mehr, denn in diesem Moment erstarrte das Mädchen und zischte: »Hört mal!«

Zunächst nahm Tima gar nichts wahr – doch ein paar Sekunden später hörte sie es auch. Ein fiependes, hechelndes Atmen – es klang angestrengt und wie in heller Aufregung. Ganz in der Nähe leuchtete eine Taschenlampe. Matt drehte sich um und schrie auf. Er zeigte durch den Zaun hinaus, auf die andere Seite des Geländes. Unter den Stechpalmen, unter denen sie sich zuvor versteckt hatten, stand nun ein kleiner dunkelblauer Lieferwagen mit weißer Aufschrift: Sicherheitsdienst KNiGHTWOOD – hundePATROUILLE.

»Oh nein!«, schrie Elena. »Jetzt ist tatsächlich der Sicherheitsdienst mit den Wachhunden angerückt!«

Matt rannte zu seinem Rucksack, zerrte die Leiter heraus und stellte sie in aller Eile an den Toren auf – doch diesmal schien das dabei entstehende Geräusch zehnmal so laut zu sein wie zuvor. Auch der Wachhund schien es gehört zu haben, denn nun hörten sie ihn aufgeregt bellen. Der Mann mit der Taschenlampe musste mittlerweile am anderen Ende des Geländes sein – und der Hund war offenbar nicht angeleint. Sein Kläffen drang durch die Nachtluft und hallte von Beton und Ziegelsteinen zurück.

»Beeil dich! *Beeil* dich!«, flehte Tima panisch. Ein hüfthohes dunkles Wesen näherte sich auf vier Beinen – in ein paar Sekunden würde es bei ihnen sein. Vor dem Tier flatterte eine dichte Wolke aus Insekten. Der Schäferhund – ein augenscheinlich abgerichteter Wachhund – schnappte nach den Insekten, konnte sie aber nicht einholen.

»Er kommt! LOS! LOS!«, schrie Matt, während Tima schon die Leitersprossen hinaufhetzte.

Oben angekommen, japste sie atemlos: »Hier liegt kein Reifen!« Matt brummte frustriert und warf ihr das Stück Gummi hoch, sodass Tima es auf den Metallspitzen platzieren konnte. Vielleicht noch zehn Sekunden, dann würde der Hund bei ihnen sein. Sie schwang sich auf den Reifen, rutschte über die Tore und landete auf der anderen Seite, wobei sie sich die Knie auf dem Betonboden aufschlug. Auch Elena war bereits die Leiter hochgeklettert, doch Matt, der direkt hinter ihr war, würde es nicht mehr schaffen. Der Hund war jetzt *fast* – nein, der Hund *war* da. Durch die Torspalten sah Tima, wie er an der Leiter hochsprang und den Jungen am Arm zu Boden riss. Erschrocken stieß Matt einen erstickten Schrei aus, während er sich den anderen Arm schützend vors Gesicht hielt. Von irgendwoher hörten sie eine männliche Stimme rufen: »Prinz! Wo bist du, mein Junge? Was hast du entdeckt?«

»Nein … Nein, nein, *nein* …«, jammerte die auf der Leiter gefangene Elena – unfähig zu fliehen, aber auch unfähig, Matt zu helfen. »Bitte nicht … schhhh … nicht …«

Und dann geschah etwas Erstaunliches. Der Hund ließ Matt einfach los. Und er hörte auf zu bellen. Elegant tippelte er etwas zurück, blieb dann regungslos stehen und blickte stumm zu Elena.

»Wir müssen gehen«, flüsterte sie. »Wir wollten hier keinen Schaden anrichten. Wir sind keine schlechten Menschen.«

Der Hund stand weiter ruhig da, legte den Kopf schief und wedelte genau einmal mit dem Schwanz.

»Kannst du … Kannst du uns helfen?«, fragte Elena mit gedämpfter Stimme.

Der Hund wedelte noch einmal mit dem Schwanz. In der Ferne hörten sie wieder den Mann vom Sicherheitsdienst rufen, doch das Tier zuckte nur kurz mit den großen, spitzen Ohren und reagierte nicht weiter darauf.

»Bitte … Bitte führ dein Herrchen irgendwo anders hin. Weg von hier. Weg von uns. Könntest du das tun?«

Der Hund reagierte mit einem kurzen, kehligen Laut – es klang fast wie eine Anwort. Dann drehte er sich um und rannte mit großen Sätzen in die Richtung, aus der er gekommen war.

Fünf Sekunden lang verharrten sie alle drei wie versteinert und sahen zu, wie der Hund sein Herrchen in eine andere Richtung lockte. Dann rappelte Matt sich vom Boden auf, griff nach seinem Rucksack und brummte: »LOS!«

22

»Wo bist du letzte Nacht gewesen?«

Beinahe hätte sich Elena an ihren Cornflakes verschluckt. Um Zeit zu gewinnen, griff sie nach ihrer Tasse und trank einen großen Schluck lauwarmen Tee. Doch irgendwann musste sie ihrer Mutter eine Antwort geben. »So ein Mist«, sagte sie schließlich. »Erinnere mich das nächste Mal dran, die Cornflakes nicht einzuatmen! Was hast du gerade gesagt, Mum?«

Mum knotete den Gürtel ihres blauen Flanellbademantels enger und biss lustlos in ihren Buttertoast. »Ich hab dich gefragt, wo du letzte Nacht gewesen bist. Gegen 3:30 Uhr wollte ich mal nach dir sehen, aber dein Zimmer war leer. Ich hab die Treppe runtergerufen, aber es kam keine Antwort.«

Elena sah ihre Mutter forschend an. Wie war sie heute drauf? Würde Elena ihr weismachen können, dass sie das alles nur geträumt hatte? Ihre Mutter starrte zurück und wirkte ziemlich fit.

»Ich … ja, ich bin kurz draußen gewesen«, gestand Elena. »Aber wirklich nicht lange. Ich brauchte Paracetamol, und wir hatten keins mehr im Haus«, plapperte sie drauflos. Letzteres stimmte sogar. Mum hatte am Abend zuvor Kopfschmerzen gehabt und nach Tabletten gefragt, aber die Packung war leer gewesen. Das Kopfweh war nach dem Abendessen besser geworden, deshalb hatte Elena sich nicht die Mühe gemacht, noch einmal zur Apotheke zu gehen.

»Du bist mitten in der Nacht rausgegangen?« Mum sah plötzlich erschrocken aus, wie eine ganz normale Mutter.

»Ja … Ich hab sowieso nicht schlafen können und dann auch noch Kopfschmerzen bekommen. Also bin ich aufgestanden und zur Nachtapotheke gelaufen, um Paracetamol zu kaufen.«

»Ellie – du kannst doch nicht einfach mitten in der Nacht allein durch die Stadt spazieren!«, sagte Mum. »Das ist gefährlich!«

»Weißt du, statistisch gesehen, ist es sogar eher ungefährlich«, erwiderte Elena. »Studien haben gezeigt, dass die gefährlichste Zeit für einen Spaziergang 18 Uhr ist – während der Rushhour. Am Ende eines Arbeitstages passieren viele Unfälle, in die auch Fußgänger verwickelt sind. Und der morgendliche Berufsverkehr ist die zweitgefährlichste Phase. Gleich danach kommt die Zeit zwischen Mitternacht und 2 Uhr morgens, weil die Leute da oft betrunken aus den Kneipen und Clubs kommen und versuchen, noch selbst mit dem Auto nach Hause zu fahren. Bis um 2:30 Uhr morgens liegen die meisten Betrunkenen – und Axtmörder – schon wieder im Bett. Für die Axtmörder sind dann einfach nicht mehr genug potenzielle Opfer unterwegs, weshalb sollten sie ihre Zeit verplempern? Lange Rede, kurzer Sinn: Das Haus um kurz nach 3 Uhr morgens zu verlassen war eigentlich sehr vernünftig.«

Eine Pause entstand, in der Mum noch einmal von ihrem Toastbrot abbiss und gedanklich abzuschalten schien. Elena leerte mit klopfendem Herzen ihre Cornflakes-Schüssel und fragte sich, ob sie mit ihrer Geschichte durchkommen würde.

»Kannst du mir vielleicht ein paar von den Paracetamol geben, Schatz?«, fragte Mum.

Mist! Elena hatte keinen Beweis für das, was sie ihrer Mutter erzählt hatte. Hätte sie letzte Nacht doch nur daran gedacht, in die Nachtapotheke zu gehen und Paracetamol zu kaufen … »Ähm. Sie hatten keins mehr da«, sagte sie, stand auf und stellte ihr benutztes Geschirr ins Spülbecken. »Ich habe stattdessen Ibuprofen gekauft – aber das verträgt sich ja nicht mit deinem Quetiapin, oder?«

Mum schüttelte den Kopf. Sie schien nicht misstrauisch zu werden. »Schon gut«, sagte sie.

»Vermutlich brauche ich einfach nur noch eine Tasse Tee.«

»Auf dem Nachhauseweg von der Schule hole ich dir Paracetamol«, versprach Elena, während sie nach ihrer Schultasche und dem Köfferchen mit dem Kornett griff. »Oder du gehst einfach mal ein bisschen spazieren … und selber zur Apotheke?«

Mum schüttelte den Kopf. »Heute nicht. Vielleicht morgen.«

Als Elena die Haustür hinter sich schloss, fragte sie sich, ob ihre Mutter wohl eine weitere Angststörung entwickelte. In letzter Zeit ging sie kaum noch vor die Tür. Die Angst vor Menschenmengen oder bestimmten Orten – das würde gerade noch fehlen neben all den anderen Ängsten, die Mum bereits hatte. Angst vor der Erderwärmung, vor der Grippewelle, vor Tsunamis (ja, sogar hier, an der Ostküste Englands), vor Meteoreinschlägen, vor einer zu schwachen Regierung, vor einer zu *starken* Regierung, vor steigenden Mieten, vor *fallenden* Mieten, vor der Verschmutzung der Meere, vor dem Baumpilz, der die Eschen bedrohte, vor dem Bienensterben, vor Milzbrand, vor zu vielen Migranten, vor zu *wenig* Migranten. Und das alles waren nur die Ängste, die Elena jetzt spontan auf dem Schulweg einfielen. Oh –

fast hätte sie es vergessen: Angst davor, »lebendig von Bären gefressen zu werden«. Es klang lächerlich, und doch hatte der Bericht über ein Pärchen, das in der kanadischen Wildnis auf diese Weise ums Leben gekommen war, Mum im vorigen Winter so aufgeregt, dass die Ärzte ihre Medikamentendosis erhöhen mussten.

Ein Grund für den fehlenden Internetzugang zu Hause war, dass Mum nicht mehr online gehen sollte. Ansonsten hätte sie sich nur weiter mit einer endlosen Fülle an Katastrophen gequält, die ihr oder ihrer Tochter widerfahren könnten. Früher, als Mum noch viel gegoogelt hatte, hatte Elena sie nach der Schule manchmal völlig durch den Wind und reglos zu Hause vorgefunden, wie eine tote Spinne in der Wohnzimmerecke. Als hätte ihre Mutter nur darauf gewartet, dass etwas Furchtbares geschehen würde.

Aber in einem solchen Zustand war Mum schon eine ganze Weile nicht mehr gewesen. Ihre Medikamente schienen zu wirken, und sie machte einen normaleren Eindruck – wenn man eine Mutter, die wie ein halber Zombie umherwandelte, überhaupt »normal« nennen konnte. Elena fragte sich manchmal, ob nicht alles sehr viel besser wäre, wenn Mum einfach aufhören würde, diese Pillen zu schlucken.

Ja. Vermutlich wäre alles sehr viel besser. Bis der Wahn zurückkäme.

»Warte mal!«

Elena fuhr herum und erblickte Matt, der sie einzuholen versuchte.

»Wie geht's?«, fragte er. Er war gerannt und etwas außer Puste.

Elena sah sich um, nahm jetzt auch die anderen Kinder wahr, die die Straße hinunter zur Schule strömten. Elena Hickson und Matteus Wheeler liefen zusammen – das würde für Gerede sorgen. Doch dann entschied Elena, dass es ihr – nach dem, was sie gestern Nacht gesehen hatten – egal war.

»Eigentlich ganz gut«, sagte sie. »Ich glaub, ich hab noch gut zwei Stunden geschlafen, nachdem ich heimgekommen war. Und du?«

Er nickte. Irgendetwas war heute anders an ihm. Der mürrische Ausdruck in seinem Gesicht war verschwunden. »Ja«, sagte er und passte sich Elenas Schritttempo an. »Schätze, bei mir waren es auch noch zwei Stunden. Fühl mich ganz gut.«

»Und was machen wir als Nächstes?«, fragte Elena. »Denkst du wirklich, dieses *Ding* … dieser …«

»Krakendämon?«, ergänzte Matt. Offensichtlich gefiel ihm der Ausdruck.

»Ja, genau der. Glaubst du, er wird immer wiederkommen?«

»Ja, das glaub ich«, erwiderte Matt. »Oder besser: Glück glaubt das.« Er sah nach oben, und Elena folgte seinem Blick. Über ihnen, auf Höhe des Strommastes, flog ein glänzender schwarzer Vogel.

»Wow! Sie ist ja immer noch bei dir!«, rief Elena lächelnd und schaute dem Starenweibchen voller Staunen zu.

»Sie ist letzte Nacht mit mir nach Hause geflogen und hat bis heute Morgen auf meiner Fensterbank geschlafen«, erzählte Matt, ebenfalls mit einem Lächeln. »Ich muss wohl Vogelfutter kaufen.«

»Du nimmst sie doch nicht mit zur Schule?«, fragte Elena.

»Natürlich *nicht*. Ich bin ja nicht blöd. Und sie ist es auch nicht. Sie leistet mir auf dem Schulweg nur etwas Gesellschaft. Ich sehe sie dann heute Nachmittag wieder.«

»Hat *sie* dir das gesagt?« Elena sah zu, wie Glück über ihre Köpfe hinweg von einer Straßenseite zur anderen flatterte.

»Irgendwie schon«, erwiderte Matt. »Nicht mit Worten, wenn du verstehst, was ich meine.«

Elena spürte, dass sich ein wenig Stolz in ihr

breitmachte, und sie ließ es endlich zu. Ja, nun *verstand* sie es. Nicht nur Matt und Tima hatten die Fähigkeit, sich mit Tieren zu verständigen, sondern auch *sie*. Der Hund letzte Nacht. Sie hatten den Tausendbruch so überstürzt verlassen, dass kaum noch Zeit geblieben war, darüber zu sprechen. Nachdem der Schäferhund weggerannt war, um sein Herrchen abzulenken, hatte Matt den Rucksack geschultert und war die Leiter hinaufgestürmt, währenddessen war Elena auf der anderen Seite hinuntergesprungen. Sobald sie das Reifenstück von den Metallspitzen genommen hatten, konnten sie die Leiter mithilfe des Schlaufentricks nach draußen holen. Anschließend hatten sie sich ihre Einbrecherausrüstung geschnappt und das Gelände und den Lieferwagen des Wachdienstes so schnell wie möglich hinter sich gelassen – glücklicherweise hatte kein anderer Mann im Auto gesessen. Nach alldem hatte Tima nur noch in ihr Bett gewollt, und Matt hatte am Unterarm geblutet, dort, wo die Hundezähne an seinem Ärmel gezerrt hatten. Elena hatte ihm angeboten, die Wunde bei ihr zu Hause zu säubern und zu verbinden, doch das hatte er abgelehnt. Stattdessen war er, sobald er sie nach Hause gebracht hatte, zurück in sein Viertel gerannt – was, wie sich jetzt herausgestellt hatte, wohl auch besser gewesen war. Ihre Mum war wach gewesen.

Aber diese Sache mit dem Hund. Obwohl Elena erschöpft und völlig durcheinander war, überlief sie bei dem Gedanken daran selbst heute Morgen noch ein wohliger Schauer.

»Ja«, antwortete sie. »Nicht mit Worten. Es ist eher eine Art … Verstehen.« Sie drehte sich zu ihm. »Matt? Geschieht das hier *wirklich*? Ich kann immer noch nicht glauben, dass so etwas *wahr* sein kann.«

Er sah ihr in die Augen. »Das ist das Wahrhaftigste, was mir jemals passiert ist.«

»Hey – das gibt's ja nicht – Matt ist verknallt!«

Erschrocken wandte Matt sich um. Auf der gegenüberliegenden Straßenseite standen Ahmed und Jed und machten sich gestenreich lustig. Er seufzte. »Und schon geht's los.«

Elena zuckte zusammen. Das hier würde sehr unangenehm werden. »Am besten bittest du deine Stare darum, mit ihren Schnäbeln Hackfleisch aus den beiden zu machen.«

»Ich denk mal drüber nach«, erwiderte Matt und lief zu seinen Kumpels hinüber.

Sie musste lachen. Ja, die Schule war immer noch die Schule, aber nun gab es Wichtigeres, über das man sich Sorgen machen konnte. Elena,

Tima und Matt hatten bereits verabredet, sich heute Nacht noch einmal zu treffen, um alles durchzusprechen. Niemand von ihnen wollte zurück in die Lagerhalle gehen, aber sie konnten auch nicht einfach ignorieren, was sie gesehen hatten … was sie *gefühlt* hatten. Sie mussten darüber nachdenken, was als Nächstes zu tun war.

Der Schultag verlief unspektakulär. In den Unterrichtsstunden war sie müde und ruhig, aber ruhig zu sein war für Elena ganz normal. Keinem ihrer Lehrer fiel irgendetwas auf – nicht einmal, dass sie in Geografie für ungefähr zehn Minuten einnickte. Auf dem Nachhauseweg hielt sie vergeblich Ausschau nach Matt. Sie lief an der Apotheke vorbei, um Paracetamol für ihre Mum zu kaufen. Die Angestellten dort kannten sie bereits. Sie musste nicht mehr die kleine Karte vorzeigen, die es ihr ermöglichte, Mums Medikamente zu besorgen. Auf der Karte stand »Minderjährige Betreuungsperson« und eine Nummer der Krankenkasse, unter der man sich vergewissern konnte, dass Elena die Tabletten tatsächlich mitnehmen durfte, obwohl sie erst 13 war.

Elena kam sich nicht vor wie ein Kind. Oder eine Betreuerin. Sie tat einfach, was sie tun konnte. Sie erledigte die Einkäufe, machte zu Hause sauber und kochte auch recht häufig, aber nicht immer. An guten Tagen konnte Mum all diese Dinge selbst tun. Das Problem war, dass man nie genau wusste, ob es ein guter Tag werden würde.

An guten Tagen achtete Mum darauf, keine Nachrichten zu hören oder anzuschauen, und sah sich stattdessen Quizshows und Filme an, löste Kreuzworträtsel und nähte hin und wieder. Früher war sie Kostümschneiderin beim Theater gewesen. Sie konnte ganz wundervolle Kleider fertigen, hatte sich als Schneiderin selbstständig gemacht und gutes Geld damit verdient. Mittlerweile nahm sie nicht mehr so viel ein, weil sie ihren Auftraggebern nicht garantieren konnte, dass die Kleider rechtzeitig fertig wurden.

An schlechten Tagen vergaß sie ihr Versprechen, verfolgte die Fernsehnachrichten und versank in einem Sumpf aus Angst. Dann dauerte es immer einige Stunden – oder Tage –, bis man sie wieder herausgezogen hatte.

Insofern war Elena beunruhigt, als sie nach Hause kam und im Fernsehen gerade die Nachrichten des Lokalsenders liefen. »Mum!«, rief sie, stürzte ins Wohnzimmer, schnappte sich die Fernbedienung und drückte die »Stumm«-Taste.

»Ich bin im Garten!«, rief ihre Mutter zurück. Elena entspannte sich augenblicklich. Mum klang gut … Außerdem sah es so aus, als handele es sich nur um eine kurzfristig eingeschobene Berichterstattung, nach der die im Programm vorgesehene Lifestyle-Sendung weitergehen sollte. Elena atmete erleichtert auf … nur um kurz darauf wieder den Atem anzuhalten, als plötzlich etwas auf dem Bildschirm auftauchte. Etwas sehr Vertrautes.

Es war Sentry SuperPack – die Lagerhalle. Und davor parkten etliche Polizei- und Notarztwagen. Auf den rot-weiß gestreiften Absperrbändern stand BETRETEN VERBOTEN. Davor stand ein junger, blasser Reporter und sprach in die Kamera. Elena fuchtelte aufgeregt mit der Fernbedienung herum, bis ihr Finger erneut die »Stumm«-Taste fand.

»… unerwartet und schockierend für die Mitarbeiter, die die Leiche heute Morgen hier gefunden haben«, sagte der Reporter. »Die Pressesprecherin des Tausendbruchs erklärte, die Todesursache sei bislang ungeklärt. Und obwohl sich noch herausstellen könnte, dass es eine natürliche Ursache gab, wird auch ein Verbrechen nicht ausgeschlossen.«

Elena wurde kalt. In der Lagerhalle war etwas passiert. Etwas wirklich Schlimmes. Und sie wusste, was *schlimm* bedeutete. Hätten sie letzte Nacht nur einige Sekunden länger an diesem Ort zugebracht, wäre es dann einem von *ihnen* zugestoßen?

Sie rannte los, um das Handy aus ihrer Schultasche zu holen, und schrieb Tima eine SMS.

Ruf mich SOFORT an! Schlimme Nachrichten von der Lagerhalle!

Mist! Sie wünschte, Matt hätte sein Handy noch.

Ihr Handy pingte. Gespannt las sie Timas Antwort.

Kann nicht anrufen. Bin mit Mum im Krankenhaus. Später.

Elena stand da, bebte vor Angst, und schreckliche Schuldgefühle breiteten sich in ihr aus. Ein *Mensch* war gestorben. Sie hätten die Leute vor diesem *Ding* warnen sollen, diesem Krakendämon – oder was auch immer es war. Selbst wenn niemand sie ernst genommen hätte, so wäre vielleicht zumindest dafür gesorgt worden, dass die Angestellten nicht mehr in die Nähe des Notausgangs kamen. Am Morgen hätten sie wieder tote Vögel gefunden … und womöglich an ein Leck in den Gasleitungen oder etwas Ähnliches gedacht. Elena hätte die *Polizei* rufen sollen!

Irgendetwas tief in ihr drin drängte zum Aufbruch. Sie musste dorthin. Sie musste es *wissen*. »Mum«, rief sie. »Ich geh noch mal schnell zu Anne-Marie rüber, um das Musikstück zu üben.«

»Alles klar«, rief Mum aus dem Garten. Elena sah sie mit einem Buch in der Hand auf der Sonnenliege. Der süßliche Duft von warmem, frisch gemähtem Gras wehte herein. »Wann kommst du wieder?«

»Rechtzeitig zum Abendessen!«

»Ich kann mich heute ums Essen kümmern«, rief ihre Mutter und klang wirklich ziemlich gut gelaunt.

»Super – wir sehen uns dann in ein paar Stunden!«, rief Elena, die schon an der Haustür stand. »Tschüss.«

Sie blieb kurz stehen, um den Instrumentenkoffer unter der Hecke im Vorgarten zu verstecken. Da ihre Mutter annahm, dass sie mit Anne-Marie üben wollte, konnte sie das Kornett nicht zu Hause lassen – aber sie wollte es auch nicht mitschleppen. Dann machte sie sich auf den Weg zum Tausendbruch und legte die komplette Strecke rennend zurück. 15 Minuten brauchte sie dafür, und als sie endlich angekommen war, hatte sie furchtbares Seitenstechen. In der Nähe der offen stehenden Eingangstore wurde sie langsamer, um zu Atem zu kommen und nachzudenken. Würde sie es schaffen, heute noch einmal auf das Gelände zu gelangen? Wo war der Mann, der in der Kabine gesessen hatte? Sollte sie ihm erzählen, dass sie auf dem Fragebogen etwas vergessen hätte? Nein, damit würde sie wohl kaum durchkommen. Doch als Elena näher kam, sah sie, dass der junge Mann vom Sicherheitsdienst gerade in ein Gespräch vertieft war. Er lehnte am offenen Beifahrerfenster eines Lastwagens, der in der Einfahrt stand, und unterhielt sich lebhaft mit dem Fahrer. Und so lief sie einfach schweigend an ihm vorbei.

Heute war ziemlich viel los – Lastwagen und Transporter fuhren auf dem Gelände herum, und schon am Ende der Abzweigung, die zu Sentry SuperPack führte, stand ein Polizeiauto.

Elenas Herz klopfte. Sollte sie zu dem Polizisten gehen und ihm erzählen, was sie wusste? Falls sie das tun würde, müsste sie zugeben, dass sie in der Lagerhalle gewesen war – und ihm anschließend auch erklären, *warum*. Aber wie sollte man all das einem Erwachsenen erklären können – einem Erwachsenen, der in einer Welt lebte, in der Motten keine Fliegerstaffeln bildeten, wenn ein zehnjähriges Mädchen sie darum bat, in der Stare nicht sprechen konnten und in der Wachhunde nicht auf die freundliche Bitte reagierten, sich still zu verhalten und jemanden entkommen zu lassen?

Elena blieb stehen. Was jetzt? Was hatte sie sich dabei gedacht, noch einmal hierherzukommen?

»Alles in Ordnung, junge Dame?«

Als sie sich umdrehte, erblickte sie ein vertrautes Gesicht. Es war Julie, die nette Pressesprecherin, die sie am Samstag auf dem Gelände herumgeführt hatte.

»Ach, *du* bist das«, sagte Julie. Sie trug heute einen grauen Hosenanzug und sah sehr viel gestresster aus als bei ihrem letzten Treffen. »Was machst du denn hier?«

»Ich … ich hab's gerade erfahren«, erwiderte Elena und machte eine Handbewegung in Richtung Polizeiauto.

»Oh, du meinst die Sache mit Gary?« Julie trat zu ihr und legte ihr tröstend die Hand auf die Schulter. »Ja, was für ein Schock! Ich muss der Presse schon den ganzen Morgen Rede und Antwort stehen. Du hast wohl die Nachrichten gesehen?«

»Was ist denn passiert?«, fragte Elena. »Wir waren doch Samstag erst hier gewesen. Ich war so erschrocken, als ich davon gehört habe. War es der Mann, den wir am Samstag hier getroffen haben … der mit den Vögeln?«

Julie nickte und verzog das Gesicht, als würde sie jeden Moment anfangen zu weinen. »Er war ein so reizender Mann. Immer freundlich. Niemand weiß, was mit ihm geschehen ist. Die Angestellten tippen auf Herzinfarkt oder Schlaganfall, aber er war körperlich gut in Form – er hat auf seine Gesundheit geachtet. Und dann war da noch diese Sache mit seinen Augen …« Julie starrte zur Lagerhalle hinüber und sprach nun mehr zu sich selbst. »Mir kann doch keiner erzählen, dass *so was* normal ist.«

»Was … was war mit seinen Augen?«, wollte Elena wissen. Jeden Augenblick würde Julie in den Erwachsenen-Modus wechseln und schlagartig dichtmachen. So lief es immer. Aber Julie, den Blick weiterhin auf die Lagerhalle gerichtet, fuhr fort: »Jim Marshbury hat ihn gefunden. Wir glauben, dass Gary heute früher gekommen ist, weil er eine neue Warenlieferung erwartete und alles vorbereiten wollte. Er war heute Morgen der Erste hier, sein Schlüssel wurde laut Protokoll um kurz nach 6 Uhr benutzt. Jim kam gegen 7 Uhr und fand ihn dann zusammengekauert auf dem Boden, hinten in der Halle.«

»An der Tür zum Notausgang?«, fragte Elena, ohne nachzudenken.

»Ja, genau. Woher weißt du das?«

»Das war nur geraten …«, beeilte sich Elena zu sagen. »Mir ist gerade eingefallen, dass sich an der hinteren Hallenwand ein Notausgang befindet. Was war mit seinen Augen?«

Julie begann zu zittern. »Gary war schon tot, als Jim ihn gefunden hat. Und er war ganz kalt, so als hätte er bereits die ganze Nacht da gelegen, aber das kann nicht sein. Die Überwachungskameras haben aufgezeichnet, dass er erst gegen 6 Uhr heute Morgen gekommen ist, dasselbe bestätigen wie gesagt auch die digitalen Protokolle der Eingangstore. Ich bin gerade dazugekommen, als sie ihn auf einer Bahre hinaustrugen, dabei ist ihm das Tuch vom Gesicht gerutscht. Seine Augen standen offen und sahen … gruselig aus.«

»Gruselig? Wieso?«

»Oh …« Julie hielt inne. »Ich sollte einem netten kleinen Mädchen wie dir nichts von all diesem fiesen Zeugs erzählen.«

»Ich bin kein nettes kleines Mädchen«, stellte Elena umgehend klar. »Wie sahen seine Augen denn nun aus?«

»Wie zwei rote Knöpfe«, erwiderte Julie.

23

Regungslos lag Tima da, während die Welt um sie herum klopfte, krachte, zusammenbrach. Nur eine Woche zuvor hätte sie vermutlich noch eine Panikattacke bekommen, wenn man sie in diese enge weiße MRT-Röhre mit all ihren irren Geräuschen geschoben hätte. Heute nicht. In Wahrheit war sie sogar fasziniert. Würden sie etwas über ihr Gehirn herausbekommen? War es anders als andere Gehirne? Vielleicht sogar irgendwie … beschädigt?

Jetzt, da sie den Strahl gesehen, gefühlt und gehört hatte, hegte sie keine Zweifel mehr an seiner Macht. Er hatte sie verändert – und Matt und Elena auch. Vielleicht würde sich das auf den Aufnahmen ihres Gehirns tatsächlich zeigen.

Die Untersuchung war der perfekte Ausklang eines ohnehin seltsamen Tages. In der Schule war sie wie in einer Art Blase durch die Unterrichtsstunden geschwebt. Die Ereignisse in der Lagerhalle waren so extrem gewesen, dass alles andere im Vergleich dazu extrem normal schien. Und in dieser extrem normalen Normalität fühlte Tima sich heute sehr wohl.

Als Lily, Clara und Keira gleich morgens über den Schulhof liefen, um sie am Tor zu begrüßen – was unvermeidbar gewesen war –, fühlte sie sich bereit für die drei. Ja, sie lächelte sogar, als die Mädchen mit ihrem Geplapper anfingen.

»Oh, Tima … Wie *schön*, dass du wieder da bist!«, sagte Lily, das Gesicht heuchlerisch in tiefe Sorgenfalten gelegt. »Wie *geht* es dir?«

»Besser«, erwiderte Tima. »Letzte Nacht bin ich an der Rückwand einer Lagerhalle einem bösen, krakenartigen Wesen begegnet, das Vögel killt, aber alles in allem geht's mir ganz gut.«

Eigentlich hatte sie nur »Besser« gesagt und dann laut gelacht, als ihr der Rest der Antwort durch den Kopf geschossen war.

»Wie schaaade, dass du nicht zur Aftershow-Party kommen konntest«, sagte Lily. *Aftershow-Party?* Hielt sie die Musicalaufführung für die Premiere eines neuen Blockbuster-Films?

»War deine neue Agentin da?«, fragte Tima fröhlich.

»Sie hat es fest vorgehabt«, erwiderte Lily. »Dann hat sie es leider doch nicht geschafft. Ich gehe aber davon aus, dass sie sich sehr bald bei mir melden wird. Sie vermittelt Kinderdarsteller, die auf den Theater- und Musicalbühnen im Londoner West End auftreten, und es sieht ganz danach aus, als ob sie mich unter Vertrag nimmt. Weißt du, du brauchst heutzutage einfach eine Agentin, wenn du es wirklich zu etwas bringen willst.« Clara und Keira nickten weise, als ob sie sich in der Schauspielbranche und mit Künstlerverträgen bestens auskennen würden.

»Wie schön für dich«, sagte Tima. »Freut mich, dass es so gut für dich gelaufen ist.«

»Ja, aber ich bin auch soo froh, dass *du* noch einmal eine Chance bekommst«, fuhr Lily fort und hakte sich, während sie auf das Schulgebäude zuliefen, bei Tima ein. »Als Mr James mich gestern anrief und gebeten hat, bei der Wohltätigkeitsveranstaltung zu singen, musste ich sofort an dich denken. Ich hab ihm gesagt: ›*Liebend* gern würde ich auftreten, aber meinen Sie nicht, dass Tima singen sollte?‹ Ich möchte dir die Chance geben, über dieses Trauma hinwegzukommen, dass du so *schrecklich würgen* musstest … und das vor *300* Zuschauern. Und ich hoffe, es ist in Ordnung so für dich.«

Fast hätte Tima noch einmal angefangen zu würgen, gleich an Ort und Stelle und diesmal vor *drei* Zuschauern. Lily log einfach unglaublich dreist.

»Wir finden, sie hat recht«, sagte Clara, die sich an Timas anderen Arm hängte. »Du kannst es schaffen! Es macht ja nichts, wenn es etwas holprig klingt, Hauptsache, du hast dich auf die Bühne getraut und es noch einmal versucht. Du musst dich deinen Dämonen stellen!«

»Wie wahr, wie wahr«, erwiderte Tima und kämpfte wieder gegen einen hysterischen Lachanfall an.

Den ganzen Tag über waren Lily & Co. um sie herumgeschwänzelt und hatten von oben herab aufmunternd auf sie eingeredet. Und den ganzen Tag über hatte sie gelächelt und den Mädchen gedankt und dem Drang widerstanden, jeder von ihnen ins Gesicht zu boxen.

Hier in dieser dröhnenden Metallröhre zu liegen und das Gefühl zu haben, dass ein Verrückter das Gerät mit seinem Presslufthammer attackiert, war nichts dagegen. Gar nichts.

»Wir sind gleich fertig, Tima«, teilte ihr die Ärztin über die Kopfhörer mit. »Noch 30 Sekunden – halt einfach noch eine Weile so wunderbar still.«

Endlich hörte der Krach auf, und die bewegliche Schiene, auf der sie lag, wurde wieder nach draußen gefahren. Mum und Dad warteten schon.

»Das hast du großartig gemacht«, sagte Dad und wuschelte ihr durch die Haare. »Und ich wette, du hast das perfekte Gehirn.«

Alles war sehr schnell gegangen. Natürlich hatte es geholfen, dass Dad in ebenjenem Krankenhaus selbst als Chirurg tätig war. Ein Telefonanruf genügte, um seine Tochter wenige Stunden später in die Röhre schicken zu können.

»Können wir uns die Bilder ansehen?«, fragte Tima.

»Ich frage nach … Mal sehen, was sie sagen«, erwiderte Dad und betrat, ohne anzuklopfen, den Raum, in dem die Ärzte gerade die Aufnahmen auswerteten.

Mum drückte ihre Hand, doch Tima wusste, dass sie Angst hatte. Immerhin war jetzt der Moment gekommen – der Moment, in dem sie erfahren würde, ob ihre einzige Tochter noch ganz richtig im Kopf war. Tima selbst war recht gelassen. Sie *wusste*, dass in ihrem Kopf etwas nicht stimmte, doch sie fühlte sich jetzt besser als in der Woche zuvor. Trotz der Schrecken der vergangenen Nacht hatte sie noch einige Stunden Extraschlaf bekommen. Falls da irgendwo ein Tumor in ihrem Schädel wäre, würde sie das auch nicht weiter beunruhigen.

Dad steckte den Kopf um die Ecke. »Kommt rein!«, sagte er. Er sah nicht besorgt aus, sondern wirkte recht aufgedreht.

Sie traten in den kleinen Raum, von dem aus

man durch eine große Glasscheibe ins Nebenzimmer blicken konnte, wo das MRT-Gerät stand. Dad und zwei andere Ärzte standen vor einem Computer und sahen sich Timas Gehirn auf dem Monitor an. Die walnussförmige Darstellung veränderte sich, sie wurde kleiner, dann wieder größer. Die blonde Frau mit Brille, die die Maus bediente, sagte: »Vermehrte Aktivität im linkshemisphärischen Gyrus angularis.«

»Schau mal, Tima«, sagte Dad. »Das ist wirklich interessant.«

Die Frau – auf ihrem Namensschild stand ›Dr. Wishart‹ – lächelte Tima an. »Komm, setz dich neben mich«, sagte sie. »Ich zeig's dir.« Sie bewegte wieder die Maus, die Walnuss drehte sich und wurde größer. Einige Stellen des Bildes waren dunkel, andere leuchteten jetzt in verschiedenen Farben auf. Zwei Bereiche auf jeder Seite waren rot markiert. Tima sah, dass sie sich im hinteren Teil des Kopfes befanden, vermutlich genau hinter den Ohren. »Diesen Bereich nennen wir Gyrus angularis«, sagte Dr. Wishart. »Er ist eine der wichtigsten Regionen für das Sprachverständnis. Bei elektrischer Aktivität – wenn es in deinem Kopf um Kommunikation geht – leuchtet dieser Bereich auf.«

»Alles klar«, sagte Tima.

»So … nun sieh dir das mal an«, sagte die Ärztin und zeigte auf ein ähnliches Bild auf einem zweiten Monitor zu ihrer Linken. »Das ist ein ganz normaler Gyrus angularis bei einem anderen Menschen.« Die Darstellung veränderte sich, weiße Funken erschienen auf dem Bild, Funken, wie sie bei einem Lagerfeuer umherflogen.

»Und nun sieh dir mal *deinen* Gyrus angularis an.«

Zugleich veränderte sich auch die Darstellung von Timas Gehirn auf dem ersten Bildschirm. Und wo im Gehirn der anderen Person Funken hinter den Ohren sprühten, wurde in ihrem Hirn ein ganzes Feuerwerk abgefackelt. Falls sie sich nicht irrte, war der rote Bereich auf ihren Aufnahmen auch *größer* als der auf dem anderen Monitor.

»Ist das gut … oder schlecht?«, fragte Tima.

»Nun, wir müssen uns das noch einmal genauer anschauen«, erwiderte die Ärztin, »aber im Moment würde ich sagen, dass es weder gut noch schlecht ist. Du hast den größten Gyrus angularis, den ich je gesehen habe! Studien haben gezeigt, dass dieser Bereich des Schläfenlappens mit einem hohen Sprachvermögen gekoppelt ist. Das bedeutet, du bist wahrscheinlich sehr sprachbegabt und kannst dich gut ausdrücken.«

»Ja, das kann ich ziemlich gut«, erwiderte Tima achselzuckend. Sie erwähnte nicht, dass sie auch die Sprache der *Motten* beherrschte. Und die der *Bienen*. Und die der *Grashüpfer*.

»Hat es schon immer so ausgesehen?«, wollte Mum wissen. »Oder kann sich ein Gehirn auch manchmal verändern – wie aus dem Nichts?«

»Nun ja, Verletzungen oder Krankheiten können schon zu Hirnveränderungen führen«, erklärte die Ärztin, »und das kann bisweilen auch das Verhalten oder das Temperament einer Person beeinflussen. Manche Menschen behaupten sogar, sie hätten nach einem Schlag auf den Kopf plötzlich eine neue Begabung entdeckt. Aber es gibt keine fundierten Belege, die diese Beobachtung stützen würden. So, wie ich das sehe, ist dieser MRT-Befund absolut nicht beunruhigend.« Sie lächelte allen aufmunternd zu.

Als sie auf dem Rückweg über den Krankenhausparkplatz am Zierteich entlangkamen, legte Dad seine Arme um Tima und ihre Mutter. »Du musst dir keine Sorgen mehr machen«, sagte er zu Mum.

»Weshalb macht sie sich Sorgen?«, fragte Tima. »Wegen der Bienen?«

Mum lachte und strich Tima übers Haar. »Ich mache mir keine Sorgen mehr. Du hast dich wirklich etwas ungewöhnlich verhalten. Aber mittlerweile glaube ich, es liegt einfach daran, dass du ungewöhnlich *bist*. Komm aber demnächst bitte nicht noch auf die Idee, mit Spinnen zu kuscheln, in Ordnung?«

Auch Tima lachte. *Nicht jetzt*, bat sie die drei Libellen, die hinter ihr herflogen.

24

Wonach sollte sie überhaupt fragen? Elena runzelte die Stirn, sah sich verstohlen in der Bibliothek um, um sicherzugehen, dass sie niemand beobachtete, und tippte dann: *Können Menschen mit Tieren sprechen?*

Das Ergebnis ihrer Internetsuche war, wieder einmal, eine Flut von Unsinn. Sie klickte sich durch Zeitungsartikel über sogenannte Haustierflüsterer oder Hellseher, die sich auf Hunde spezialisiert hatten, eine ganze Reihe von Geschichten über Katzen, die menschliche Gedanken lesen konnten, sowie Erzählungen aus früheren Zeiten über Tiere, die an Heiligabend um Mitternacht plötzlich sprechen können. Elena seufzte. Das hier brachte sie nicht weiter, und ihr lief die Zeit davon – Mum erwartete sie zum Abendessen zu Hause. Sie scrollte nach unten und übersprang ein paar Ergebnisseiten, dann fiel ihr ein kurzer Link ins Auge, unter dem stand:

… einige Kinder die Sprache der Tiere erlernen konnten, wenn ihre Eltern nur mutig genug waren …

Sie öffnete den Link und gelangte auf eine Website namens Heidnische KRÄFTE. Der Artikel trug die Überschrift »Die Legende von den Nachtflüsterern«. Darunter stand:

Im vorchristlichen England glaubte man fest daran, dass einige Kinder die Sprache der Tiere erlernen konnten, wenn ihre Eltern nur mutig genug waren, das Leben ihrer Töchter oder Söhne zu riskieren.

Wenn Mutter oder Vater wollten, dass ihr Kind diese Gabe – die ihm eine wichtige Rolle und eine höhere Stellung in der Gemeinschaft sichern konnte – erlangte, mussten sie ein gewaltiges Risiko eingehen. Nach einer Vollmondnacht mussten sie ihr Mädchen oder ihren Jungen sieben Nächte hintereinander allein und schutzlos an einem »wilden Ort« zurücklassen. Vorausgesetzt, das Kind war in dieser Zeit nicht von den Wölfen gefressen worden, würde es zum »Nachtflüsterer« werden und instinktiv in der Lage sein, die Sprache aller Wesen zu verstehen und zu sprechen. Ein Nachtflüsterer besaß folglich mehr Macht über das Tierreich als jeder andere Mensch und konnte Wölfe, Fische und sogar Fliegen davon überzeugen, seinen Bitten nachzukommen.

Der Artikel lief noch über einige Absätze weiter, aus denen jedoch nicht viel mehr hervorging. Es gab auch keine Links zu weiteren Informationen. Allerdings war am Rand eine Abbildung zu sehen, eine Höhlenmalerei aus der Bronzezeit. Sie zeigte eine menschliche Gestalt, die mit erhobenen Armen inmitten von Wölfen, Vögeln und Fischen kniete. Die Tiere waren so angeordnet, dass es aussah, als seien sie in ein Gespräch mit dem Menschen versunken. Elena hätte die Darstellung nicht weiter beachtet, wenn da nicht eine Sache gewesen wäre: Im oberen Bereich des Bildes war eine Kreidelinie zu sehen – hell, klar und gerade, wie mit dem Lineal gezogen –, die genau über dem Kopf des knienden Menschen endete.

Elena spürte, wie sich die Härchen an ihren Armen aufstellten. Betrachtete sie da gerade den Strahl? *Denselben* Strahl?

War sie eine Nachtflüsterin?

War der Strahl, den sie alle beobachtet hatten, bereits seit Tausenden von Jahren in ihrer Welt?

Kopfschüttelnd schloss sie die Website. Es wurde Zeit zu gehen. Das alles war doch Blödsinn. Wenn es schon seit Jahrhunderten einen Strahl gab, der völlig verwirrte Kinder wie sie selbst und Matt und Tima hervorbrachte, hätte die Welt mit Sicherheit davon erfahren. Nachtflüsterer und ihre Heldentaten wären *das* Thema in den Nachrichten.

Außerdem war sie sich ziemlich sicher, dass Mum sie als Baby nicht sieben Nächte hintereinander auf einem Feld ausgesetzt hatte. Vielleicht sollte sie sicherheitshalber trotzdem noch einmal nachfragen …

Als Elena die Bibliothek verließ, wäre sie beinahe über einen kleinen Hund gestolpert. Es war ein flauschig-weicher Vierbeiner mit platt gedrücktem Gesicht, der von einer ebenfalls plattgesichtigen alten Dame an der Leine geführt wurde. Der Mops knurrte Elena an, woraufhin die Frau sie misstrauisch beäugte.

Was ist los mit dir?, fragte Elena den Hund, ohne zu sprechen.

Der Mops hörte auf zu knurren und setzte sich auf den Bürgersteig. Er wirkte verschreckt und sah hinauf zu seinem Frauchen, die kehrtgemacht hatte und nun an seiner Leine zerrte. Dann schaute er Elena eindringlich an.

»Er hat etwas am Ohr«, sagte sie plötzlich.

Die alte Dame schaute unwirsch zu ihr hinüber: »Was?«

»Sein Ohr … sein rechtes Ohr«, erklärte Elena. »Ich vermute, es ist ein Abszess oder etwas Ähnliches. Er hat starke Schmerzen und Probleme mit dem Gleichgewicht.«

Die alte Dame beugte sich zu dem Hund hinunter und tätschelte seinen Kopf, woraufhin der Mops sich merklich wand. »Er ist gerade tatsächlich etwas komisch gelaufen«, murmelte sie. »Hat das kleine Fräulein recht, Reggie? Tut dir dein Ohr weh?« Reggie winselte und legte die Vorderpfote über die rechte Seite seines Kopfes. »Also, ich hätte nie …«, die Frau blickte zu Elena hoch. »Ich glaube, du hast recht. Das lassen wir besser mal kontrollieren. Wie bist du denn darauf gekommen?«

»Ich … ähm … ich will mal Tierärztin werden«, nuschelte Elena und suchte das Weite. Sie fühlte sich großartig, war völlig verzückt und kurz davor durchzudrehen – alles zugleich.

Wenn sie sich nicht irrte, war das gerade Nachtflüstern gewesen.

25

Drei Jahre schlich er nun schon in den Schatten umher, und niemals hatte er etwas Merkwürdigeres gesehen.

Zunächst einmal: Warum zur Hölle waren sie nach Mitternacht noch unterwegs?

Und dann natürlich: Warum zur Hölle taten sie so etwas?

Er lehnte an der Mauer von KOWSKIS GLANZAUTOS und beobachtete sie. Von Insekten einmal abgesehen, tauchten kaum fliegende Wesen in seiner nächtlichen Welt auf – ein paar Eulen und jede Menge Fledermäuse, ja, aber Stare? Niemals. Er hatte ihre Formationsflüge im Fernsehen gesehen – in der Abenddämmerung hatten sie gigantische Wolken am Himmel gebildet und sich wie ein einziges Wesen bewegt. Sie waren in der Luft umhergewirbelt und hatten sich gedreht und denen, die vom Boden aus zusahen, beeindruckende Muster gezeigt. Doch normalerweise hatten die Stare ihren Schlafplatz schon lange aufgesucht, bevor er nachts auf die Straße trat, und waren nicht mehr zu sehen.

Warum also hatten sich diese 30 oder 40 Stare, Schnabel an Schwanz, in einer schnurgeraden Linie quer über dem Bürgersteig und der Straße aufgereiht? Verwundert schüttelte er den Kopf. In den letzten Nächten hatte sich seine Welt verändert. Seit er das blonde Mädchen am Fenster im Jenkin Way gesehen hatte, wurde diese Welt mit jeder Minute merkwürdiger. Natürlich war es nicht das erste Mal gewesen, dass er jemanden nachts aus dem Fenster hatte blicken sehen – aber es war die Art gewesen, wie sie dagesessen hatte, mit diesem dünnen Mona-Lisa-Lächeln, ruhig und nachdenklich auf die dunkle Straße schauend. Vielleicht hätte er sie sogar vergessen, wenn er sie in der folgenden Nacht nicht wiedergesehen hätte … und in der darauffolgenden.

Es hatte ihn selbst verblüfft, wie sehr es ihn danach drängte, mit ihr zu reden und sie zu fragen, weshalb sie dort saß. Aber der Drang, ihr einen Schrecken einzujagen, würde immer stärker sein. Deshalb war er in dieser einen Nacht aus den Schatten getreten. Sein schwarzer Seiden-Trenchcoat hatte in der nächtlichen Sommerbrise geflattert, er hatte »I'll spin you right round, baby, right round …« gesungen und dann die Hand gehoben und auf sie gezeigt, als hielte er eine Pistole. Nur um zu sehen, wie sie reagieren würde.

Verschwunden war sie, hatte den Kopf sofort ins dunkle Zimmer zurückgezogen. Und er, als ihm plötzlich wieder einfiel, was er war, war in die Dunkelheit der Bäume auf der gegenüberliegenden Straßenseite geflüchtet. Welche Reaktion hatte er wohl von ihr erwartet? Dass sie ihn hereinbitten würde? Sie hatte Bücher gelesen und Filme gesehen. So dumm würde sie nicht sein.

Das kleine, feine Mädchen auf seiner nächtlichen Runde zu entdecken war jedoch noch beunruhigender gewesen. Im Nachhinein betrachtet (nicht, dass er so etwas öfter tat), war es möglicherweise ein Fehler gewesen, sie zu jagen. Uncool. Sie war zu klein, um als Beute infrage zu kommen. Der Junge – ja, der wäre die Jagd vielleicht wert. Aber bisher hatte es ihm genügt, die drei nur zu beobachten und sich zu fragen, was zur Hölle sie taten. Die Geschehnisse in der Lagerhalle hatten ihn am meisten verstört. Irgendetwas an diesem Ort war extrem düster – düsterer noch als er. Irgendetwas war passiert, hatte die drei in Panik fliehen lassen.

Es war nicht der Hund gewesen.

Und auch er war es nicht gewesen, was ihn etwas irritierte.

Und nun saßen hier diese lächerlichen Vögel, völlig fehl am Platz. Unvermittelt verließ er die Mauer und lief auf sie zu, seine schwarzen Lederstiefel setzten leise auf dem Asphalt auf. Die Stare rührten sich nicht. Er war nur noch drei Schritte von ihnen entfernt, und doch blieben sie bewegungslos sitzen, hoben nur unsicher die Köpfe. Erst als er so nah herangekommen war, dass er auf sie hätte treten können, flatterten sie auf. Sie flogen um ihn herum nach oben, drehten sich in einer Spirale über seinem Kopf und ließen sich dann, einer nach dem anderen, entlang der Dachrinne auf dem Vordach von KOWSKIS GLANZAUTOS nieder. Er drehte sich auf den Fußballen um, hob die Hände und drehte die Handflächen in ihre Richtung. »Was?«, fauchte er.

Er hätte schwören können, dass auch einer der Stare »Was?!« zu ihm herüberrief, als plötzlich die Lichtkegel zweier Autoscheinwerfer an der Straßenecke auftauchten und er gezwungen war, in die Schatten zurückzugleiten. Das Auto fuhr vorbei und war bald außer Sichtweite.

Er war gerade noch rechtzeitig vorgetreten,

konnte mit ansehen, wie die Stare hinunterschossen und erneut eine Linie bildeten. Die Zeiger seiner Uhr standen auf eins. Wenn er sich nicht irrte, müsste das halb polnische Kind bald aufstehen. In Ordnung. Er würde warten. Mit ansehen, was der Autowäscher-Junge davon halten würde.

26

Elena kontrollierte die Pillendose. Es war eine lange, flache Plastikschale, die etwa die Größe eines Taschenbuchs hatte und in kleine Quadrate unterteilt war – sieben quer, drei längs. Über den Quadraten standen die Wochentage. Mum nahm jeden Tag Tabletten, morgens, mittags und abends, normalerweise zu den Mahlzeiten: Lamotrigin zum Frühstück, Lithium zum Mittagessen und abends Quetiapin. Die drei Fächer für den Montag waren alle leer. Gut. Das bedeutete, dass Mum heute Nacht wie üblich durchschlafen sollte. In der Nacht zuvor war sie zwar aufgewacht, aber das kam tatsächlich nur sehr selten vor.

Mum war sicher völlig verschlafen gewesen, als sie in das Zimmer ihrer Tochter geschaut hatte, und es spielte ohnehin keine Rolle mehr. Elena musste jetzt nach draußen, egal, wie hoch das Riskio war, erwischt zu werden. Sie musste mit Matt sprechen. Gegen 20 Uhr hatte Tima bereits eine SMS geschickt:

Tut mir echt leid. Kann heut Nacht nicht raus. Mum u Dad sehen dauernd nach mir wegen MRT heute.

Elena hatte zurückgeschrieben:

MRT?! Alles in Ordnung mit dir? In der Lagerhalle gab es einen Toten!

Tima antwortete prompt:

Alles gut. Erzähls dir später. JA – hab Nachrichten geguckt. Müssen reden. Morgen tagsüber? Hab Tanzstunde nach der Schule. Könnte schwänzen.

Elena hatte ihr geschrieben, dass sie Matt abholen würde. Anstatt sich erst um 2 Uhr morgens im Pavillon mit ihm zu treffen, wie ursprünglich geplant, würde sie ihn schon früher vor seinem Haus abfangen. Sie vermutete, dass er immer noch ohne Handy war. Vielleicht hatte er es auch zurückbekommen, doch sie durfte keinen Anruf riskieren – sein Dad könnte abheben.

Halt mich per SMS auf dem Laufenden!,

hatte Tima daraufhin gebeten.

An der Haustür setzte Elena ihre grüne Mütze auf und zog die Jeansjacke an. Dann schnürte sie ihre Turnschuhe fest zu, schlüpfte hinaus und zog die Tür leise hinter sich zu. Es war kurz nach

1 Uhr, und sie ging davon aus, dass sie in nicht einmal 20 Minuten bei KOWSKIS GLANZAUTOS sein würde. Wenn sie rannte, bräuchte sie vielleicht nur halb so lang. Ihr Blick ging nach links, nach Osten, wo es schwach orange leuchtete, und sie musste an das Wesen denken, das durch die Notausgangstür gedrungen war. Ein Schauer lief ihr über den Rücken. Sie fing an zu laufen.

Zum einen musste sie mit Matt über den Toten in der Lagerhalle sprechen und über die Sache mit den Nachtflüsterern. Zum anderen wollte sie um spätestens 1:30 Uhr vor Matts Haus stehen. Bis auf die Nacht zuvor hatte sie den Strahl nie *gesehen*. Nun fragte sie sich, ob der goldene Strom aus Licht auch außerhalb der Lagerhalle sichtbar war. Möglicherweise würde die Linie, die sie mit Bleistift über den Stadtplan gezogen hatte, auch tatsächlich für einige Sekunden in der Nachtluft auftauchen – und von Matts Zimmer einmal quer durch die Stadt zu ihrem Haus und dann weiter bis zu Timas verlaufen.

Um 1:20 Uhr bog sie in Matts Straße ein, niemand war ihr auf dem Hinweg im Dunkeln begegnet. Sie wurde langsamer, kam wieder zu Atem und versuchte, ruhiger zu werden. Elena war zu früh dran – Matt würde erst in gut 15 Minuten nach unten kommen. Für den Fall, dass spätnachts noch ein Auto vorbeikäme, wollte sie sich so lange irgendwo in der Dunkelheit versteckt halten.

In diesem Augenblick entdeckte sie die Linie. Eine schnurgerade Linie, die quer über die Straße führte. Sie hatte zwar nichts Goldenes oder Leuchtendes an sich, aber immerhin *war* es eine Linie, und sie befand sich an exakt jener Stelle, an der Elena sie erwartet hatte. Im schwachen Schein der Straßenlampen sah sie, dass die Linie sich fast unmerklich veränderte. Sie glänzte leicht. Elena musste an nassen Teer denken. Als sie näher kam, sah sie, dass es *Vögel* waren! Stare! Ihr Herz begann wieder schneller zu schlagen, als sie noch dichter herantrat. Die Stare flogen nicht davon. Das musste Matts Vogelschwarm sein, die Stare, die seinen Dad mit ihrem Kot eingedeckt hatten. *Wow!*

»Hey«, murmelte Elena mit ruhiger Stimme. »Glück?«

Einer der Vögel reckte sich und wandte ihr den Kopf zu.

»Glück?«, hauchte sie. »Bist du das?«

Der Vogel öffnete den gelben Schnabel und sagte: »Glück?«

Fasziniert kniete Elena sich neben die gefiederte schwarze Linie auf den Boden – doch der plötzlich in der Ferne auftretende Lichtkegel zweier Autoscheinwerfer machte ihr einen Strich durch die Rechnung. Die Stare flogen auf. Sie durfte nicht riskieren, gesehen zu werden. Und so schoss sie auf die Ziegelmauer zu, die den Hof von KOWSKIS GLANZAUTOS an einer Seite begrenzte, um sich dort unter den dunklen Mauervorsprung zu stellen.

Und rannte prompt in etwas hinein.

Zuerst nahm sie den Geruch von Gras und Gewürzen wahr, dann plötzlich hautnah die Wärme eines anderen Lebewesens. Erschrocken schrie sie auf. Im nächsten Moment hatte das Wesen sie auch schon gepackt und ihr seine kühle Hand auf den Mund gepresst.

»Ich würde ja sagen ›Nicht schreien‹, aber das wäre dann doch zu klischeehaft.«

Die Stimme sprach leise und doch irgendwie trällernd, amüsiert.

Elena riss die Augen auf und erstarrte, als sie nach oben in das Gesicht eines jungen Mannes blickte. Er war ganz in Schwarz gekleidet und hatte sich eine Art Mönchskutte über den Kopf gezogen. Seine Haare waren weißblond, seine Haut leuchtete bleich. Er war vielleicht einen Kopf größer als sie und schaute lächelnd zu ihr herab – fasziniert. »Aber im Ernst«, fuhr er mit dieser ach-so-zarten Stimme fort. »Bitte schrei *nicht*. Das hier wird alles so viel besser laufen, wenn du nicht wie eine verrostete Hupe losplärrst, sobald ich deinen hübschen Mund loslasse.« Als sie immer noch entsetzt und wie hypnotisiert zu ihm hinaufstarrte und panisch durch die Nasenflügel schnaubte, fügte er hinzu: »Falls das hilft: Ich werde dich höchstwahrscheinlich« – er kräuselte seitlich die Oberlippe, sodass einer der lächelnden Mundwinkel einen spitzen weißen Fangzahn preisgab – »*nicht* beißen«.

Langsam zog er die Hand von Elenas Mund, hielt das Mädchen mit der anderen aber immer noch an der Schulter fest.

»Was … was willst du?«, murmelte sie.

»Ich bin mir nicht sicher«, erwiderte er. »Weiß denn überhaupt irgendjemand, was er *wirklich und wahrhaftig* will?«

Perplex schüttelte sie den Kopf.

»Oh, versteeeehe – du meinst, was ich von *dir* will? Na, entspann dich mal, Blauäugelchen, nichts Schlimmes. Ist nicht mein Stil. Außerdem bist *du* in *mich* reingelaufen, nicht umgekehrt. Ich bin hier seelenruhig meiner üblichen Beschäftigung nachgegangen – mich im Dunkeln versteckt zu halten. War ganz zufrieden mit mir und nicht auf die Hilfe vorbeilaufender kleiner Mädchen angewiesen. Und wie aus dem Nichts – *wumms!* – knallst du plötzlich gegen mich.« Dann sagte er: *»Mein Bereich«*, und mit diesen letzten Worten war die Lieblichkeit aus seiner Stimme verschwunden.

»Ich hab dich nicht gesehen«, flüsterte sie. *Wo war Matt? Ob er schon das Haus verlassen hatte? War es schon so weit? Sie brauchte Hilfe!*

»Bist du dir da so sicher?«, fragte er. Das Auto war längst verschwunden. Unvermittelt ließ er sie los, trat ein paar Schritte zurück, bis er im Lichtkreis einer Straßenlaterne stand, und drehte sich um. Breitbeinig stand er da, dann hob er die rechte Hand und streckte den Zeigefinger aus, als würde er mit einer Pistole auf sie zielen.

»Du!«, schrie Elena. »Du bist das gewesen, der letzte Woche zu mir hochgestarrt hat!«

Er neigte den bleichen Kopf und machte eine kleine Begrüßungsgeste. »Dir entgeht aber auch so gut wie nichts, Mona Lisa«, sagte er grinsend. Sein Gesicht wirkte abgemagert, seine Augen waren schmal. Er hatte etwas Überirdisches an sich. Jetzt, da er im Licht stand, sah Elena, dass er gar nicht so viel älter war als sie selbst – vielleicht 15 oder 16.

Womöglich ging er in die elfte Klasse. Der Gedanke machte sie wütend. »Wer *bist* du? Was *machst* du hier?«

»Wer *ich* bin? Was *ich* hier mache?«, äffte er sie nach. »Was ist mit *dir* und deinen kleinen Freunden? Ihr rennt nachts durch die Stadt, verschafft euch Zugang zum Firmengelände und brecht dort ein. Gebt euch mit Insekten und Vögeln ab. Streift durch mein Territorium, als ob es euch gehört.«

»Du hast uns ausspioniert!« Elena atmete hörbar aus, schockiert. »Weshalb?!«

Plötzlich kam er wieder auf sie zu, der lange schwarze Mantel flatterte. Seine Augen waren türkisblau – und schienen warnend aufzuglühen. Als er mit seinem Gesicht ganz nah an sie herankam, blieb sie entschlossen stehen. »*Dir* schulde ich keine Antwort«, flüsterte er. »Und du kannst dich glücklich schätzen, dass ich gerade nicht in Beißlaune bin. Aber das kann sich ändern. Und. Zwar. Jeden. Augenblick. Dein Blut ist so viel süßer als meines.«

Elena hörte sich selbst um Luft ringen, Angst schnürte ihr die Kehle zu. In diesem Moment war ein Knurren zu hören. Zuerst dachte sie, *er* habe geknurrt. Dann begriff sie, dass das Geräusch von hinten kam. Sie sah, wie sich der Gesichtsausdruck des Jungen veränderte: Er wirkte neugierig und zugleich verblüfft und verwirrt.

»Wie verrückt ist *das* denn?«, murmelte er.

Plötzlich tauchte wie aus dem Nichts ein bernsteinfarbener Fleck aus der Dunkelheit auf, und der Junge schrie glucksend auf, erschrocken – und verwundert. Ein Fuchs war unter dem Mauervorsprung hervorgeschnellt und griff ihn an. Das Tier warf sich hoch in die Luft, um sein Gesicht zu erreichen, kam jedoch nur bis zum Arm und vergrub seine Kiefer darin. Der Junge fauchte und riss seinen Arm ruckartig hin und her. Der Fuchs fiel zu Boden, stürzte sich aber sofort erneut auf ihn und attackierte mit wütendem Jaulen seinen schwarz verhüllten Oberschenkel.

Dann gab es plötzlich einen dumpfen Schlag – gefolgt von einer Druckwelle. Es roch nach Feuerwerk. Vor Elenas Augen blähte sich eine Rauchwolke auf, die den Jungen vollständig verbarg. Der Fuchs winselte. Einige Sekunden später drehte sich das Tier um die eigene Achse und schaute verwirrt auf die Straße – der Junge war verschwunden. Er hatte sich buchstäblich in Luft aufgelöst.

Elena stand da wie versteinert, zitternd, die Hände vor dem Mund. Dann drehte sie den Kopf leicht zur Seite, um den Fuchs genauer zu betrachten. Er stand einige Schritte von ihr entfernt, die Ohren schräg gestellt, die Schnurrhaare weit wie Fächer, und versuchte noch immer, den fliehenden Feind aufzuspüren. Schließlich sah er sie an. Ein Gefühl der Wärme erfüllte Elena, als sie die Füchsin erkannte, der sie einige Nächte zuvor auf dem Weg hierher begegnet war.

»Du hast mich *gerettet*!«, sagte sie und kniete sich auf den Bürgersteig. Die Füchsin tippelte zu ihr hinüber. Elena blieb reglos und beobachtete nur. Das Tier kam immer näher, bis es ihr Auge in Auge gegenüberstand, und setzte sich schließlich hin. Und dann … ganz sanft … berührte es mit seiner schwarzen Nasenspitze Elenas Nase. *Ich danke dir!*, sendete Elena in Gedanken. Sie hatte nicht erwartet, dass die Füchsin ihr ein *Gern geschehen* zurückschicken würde, aber sie spürte es dennoch – ein zartes, wechselseitiges Verstehen, sehr viel stärker noch, als sie es bei dem Wachhund wahrgenommen hatte. *Sind wir Freunde?*, fragte Elena stumm. Die Füchsin legte den Kopf schief und senkte die Schnauze. *Ja.*

Was geschieht hier?

Es geschieht einfach.

Aber wie? Ist es der Strahl?

Die Füchsin sah hinüber zu den Staren, die sich wieder quer über der Straße aufgereiht hatten wie schwarz gekleidete Trauergäste auf einer Beerdigung, sich das Gefieder putzten und mit den Krallen scharrten. Dann sah sie wieder zu Elena. Unter normalen Umständen hätte die Füchsin wohl die Gelegenheit genutzt und sich einen netten Mitternachtsimbiss für ihre Welpen geschnappt, aber nicht hier und jetzt. Sie schien zu verstehen, wie wichtig die Linie war. Der Strahl. Die Füchsin stand auf und blickte in die Ferne – Elena wusste, dass sie zurück zu ihren Jungen wollte.

»Geh ruhig – mit mir ist alles in Ordnung.« Sie streckte die Hand aus, um das weiche Fell zwischen ihren Ohren zu berühren. »Aber besuch mich mal wieder, ja?«

Die Füchsin stupste sie noch einmal sanft mit der Schnauze an, dann flitzte sie die Straße hinunter. Leichtfüßig sprang sie über eine niedrige Backsteinmauer und verschwand in einem verwucherten Garten.

»Was ist denn hier los?«, fragte Matt, der gerade aus dem Hof getreten war und verwundert auf die Stare blickte. »Was tun die denn da? Und … wieso bist *du* eigentlich hier?«

Elena stand auf und lief zu ihm hinüber. »Sie markieren den Strahl. Aber das ist noch *gar* nichts: In der Lagerhalle ist ein Mensch gestorben, ich habe mit einem Fuchs gesprochen, und du hast gerade einen Vampir verpasst.«

27

Tima lag wach und wartete darauf, dass Elena ihr zurückschrieb. Es war 1:45 Uhr. Der Strahl war gekommen und wieder verschwunden – und sie brannte darauf, nach draußen zu gehen und ihre Freunde zu treffen. Sie wollte mehr darüber erfahren, warum es einen Toten in der Lagerhalle gegeben hatte, was genau dort geschehen war, und sie wollte mit Elena und Matt darüber sprechen, was als Nächstes zu tun wäre.

Von den entsetzlichen Neuigkeiten aus dem Tausendbruch hatte sie im Radio auf der Heimfahrt vom Krankenhaus gehört. Mum und Dad waren in ein Gespräch darüber vertieft gewesen und hatten ihre Tochter, die starr vor Schreck auf dem Rücksitz gesessen hatte, kaum wahrgenommen. Sobald sie zu Hause waren, hatte Tima darum gebeten, den Computer benutzen und online gehen zu dürfen – angeblich, um für die Schule zu recherchieren. Sie hatte tatsächlich etwas für den Unterricht erledigen müssen, allerdings keine fünf Minuten dafür gebraucht. Gleich danach hatte sie nach Berichten über den Lageristen gesucht, der unter ungewöhnlichen Umständen gestorben war.

Es gab kaum Informationen. Weder wurde der Tote namentlich erwähnt, noch war bislang eine genauere Untersuchung eingeleitet worden. Tima würde wohl nicht viel mehr in Erfahrung bringen können. Aber was Elena gestern Abend in ihrer SMS über seine *Augen* geschrieben hatte, war gruselig gewesen. Wenn sie es in der Nacht zuvor nicht nach draußen geschafft hätten, wären *sie* dann diejenigen gewesen, die man auf einem Haufen toter Vögel gefunden hätte? Hätten auch ihre Augen wie scharlachrote Knöpfe ausgesehen? Bei dem Gedanken daran lief ihr ein Schauer über den Rücken.

Natürlich hatte Tima vorgehabt, sich wie üblich hinauszuschleichen, doch dann hatten ihre Eltern angekündigt, in dieser Nacht ein wachsames Auge auf sie zu haben. Mum und Dad wollten sichergehen, dass ihr die MRT-Geschichte keine Albträume bereitete. »Wir werden immer mal wieder nach dir sehen, Mäuschen«, sagte Mum. »Lass deine Zimmertür offen. Unsere Tür werden wir auch nur anlehnen, für den Fall, dass du nach uns rufst.«

»Weshalb sollte ich euch rufen? Mir geht's gut. Das MRT hat gezeigt, dass alles in Ordnung ist.«

»Ich weiß, ich weiß«, sagte Mum. »Tu mir trotzdem den Gefallen.«

In diesem Moment hatte Tima begriffen, dass *Mum* diejenige war, der es nicht gut ging, die immer noch panisch war und versuchte, alles unter Kontrolle zu bringen. Höchstwahrscheinlich würde ihre Mutter im Lauf der Nacht einfach einschlafen und doch nicht nach ihr sehen, aber verlassen konnte Tima sich nicht darauf. Und falls es tatsächlich herauskäme, dass sie nachts unterwegs gewesen war, würde sie nie wieder nach draußen kommen. Zehnjährige sollten nach Einbruch der Dunkelheit einfach nicht mehr durch die Straßen ziehen. Nicht einmal sie selbst würde ihren Eltern einen Vorwurf machen, wenn sie sie einsperren würden.

Und so tat Tima, was am vernünftigsten war, und blieb im Haus. Aber es machte sie schier *wahnsinnig*. Wie üblich war sie um Punkt 1:34 Uhr wach geworden, und nun lag sie da und hatte das Gefühl, als würde man ohne sie eine Party feiern. Gleich nach dem Aufwachen hatte sie Elena eine SMS geschrieben.

Wo seid ihr? Was macht ihr gerade?

Keine Antwort.

Tima knipste ihre Lampe an und versuchte, ein wenig zu lesen, aber sie konnte sich einfach nicht konzentrieren. Verärgert warf sie das Buch auf den Boden und lief zum Fenster hinüber. Da entdeckte sie die Linie. Auf den ersten Blick hatte sie ausgesehen wie das Kabel eines Strommastes – vom Flirren und Glitzern Tausender winzig-zarter Flügel einmal abgesehen. Es war ein endloses Flattern und Fortbewegen, und doch blieb sie vollkommen gerade. Unmittelbar vor Timas Fenster schwebte ihre Motten-Fliegerstaffel in einer schnurgeraden Linie, die vom Fensterbrett über die Straße bis hinüber zu den Bäumen auf der gegenüberliegenden Seite lief. Die Motten imitierten den Strahl … so viel stand fest.

»Was ist los?«, fragte Tima. Sie spürte, dass sie schon wieder eine Gänsehaut bekam (etwas, was ihr im Moment ständig passierte). »Was wollt ihr mir sagen?«

Als die Linie auseinanderzudriften begann, bildeten sich andere Formen in der Nachtluft. Die Motten drehten sich in Wirbeln, die zuerst wunderschön aussahen und dann Furcht einflößend. Sie ahmten die sich windenden, hervorschnellenden Bewegungen nach, die das Dunkellicht-Wesen letzte Nacht in der Lagerhalle vollführt hatte. Eine volle Minute lang beobachtete Tima wie versteinert das Schauspiel, dann murmelte sie: »Ich verstehe das nicht.« Die pulsierenden Wirbel ordneten sich wieder zu einer geraden Linie an, die durch den Wind und den leichten Nieselregen sanft hin und her geschaukelt wurde.

»Was versucht ihr mir mitzuteilen? Dass wir in die Lagerhalle zurückkehren müssen? Das will ich nämlich auf gar keinen Fall!«

Tima bekam keine Antwort, weil in diesem Augenblick ein Taxi um die Straßenecke bog. Die grellen Scheinwerfer und lauten Motorengeräusche trieben die Insekten auseinander. Dann begann es richtig zu regnen, sodass ihre winzigen Freunde schwer zu kämpfen hatten. Keine Fragen mehr – Tima wollte sie nicht in Gefahr bringen.

Sie kroch wieder zurück ins Bett und schrieb Elena, was gerade geschehen war.

28

Ich hab zwar nichts gesagt«, erklärte Matt, »aber ich hatte schon in den letzten Nächten das Gefühl, dass wir verfolgt werden.«

»Ich auch«, gab Elena zu. »Aber da ansonsten so viel los war, konnte ich mir darüber nicht auch noch Gedanken machen.«

»Hättest du's mal gemacht. Was denkst du dir nur dabei, allein im Dunkeln draußen rumzurennen? Das ist einfach nur dämlich. Tu das nie wieder. Das nächste Mal hole ich dich zu Hause ab, und dann gehen wir gemeinsam los, um Tima zu holen. Sie sollte auch nicht alleine unterwegs sein. Von mir aus können wir uns ruhig im Gebüsch vor ihrem Haus verstecken.«

»Danke, aber ich kann gut auf mich alleine aufpassen!«, erwiderte Elena empört. »Ich brauche keinen Beschützer!«

»Ach ja? Und was, wenn der Fuchs *nicht* aufgetaucht wäre?« Matt merkte, wie lächerlich die Frage klang, noch bevor er sie laut ausgesprochen hatte. »Was wäre als Nächstes passiert? Irgendein Loser im Vampirkostüm war gerade dabei, dir seine Zähne in den Hals zu graben!«

»*Erstens*: Die Füchsin *ist* aufgetaucht … Und ich denke, das wird sie wieder tun, falls ich sie brauche – genau wie deine Kumpels, die Stare, und wie Timas Motten. *Zweitens*: Das war nicht irgendein Loser im Vampirkostüm … er …«

»Oh – du glaubst also, es war ein echter Vampir?!« Matt riss ungläubig die Arme hoch und ließ sie dann resigniert nach unten fallen. »Das ist doch nicht dein *Ernst*?!«

»Das will ich damit nicht sagen«, blaffte Elena ihn an. »Aber … weißt du, seine Augen haben irgendwie geglüht. Und dann tauchte plötzlich wie aus dem Nichts diese schwarze Rauchwolke auf, und er war verschwunden.«

Matt hatte schon den Mund geöffnet, um sich über sie lustig zu machen, schwieg dann aber. Hatte Tima bei ihrer ersten Begegnung nicht erzählt, dass sie von einer Art dunklem Rauch gejagt worden war? Nachdenklich senkte er den Kopf. »Und was *willst* du damit sagen?«, hakte er schließlich nach.

Sie zuckte mit den Schultern und sah auf den Gehweg, auf den immer mehr Regentropfen fielen. »Ich weiß nicht. Wenn ich dir vor zwei Wochen erzählt hätte, dass ein unsichtbarer Strahl dir die Macht verleiht, mit Vögeln zu sprechen, hättest du mich für verrückt gehalten, oder?«

Matt musste zugeben, dass sie recht hatte. Wenn er gelten ließ, dass er selbst so etwas wie ein Vogelflüsterer war, dass Tima von Motten hofiert wurde und dass ein Krakendämon-artiges Wesen sie letzte Nacht in einer Lagerhalle angegriffen hatte … – war es da so abwegig, an Vampire zu glauben?

»Na gut«, erwiderte er. »Aber wenn du jetzt anfängst, Kampfsport zu betreiben und Holzpflöcke in Möchtegern-Draculas zu rammen, dann lass ich mich in die Irrenanstalt einliefern.«

»Es gibt keine Irrenanstalten«, murmelte Elena. »Das sind Kliniken.«

Plötzlich begann Matts Haut zu kribbeln. Dass der Strahl durch ihn hindurchlief, spürte er mehr, als dass er es gesehen hätte. Elena japste kurz auf und blinzelte, während das Lied von weit her in ihnen widerhallte. Sekunden später war es verschwunden. »Hast du irgendetwas gesehen?«, fragte Matt, doch Elena schüttelte den Kopf. Dann drehte er sich zu den Vögeln um, die ihre Linie auch im Regen weiter beibehielten. Er streckte den linken Arm aus und ballte die Faust. »Glück?«

Sofort erhob sich einer der Stare von der Straße und flog zu ihm herüber. Er landete auf seiner Hand, schlug noch ein wenig mit den schwarzen Flügeln, um das Gleichgewicht zu finden, und ließ sich dann nieder. Matt lächelte – er spürte das Lächeln bis in seine *Seele* hinein. Das hier war etwas Wundervolles.

»Wir sehen, dass ihr eine Linie gebildet habt«, sagte er. »Verläuft der Strahl dort entlang?« Glück antwortete mit einem eindeutigen Nicken. »Weshalb tut ihr das? Was versucht ihr mir zu sagen?«

Glück stieß einen schrillen Vogelschrei aus und legte erwartungsvoll das Köpfchen schief.

»Ich brauche wohl noch etwas mehr Hinweise.« Mit seiner freien Hand strich Matt sanft über ihre Flügel. »Willst du, dass wir an einen bestimmten Ort gehen?«

Glück hob den Schnabel und sagte: »Gehen.«

Matt sah zu Elena hinüber. »Wohin sollen wir gehen? Zurück in die Lagerhalle?« Glück zuckte mit den Flügeln, flog auf und gesellte sich wieder zu ihren Artgenossen auf die Straße. Sanftes Flügelrascheln war zu hören, dann erhoben sich alle Stare in die Luft und flatterten hinauf bis über die Dächer. Aus den nahe gelegenen Bäumen und Büschen kamen noch mehr Vögel herangeflogen. Wieder begannen die Tiere sich auf diese seltsame, hypnotische Weise zu bewegen, die Matt schon einmal am Himmel gesehen hatte, bei Sonnenuntergang. Die Stare wirbelten in einer Wolke umher. Als sich aus der Wolke plötzlich gekrümmte

Tentakel herausbildeten, die sich wanden und durch die Luft stießen, hörte er Elena erschrocken einatmen. Auch Matt jagten Schauer über den Rücken.

»Das gefällt mir gar nicht«, raunte Elena.

»Mir auch nicht. Glück?« Das Vogelweibchen kam zurück, setzte sich auf seine Faust und blickte ihn an. »Wir verstehen nicht, was du möchtest. Wir können dieses Ding nicht bekämpfen.«

Glück erhob sich und flog bis zu der Stelle, an der die Straße eine Biegung machte. Sie setzte sich auf einen Torpfosten und drehte sich zu Matt und Elena um. Die restlichen Vögel stoben auf und verschwanden in der Dunkelheit.

»Also schön«, sagte Matt achselzuckend zu Elena. »Ich weiß nicht, was sie will, aber vielleicht sollten wir ihr einfach folgen.« Und so ließen sie sich von Glück, die sie eifrig vorantrieb, durch die dunklen Straßen führen. Der Regen ließ allmählich nach. Unterwegs erzählte Elena von Gary, dem Lageristen. Matt schluckte schwer, als sie dessen rote Augen erwähnte. Er konnte den Anblick der beiden toten Vögel nicht vergessen.

»Es wird ernst«, sagte Elena abschließend. »Ich denke, wir sollten jemandem davon erzählen.«

Matt schnaubte. »Du meinst, du willst zur Polizei gehen und von einem seltsamen, singenden

Klang berichten – oder von einem Strahl, der alle 24 Stunden auftaucht und nach drei Sekunden wieder verschwunden ist? Oder willst du vielleicht eine Aussage über den Krakendämon machen?«

Elena seufzte schwer. »Ich weiß, ich weiß. Aber ich fühle mich so schuldig. Wir hätten sie warnen sollen.«

»Und ich frag dich noch mal: Wie denn, bitte schön?«

Elena schüttelte den Kopf und wechselte unvermittelt das Thema: »Woher weißt du, dass Glück ein Weibchen ist?«

»Ich weiß es eben. Hab es heute auch noch mal in der Schule nachgelesen. Man erkennt es an der Farbe des Schnabels. Im Sommer färben sich die Schnäbel der Stare gelb – und bei den Männchen sind sie unten blau, bei den Weibchen rosa.«

»Wow«, sagte Elena und kicherte. »Matteus Wheeler ist unter die Naturforscher gegangen! Das ist ja noch abgefahrener als ein Vampir!«

»Ich bin nicht *blöd*«, fauchte er.

»Das weiß ich doch. Ähm, apropos Recherche …«, sagte Elena. »Hast du schon mal von den Nachtflüsterern gehört?«

»Was soll das sein – eine Band?«, fragte Matt mürrisch zurück.

»Nein. Ich glaube, *wir* könnten Nachtflüsterer

sein. Ich habe heute in der Bibliothek etwas herausgefunden.« Und dann erzählte Elena Matt von der Legende über die Kinder, die nachts im Freien zurückgelassen wurden und die Gabe erlangten, mit Tieren sprechen zu können. Es hörte sich völlig verrückt an. Andererseits ging ihr das seit einigen Tagen mit allem so.

»Denkst du, die Geschichte ist wahr?«, fragte Matt.

»Keine Ahnung. Aber das Wort klingt so schön: *Nachtflüsterer*. Ich mag es. Wir sind nachts unterwegs, und wir verständigen uns mit Tieren. Das passt doch.«

Bald schon wurde ihnen klar, dass es wieder zum Tausendbruch ging. Ihr Weg führte sie geradewegs an Elenas Haus vorbei und dann weiter zu Tima. »Oh!«, sagte Elena plötzlich und zog ihr Handy aus der Tasche. »Ich hatte Tima versprochen zu schreiben. Ups … sie ist ein klitzekleines bisschen sauer!«

Tima hatte ihr eine ganze Reihe von SMS geschickt, in denen sie zunehmend aufgewühlter klang. Elena las Matt die neueste Textnachricht zuerst vor.

Echt jetzt! Seid ihr heute Nacht überhaupt rausgegangen? Oder pennt ihr noch?

Dann scrollte sie sich durch die SMS-Flut nach oben. »Woah … schau dir das an.« Sie hielt Matt das Handy hin und zeigte auf Timas zweite Textnachricht.

Ich dreh gleich durch! Die Motten haben gerade in einer Linie vorm Fenster geschwebt!!! Und dann gruselige Krakendämon-Formen gebildet!!!

Schnell schrieb Elena zurück:

Schau auf die Straße.

Als sie Timas Haus erreichten, sahen sie an einem der Fenster ein kleines Gesicht zwischen den Vorhängen hindurchblitzen. Elena und Matt winkten hinauf und liefen weiter.

Drei Sekunden später folgte ein wütendes Vibrieren.

Aaaaaaaaaah! Was ist LOS?!

Elena schrieb:

Auch die Stare waren in einer Linie!
Und haben danach Fangarme
gebildet. Wir folgen Glück.

Melden uns asap. Bleib ruhig.

Und Vorsicht: Vampire.

Daraufhin hörte Elenas Handy gar nicht mehr auf zu vibrieren. Eine verzweifelte Tima stellte immer mehr Fragen.

»Nicht antworten«, sagte Matt. »Wir müssen uns jetzt auf das konzentrieren, was vor uns liegt. Tima kann warten.«

Als Elena Tima versprach, in einer Stunde einen Bericht abzuliefern, erklärte sie sich endlich bereit, mit dem Simsen aufzuhören.

Schweigend liefen Elena und Matt weiter, die Augen auf Glück gerichtet, die vor ihnen den Weg entlangflatterte. Je näher sie dem Industriegelände kamen, umso stärker nahm Matt Elenas Anspannung wahr. Ihm selbst ging es nicht anders. Er wollte auf keinen Fall zurück an diesen Ort und fragte sich, wie er das einem Star begreiflich machen konnte. Doch Glück war ja *mit* ihnen dort gewesen, als das seltsame Dunkellicht-Wesen seine Tentakel durch die Tür gesteckt hatte. Sie wusste, was sie dort erwarten könnte.

»Vielleicht ist er diesmal gar nicht da«, sagte Elena, während sie am Rathaus vorbeiliefen. Alle Fenster waren dunkel, der Parkplatz leer.

Matt nickte. »Ja, vielleicht. Vermutlich taucht

er nur auf, wenn der Strahl durch die Halle fällt. Es ist jetzt schon nach zwei. Der Krakendämon müsste längst weg sein.«

»Hoffentlich. Aber wenn dem so ist, wie kommt es dann, dass dieser Lagerist – Gary –, dass dieser Mann erst Stunden später gestorben ist? Julie, die Pressesprecherin, hat mir versichert, er sei nicht vor 6 Uhr morgens im Tausendbruch gewesen.«

Darauf wusste Matt keine Antwort.

»Weißt du … du musst nicht mit reinkommen«, erklärte er, als sie das Elektrizitätswerk erreicht hatten. »Ich werde gehen. Du kannst draußen bleiben und Wache schieben.«

»Vergiss es«, sagte Elena. »Ich lass dich nicht alleine.«

Matt warf ihr einen Blick zu. Sie hatte das Kinn vorgeschoben und sah entschlossen aus. Hier gab es nichts mehr zu diskutieren. Die Streberin war tapfer, das musste er zugeben.

Wie sich herausstellte, hatten Matt und Elena sich umsonst Sorgen gemacht. Sie mussten nicht noch einmal in die Lagerhalle gehen, ja nicht einmal über die Tore auf das Gelände klettern. Matt war erleichtert, auch weil ihm auf dem Hinweg eingefallen war, dass er die Teleskopleiter zu Hause gelassen hatte. Glück war zunächst zu den Stechpalmen geflogen, die gegenüber den Eingangstoren standen, und dann – sobald Matt und Elena sie eingeholt hatten – in einem scharfen Bogen hinüber zum Maschendrahtzaun. Sie überquerte ihn nicht, sondern führte die beiden daran entlang, Zaunpfahl für Zaunpfahl, immer in Richtung der steilen Felswand des ehemaligen Steinbruchs.

»Oh … gut«, sagte Elena. »Das beruhigt mich doch sehr!«

Matt und Elena folgten dem Vogel, indem sie auf der dunkleren Seite der schmalen Zugangsstraße blieben, die an der Einzäunung entlanglief. Sie wollten nicht riskieren, von Kameras entdeckt zu werden. Ohne Tima gab es auch keine Motten, die sie hätten abdecken können. Und nach dem Vorfall mit der Wachhund-Patrouille in der Nacht zuvor stand fest, dass das Gelände doch intensiver bewacht wurde als gedacht. Schließlich setzte Glück sich auf den letzten Betonpfeiler, der direkt vor der zerklüfteten, von Pflanzen überwucherten Steilwand stand. Als auch Elena und Matt den Zaunpfahl erreicht hatten, flog sie etwa auf Augenhöhe an der Felswand entlang hinüber aufs Industriegelände. Dann ließ sie sich auf einem kleinen, vereinzelt stehenden Kalksteinfelsen nieder und sah sich nach ihnen um.

»Erwartet sie von uns, dass wir da drüberklettern?«, fragte Elena mit einem Blick auf den Stacheldraht, der den Maschendrahtzaun nach oben hin abschloss. »Dann musst du wohl wieder deine Leiter und den Reifen rausholen.«

Doch Matt hatte sich bereits hingekniet und wühlte sich durch das üppig wuchernde Gestrüpp und Unkraut, das am Zaun wuchs. »Brauchen wir nicht«, sagte er, während er die dicht wachsenden Weidenröschen beiseitezerrte. Als er mit der Taschenlampe auf den Zaun leuchtete, sah auch Elena den langen Riss im Maschendraht, groß genug, um hindurchzukriechen.

»Woher wusste Glück von dieser Stelle?«, fragte Elena verwundert.

»Sie weiß eine ganze Menge. Los, komm mit.«

Sie krochen hindurch, wobei sie mit den Kleidern an einigen der scharfen Drahtenden hängen blieben. Dann setzten sie ihren Weg mühsam fort und stapften durch Unkraut und Dornensträucher, die an einigen Stellen hüfthoch standen. Glück hatte sie zu einer Art Pfad geführt, der – an der Felswand entlang – über die gesamte Breite des Tausendbruchs lief. Es war schwierig, dem Vogel zu folgen, nicht zuletzt deshalb, weil es noch weitere Zäune zu meistern gab. Zwei der ansässigen Unternehmen waren im rechten Winkel zur

Steilwand eingezäunt worden, sodass die Zäune den inoffiziellen Pfad querten. Der erste Zaun war nicht allzu hoch, und er hatte auch keine Metallspitzen, sodass sie einfach hinaufklettern und auf der anderen Seite hinunterspringen konnten. Der nächste Zaun war höher und mit Metallspitzen versehen. Seufzend zog Matt eine Blechschere aus seinem Rucksack.

»Jetzt ist es offiziell: Ich bin ein Krimineller«, sagte er, schnitt entschlossen drauflos und schob den Maschendraht auseinander, damit sie sich hindurchquetschen konnten. »Na, wenn das kein Einbruch ist …« Er hatte darauf geachtet, den Zaun möglichst dicht am Boden, im Dickicht der Pflanzen aufzuschneiden, damit sie den Schnitt danach verdecken konnten. Als sie hindurchgekrochen waren, drehten sie sich um und zogen Gestrüpp über die beschädigte Stelle, so gut es eben ging.

»Solange man nicht genau hinsieht, fällt das gar nicht auf«, sagte Elena, während sie sich ein Blatt aus den Haaren pulte.

Der nächste Zaun bestand aus Holzlatten. Leicht zu überwinden. Oder auch nicht. Sie trotteten auf den Zaun zu, blieben unmittelbar davor stehen und starrten nach oben, zu einem dunklen Dachvorsprung aus Wellblech.

»Oh nein«, sagte Elena schaudernd, »wir sind wieder da.« Sie hatten die Rückseite der Lagerhalle von Sentry SuperPack erreicht. Auf der anderen Seite des Zaunes war es so düster, dass Matt das Gefühl hatte, die Dunkelheit beinahe greifen und ihren Puls fühlen zu können.

»Ist das der Ort, an den wir gehen müssen?«, fragte Matt das Vogelweibchen leise.

Glück setzte sich auf den Zaun und sagte: »Gehen.«

Matt wandte sich an Elena: »Ich hab die Leiter vergessen – ich werde dir rüberhelfen müssen. Und danach nehme ich Anlauf und springe selbst hoch.«

»Müssen wir das wirklich tun?«, flüsterte sie. »Was ist, wenn …?«

Matt sah ihr in die Augen. »Wenn *wir* nicht losgehen, um *ihn* zu finden, wird *er* kommen und *uns* finden.«

29

Guten Morgen, guten Morgen«, sang Elena, *»guten Morgen, Sonnenschein.«*

Matt warf ihr einen vernichtenden Blick zu, was sie aber nicht daran hinderte weiterzusingen. Elena hatte solche Angst, dass sie einfach singen *musste*, dass sie irgendein Geräusch machen *musste* – jenseits von panischen Atemzügen, klopfendem Herzrasen oder … ängstlichem Wimmern.

»Dir blieb diese Nacht verborgen …« Leise und mit belegter Stimme sang sie den alten Schlager, während sie an der Rückseite der Lagerhalle entlang bis zu der Stelle liefen, an der sich der Notausgang befand. *»Doch du darfst nicht traurig sein.«*

Der mit Steinplatten ausgelegte Weg war an einigen Stellen von Moos überwachsen, an anderen wuchsen hohe Brennnesseln. Hier, hinter dem Gebäude, war es feucht und kalt, und ganz offensichtlich war schon seit Jahren niemand mehr hier gewesen. Am Fuß der Felswand stand ein weiterer, im Grunde sinnloser Zaun. Im Schein ihrer Taschenlampe sah Elena, dass er aus rostigem altem Draht bestand. Es war ein Draht, wie man ihn auch für Hasenställe verwendete, und er hing schlaff und eingeknickt zwischen den Metallpfosten herab, die ihr bis zur Schulter reichten. Dieser Zaun hatte vermutlich schon da gestanden, bevor die Lagerhalle gebaut worden war, und ein Großteil davon war von Unkraut überwuchert. Lediglich eine kleine Stelle, direkt gegenüber dem Notausgang, war völlig frei, sodass man den nackten weißgrauen Kalkstein dahinter sehen konnte.

Instinktiv blieben Matt und Elena stehen. Matt stellte seinen Rucksack ab und zog die Taschenlampe aus der Seitentasche. Er warf Elena einen Blick zu, dann lief er zur Notausgangstür, die hier, auf der Rückseite der Halle, nur ein großes graues Rechteck ohne Klinke war. Elena atmete tief durch und folgte ihm. Unten vor der Tür lag ein Haufen toter Lebewesen. Vögel, Fledermäuse, Insekten, ja sogar Ratten. Anfangs versuchte sie noch, den Tieren nicht in die Augen zu sehen, doch schließlich konnte sie nicht anders. Sie leuchtete mit der Taschenlampe auf den Boden und zog scharf die Luft ein. »Matt …«

Er nickte, fasste sie am Arm und drückte ihn. Von dem kleinen Haufen toter Tiere starrten Dutzende roter Augen zu ihnen hoch, sie schimmerten wie höllische Pailletten.

»Was machen wir hier nur?«, sagte Elena, die ihre Angst nicht länger verbergen konnte.

Glück flog herab und setzte sich auf Matts Schulter.

»Und was jetzt?«, fragte er das Vogelweibchen. »Wir sind hier. Das wollten wir zwar nicht, aber wir sind hier. Also … Was sollen wir jetzt tun?«

Glück sagte: »Tun.« Dann flog sie über den rostigen alten Zaun hinweg.

»Weshalb wächst hier kein Unkraut?« Elena zeigte auf das freie Stück Hasendraht vor der kahlen Felswand. Sie streckte den Arm aus und berührte die Stelle, woraufhin der Draht zu bröckeln begann.

Matt und Elena stockte der Atem, als der Zaun nun vor ihren Augen zu Staub zerfiel.

»Whoa …« Matt trat einen Schritt zurück.

Eine Wolke aus rostigen Eisenpartikeln stob auf, und Elena musste husten.

»Vielleicht ist der Zaun in Flammen aufgegangen«, sagte Matt. »Zuerst sind alle Pflanzen verbrannt, und dann brauchte es nur noch einen winzigen Stups, um ihm den Rest zu geben.«

Elena bedeckte Mund und Nase mit der Hand und hockte sich hin, um sich den Staub genauer anzusehen. Irgendetwas stimmte hier nicht. Der Staub hatte sich mittlerweile zwar vollständig auf dem Boden abgesetzt, aber irgendwie *bewegte* er sich noch immer in kleinen, sich überschlagenden Wellen auf ihre Füße zu … und auf dieselbe seltsame Art zurück. Fast so, als ob …

Vor Schreck ließ Elena die Taschenlampe fallen. »Matt! Da ist irgendwas! Es sieht aus wie ein Luftzug, der sich vor und zurück bewegt – genau wie beim …«

»Atmen«, beendete Matt ihren Satz. Im nächsten Moment sprangen beide auf und wichen zurück bis zum Notausgang, wo sie sich mit flachem Rücken gegen die Tür drückten und nach unten starrten.

»Kannst du es sehen? Kannst du das Dunkellicht irgendwo sehen?«, flüsterte Elena.

»Nein«, erwiderte Matt. »Es sieht eher … blau aus.«

Allmählich war im Felsen tatsächlich ein mattes Blau zu erkennen. Und dann begriffen sie, dass sie überhaupt nicht auf Gestein starrten, sondern auf ein Loch, ein dunkles, bläuliches Loch. Es war etwa kniehoch, eineinhalb Meter breit und nach obenhin abgerundet – eine Art niedriger Gewölbebogen in der Felswand des Steinbruchs.

Elena ging auf die Knie und kroch auf allen vieren darauf zu.

»Warte – wo willst du hin?«, fragte Matt.

»Alles gut. Das blaue Licht ist okay. Frag Glück.«

Das Vogelweibchen, das sich auf ein Überbleibsel des Zauns gesetzt hatte, rief: »Okay.«

Elena kroch über die Aschereste und dann direkt in den niedrigen Gewölbebogen hinein. Ein Teil von ihr schrie: *Was tust du denn?!* Eine andere innere Stimme versicherte ihr: *Ist schon in Ordnung. Es ist blau.* Das alles ergab keinen Sinn, und doch spürte sie es: Das blaue Licht bedeutete, dass sie sicher waren – für den Augenblick zumindest. Sie kroch weiter voran, während der scharfkantige Felsen und die losen Steine unter ihr sich in die Handflächen und durch den Jeansstoff hindurch in ihre Knie bohrten.

»Willst du da wirklich reingehen?«, rief Matt hinter ihr. Seine Stimme klang heiser.

»Wir werden *beide* dort hineingehen«, rief Elena zurück. »Genau *das* wollen die Stare doch von uns. Und Timas Motten.«

»Aber … Du weißt schon, dass dieses Dunkellicht-Krakendings von dort kommt, oder?«

»Jepp. Willst du umkehren?«, rief sie über die Schulter nach hinten.

»Auf keinen Fall!«, kam es grummelnd zurück. Sie hatte gewusst, dass er mitkommen würde.

Nachdem sie einige Meter auf allen vieren

durch die enge Passage gekrochen waren, fanden sie sich plötzlich in einer richtigen Höhle wieder. Die Höhle war recht lang, aber nicht besonders breit oder hoch, vermutlich hätte ein Reisebus gerade hineingepasst.

»Glaubst du, die Arbeiter aus dem Steinbruch haben die Höhle damals in den Felsen gehauen?«, fragte Matt. Er stellte sich neben Elena und leuchtete mit der Taschenlampe an den Wänden entlang. Hier und da zogen sich dunkle Gesteinsschichten wellenförmig über die weißen Kalkwände und die Höhlendecke. Unter ihren Füßen befand sich ein Teppich aus winzigen Bröckchen, die wie Asche aussahen. Elena fragte sich unwillkürlich, ob es zerschmetterte Knochen waren.

»Sieht nicht danach aus, als ob Menschen die Höhle gemacht hätten«, erwiderte sie. Ihre Stimme hallte ausdruckslos von den massiven Felswänden wider. Vorsichtig begann sie, über den Höhlenboden zu laufen. »Wo ist Glück?«

»Sie sitzt auf meiner Schulter.«

»Also, wenn sie auch hier drin ist, sind wir vermutlich sicher. Ich glaube, wir sollten –«

Elena fiel – und verstummte. Gerade hatte sie noch auf massivem Felsgestein gestanden, im nächsten Moment stürzte sie auch schon in die Tiefe. Und noch bevor sie erschrocken aufschreien konnte, war sie mit einem Rums auf dem nächsten Untergrund gelandet. Die Taschenlampe fiel ihr aus der Hand und knallte auf den Boden. Das Licht erlosch.

Glück folgte Elena nach unten. »Wo bist du?!«, brüllte Matt. »Was ist passiert?«

»Mir geht's gut – uns geht's gut«, brüllte Elena zurück. »Es geht nur ein kurzes Stück abwärts. Du kannst vermutlich runterklettern, wenn du vorsichtig bist.«

Matt ließ sich über den Rand des Loches in die Tiefe hinab und landete, mit dem Hintern voran, direkt neben Elena. Die Taschenlampe legte er auf den Boden, er brauchte sie nicht. Obwohl es hier unten düster war, konnte er im mattblauen Licht die Umrisse dieser zweiten Höhle ausmachen. Sie war klein – kaum vier Meter breit –, und ihre Form erinnerte an eine Schüssel. Inmitten des »Schüsselbodens« befand sich ein weiteres Loch, nicht größer als ein Kanaldeckel.

»Da steigen wir nicht rein.« Matt deutete auf die Lichtbündel, die sich drohend aus dem Loch erhoben – Dunkellicht-Bündel. Elena nahm Matts Hand und drückte sie fest. Er ließ es zu und drückte genauso fest. Glück flog zurück auf seine Schulter.

»Es kommt von hier, oder?«, flüsterte Elena.

»Es kommt von *hier*«, wisperte Glück wie ein gruseliges Echo.

»Weshalb sind wir hier?«, murmelte Matt. »Was sollen wir tun? Wenn sich dieses Ding jetzt dazu entschließt herauszukommen, sind wir Hackfleisch. Wir können es nicht aufhalten.«

»Aufhalten«, wiederholte Glück.

»Tja, das würden wir ja gern!«, blaffte Matt. »Aber ich wüsste nicht, wie wir das ohne Superkräfte schaffen können!«

»Können«, kreischte Glück. »Können.«

»Aber wie denn, Glück?«, raunte Elena und streckte die Hand aus, um den Vogel am Kopf zu streicheln. »Du musst es uns irgendwie begreiflich machen.«

Doch Glück schien keine Lösung parat zu haben, sie hob nur die Flügel und flog hinauf in die obere Höhle. In diesem Augenblick merkte Elena, dass irgendetwas anders war.

»Matt – das Licht … sieht nicht so gut aus.« Elena schluckte schwer.

Das Blau wurde rötlicher und verwandelte sich in Violett. Dann ertönte ein tiefes, dunkles Grollen, so gewaltig, dass Elena zu schlottern begann. Die Lichtbündel schienen die Form von Klauen anzunehmen. »Ich glaub, es wird Zeit zu gehen«, flüsterte sie.

»Was du nicht sagst!« Auch Matt war vor dem Dunkellicht-Schacht zurückgezuckt. Das tiefe Grollen klang Furcht einflößend, genau wie das Knurren eines riesigen Monsters, das aufgeweckt worden war. Sie drehten sich um und versuchten, an den Wänden hinauf nach oben, in die größere Höhle, zu gelangen. Doch die glatten, weichen Kreidefelsen waren wie geschmolzenes Wachs. Sie fanden keinen Halt, rutschten wieder und wieder ab.

Elena musste an die Kannenpflanzen denken, die sie einmal während eines Schulausflugs in den Botanischen Garten gesehen hatte. Die Pflanzen hatten seltsame, glatte, kannenartige Blüten, mit denen sie Ameisen anlockten, nur um sie dann in Säure zu ertränken. Die Innenseiten dieser Blüten waren so rutschig, dass die Insekten nicht mehr entkommen konnten. Würden sie und Matt im Dunkellicht ertränkt werden? Als Elena einen ängstlichen Blick nach unten warf, sah sie, dass sich die Klauenfinger immer weiter nach oben reckten: Sie wurden lang gezogen und gedreht wie heißer Karamell in Dunkellicht-Spiralen, sie flatterten durch die Luft, auf der Jagd nach Beute.

»Es kommt uns holen!«, schrie Matt. »Wie zur Hölle finden wir hier wieder raus?«

»Raus!«, kam die Antwort als Echo von oben, während Glücks Silhouette zur linken Seite der rutschigen Höhle flog. Dort war eine dunkle Gesteinsschicht zu erkennen, die über den glatten Felsen nach oben lief.

Mit einem beherzten Sprung über eine der nach oben stoßenden Tentakel kam Elena als Erste dort an. Die Schicht war kaum breiter als ein Blatt Papier, aber rauer als das umliegende Kalkgestein – es war eine Quarzader. Sie krallte sich mit beiden Händen daran fest, als Matt sie auch schon grob nach oben schubste. »LOS! LOS! LOS!!«, schrie er und versuchte dabei, das donnernde Grollen zu übertönen, das ihre Organe vibrieren ließ. Sekunden später lag Elena der Länge nach auf dem flachen Felsboden der oberen Höhle, kurz darauf tauchte Matt hinter ihr auf und half ihr auf die Beine.

»Sieh dich nicht um«, brüllte er.

30

Tima lief in ihrem Zimmer auf und ab und starrte auf die Uhr. Es war jetzt 3:30 Uhr. Wo waren Elena und Matt? Was hielt sie auf? Waren sie im Lagerhaus? Lagen sie tot auf einem Haufen Vögel und Insekten? Panik stieg in ihr auf. Sie sollte irgendetwas tun … es irgendjemandem erzählen.

Aber *wie*? Es war einfach alles zu bizarr. Sie konnte sich nicht vorstellen, dass Mum und Dad ihr glauben würden. Außerdem müsste sie ihnen dann auch gestehen, nächtelang mit den anderen unterwegs gewesen zu sein – und das würde bedeuten, dass ihre Eltern sie tatsächlich einsperren würden.

Sie schickte eine weitere SMS und bettelte um Informationen. Doch ihr Handy blieb stumm. Wo *waren* die beiden?

Tima verzog das Gesicht und gähnte. Dann legte sich irgendein Schalter in ihr um, und sie begann sich ihr schwarzes Outfit und die schwarzen Jazzschuhe anzuziehen. Eine Minute später – kaum mehr von einer professionellen Einbrecherin zu unterscheiden – huschte sie lautlos über den großen Treppenabsatz zum Schlafzimmer ihrer Eltern. Die Tür war nicht ganz geschlossen, sie hörte leises Schnarchen. Tima spähte durch den Türrahmen. Im Dunkeln machte alles den Eindruck, als würden Mum und Dad tief und fest schlafen. Unwahrscheinlich, dass sie jetzt aufstehen würden, um nach ihr zu sehen.

Tima lief zum Wäscheschrank, zog drei Gästekissen heraus und schob sie unter ihre Bettdecke, um vorzutäuschen, dass sie noch darunter lag und schliefe. Geistesgegenwärtig holte sie auch eine alte Puppe vom Regal und drapierte sie so auf dem Kissen, dass nur die langen dunklen Haare zu erkennen waren. Warf man einen Blick durch die Kinderzimmertür, sah es nun wirklich so aus, als würde Tima noch im Bett liegen, zusammengerollt und schlafend, während ein paar ihrer dunklen Locken unter der Decke hervorblitzten.

Gut. Sie steckte die Mini-Taschenlampe in die Jeans und schlich sich nach unten. Im Flur blieb sie stehen und kam ins Grübeln. Würden eine kleine Taschenlampe und Entschlossenheit ausreichen, falls ihre Freunde im Tausendbruch wirklich in Schwierigkeiten stecken sollten? Sie dachte fieberhaft nach. Als sie sich umdrehte, fiel ihr die Tür zu Mums Arbeitszimmer ins Auge. Dads

Büro war ein Stockwerk höher und vollgestopft mit medizinischen Fachbüchern, doch Mums Zimmer lag gleich am Ende des Flurs. Auch dort standen jede Menge Bücher, aber dort befand sich auch all das Zeug, das sie für die Behandlung von Tieren – vom Goldhamster bis zum schweren Arbeitspferd – brauchte.

Tima hatte etwas ganz Bestimmtes im Kopf. Falls ihre Eltern jemals herausfinden sollten, was sie sich von Mums »Zeug« holen wollte, würden sie vermutlich einfach aufgeben und ihre Tochter in eine Einrichtung für jugendliche Straftäter stecken.

31

Matt und Elena stolperten hinaus ins Freie. Auf der Flucht zurück durch die enge Passage hatten sie sich Schürfwunden und blaue Flecken geholt. Matt hatte immer noch das Grollen im Ohr, als er sich seinen Einbrecherrucksack schnappte und Elena durch den aufgeschnittenen Zaun schob. Eigentlich hätte er sie gar nicht zum Aufbruch drängen müssen. Während er sich noch durch den Zaun hangelte, weitere Kratzer davontrug und drei Sekunden stehen blieb, um den Riss im Zaun mit Unkraut zu kaschieren, war Elena bereits zur nächsten Hürde gerannt. Wahnsinn. Dieser Dunkellicht-Dämon könnte jeden Moment aus der Höhle schießen und nach ihm greifen. Doch irgendwo tief in ihm drin spürte Matt, dass es nicht mehr dazu kommen würde, dass dieses Ding langsamer geworden war. Vielleicht war es ihm jetzt, so kurz vor der Morgendämmerung, zu hell hier draußen.

Doch das alles änderte nichts daran, dass die Angst in riesigen, alles erschütternden Wellen durch Matt hindurchpeitschte. Nie zuvor hatte er eine solche Angst gespürt, nicht einmal dann, wenn sein Vater betrunken gewesen und mit den Fäusten auf ihn losgegangen war. Sie erreichten das letzte Hindernis und kletterten über den Zaun. Dann sanken sie völlig erschöpft in das taunasse Gras unterhalb der Bäume, die auf der anderen Seite der Zugangsstraße standen. Eine volle Minute lang sagte keiner von ihnen ein Wort. Sie atmeten nur. Schließlich fragte Elena: »Wo ist Glück?«

»Da oben.« Matt deutete in die Zweige über ihnen, wo das Vogelweibchen saß und sich ausruhte. »Sie scheint wirklich zu glauben, dass wir dieses Ding besiegen können.« Mit den Händen rieb er sich über das müde Gesicht.

Elena nickte. »Wir müssen nur noch herausfinden, wie.«

»Ich hab da vielleicht eine Idee.« Er stand auf und betrachtete die blutigen Kratzer an seinen Armen.

»Wirklich?« Auch Elena stand auf und blickte ihn an. Sie sah hoffnungsvoll aus, ganz so, als würde sie tatsächlich darauf bauen, dass er eine Lösung hatte. Er lachte trocken. »Komm schon. Wir müssen zurück. Die Sonne geht bald auf.«

»Aber du hast doch gesagt –«

»Ich weiß, was ich gesagt habe«, murrte er. »Dass ich *vielleicht* eine Idee habe. *Vielleicht*. Lass mich eine Nacht drüber schlafen.«

»Haha. Guter Witz.« Elena streckte die Hand aus und rief: »Glück. Komm runter. Versuch mir zu erklären, was wir tun sollen.« Das Vogelweibchen landete auf ihrem Handgelenk, putzte sich und sah sie an. Vorschläge machte es keine. »Du hast doch nichts dagegen, Matt, oder?«

Matt zuckte mit den Schultern. »Sie gehört mir nicht.«

»Nein, aber ich glaube, dass du zu *ihr* gehörst.« Elena sah auf ihre Uhr. »Oh nein! Ich hatte Tima versprochen, ihr zu schreiben – und ich hätte es schon vor einer Ewigkeit machen sollen! Sie wird uns *umbringen,* weil wir sie so lange haben warten lassen. Sie –«

Ihre Stimme erstarb, als etwas Dunkles gegen sie prallte und sie zur Seite warf. Matt schrie auf, denn auch er war zu Boden gestoßen worden. Eine Sekunde später schlug Glück hilflos mit den Flügeln – eine hochgewachsene Gestalt mit schwarzem Umhang hielt sie in den Händen.

»Das ist also dieses erstaunliche sprechende Vögelchen, nicht wahr?«, sagte der Junge im Plauderton. »Wisst ihr, ich glaube, ich werde dieses kleine Wunder als eine Art Wegezoll an mich nehmen – jetzt, da ihr mein Territorium betreten durftet.«

Matt sprang auf und ging auf den Jungen los –

ein harter Tritt gegen den Brustkorb ließ ihn aber sofort wieder zu Boden gehen. »Mal im Ernst«, sagte der Junge, der das flatternde und kreischende Vogelweibchen an den Beinen gepackt hatte und hochhielt. »Du verschwendest deine Zeit. Ich besitze den Schwarzen Gürtel und könnte dich mit einem Fuß töten, wenn ich wollte. Den kleinen Star hier könnte ich mit meinem *Daumen* erledigen.«

»Aber könntest du auch einer Kugel ausweichen?«, fragte eine Stimme hinter ihm.

Und dann war ein metallisches Klicken, wie von einer Pistole, zu hören.

32

Tima war heilfroh über ihr Schauspieltraining – sie hatte den Satz ohne Zittern vorgebracht.

Sie hielt die Pistole mit beiden Händen fest, während sie damit von unten gegen den Schädel des Jungen drückte. Dann fuhr sie mit ruhiger, fester Stimme fort.

»Was du da spürst, ist der Lauf einer Greener-Pistole. Sie ist geladen. Eine Bewegung – und sie ist es nicht mehr …«

Der Junge erstarrte. Er versuchte nicht, sich umzudrehen.

»Bleib ganz ruhig stehen und heb die Arme über den Kopf.« Er streckte die Hände mit dem darin gefangenen Star noch weiter nach oben. Jetzt sah Tima, dass seine Fingernägel lang, spitz – und schwarz waren. Er sprach kein Wort.

»Diese Greener-Pistole lässt sich ganz leicht bedienen«, fuhr sie fort. Ihr Magen fühlte sich an wie Beton, sie hatte ihn fest zusammengekrampft, damit kein Zittern sie überkommen und die ganze Vorstellung verderben würde. »Damit bringt man Rinder und Pferde um. Ich weiß, dass sie sich ganz leicht abfeuern lässt, weil ich es schon einmal getan habe. Und eins kannst du mir glauben: Ich würde keine Sekunde zögern, es ein zweites Mal zu tun.«

»Ich glaub's dir«, sagte der Junge.

»Und jetzt lass den Vogel los.« Tima war bewusst, dass Matt und Elena sie anstarrten, als käme sie von einem anderen Stern. »Falls du irgendwelche Spielchen treibst, erschieße ich dich. Vielleicht bohre ich dir damit aber auch nur ein Loch in die Milz, mal sehen.«

»Ich lasse ihn los.« Der Junge spreizte die Finger, und Glück flog hinauf in den Nachthimmel.

Als Matt den Arm ausstreckte, kam sie zurück und ließ sich darauf nieder. Er zog sie dicht zu sich heran, strich ihr über die Federn und starrte ihren Peiniger hasserfüllt an. Elena stand auf, sie wirkte benommen.

»Gut«, sagte Tima und ließ die Pistole sinken. »Das ist gut. Und jetzt will ich, dass du dich – ganz langsam – mit dem Gesicht nach unten auf den Boden legst. Streck deine Arme vor dir aus. Solltest du nach irgendetwas greifen, brenn ich dir ein Loch in den Bauch.«

Die Arme immer noch erhoben, sank der Junge auf die Knie und ließ sich nach vorne fallen, sein langer Mantel mit der Mönchskapuze blähte sich leicht nach hinten auf. »Ist das nicht ein bisschen heftig?«, fragte er. Das feuchte Gras dämpfte seine Stimme. »Ich habe doch nur ein bisschen gespielt.«

»Oh ja«, sagte Tima, die sich hingehockt hatte und ihm die glockenförmige Messingmündung der Pistole gut sichtbar vor die dunklen Augen hielt. Im Licht der Morgendämmerung sahen sie grünlich-blau aus, wie zwei Schmucksteine, die in Alabaster gesetzt worden waren – sein Gesicht war so bleich. »Ich weiß, was du unter ›spielen‹ verstehst. *Du* hast mich letzte Woche durch die Stadt gejagt, stimmt's?«

Er antwortete nicht.

»Und *du* warst es, der Elena auf der Straße vor unserem Haus angegriffen hat«, sagte Matt. »Du verfolgst uns. Was willst du von uns, du Freak?«

»Bild dir bloß nichts ein«, sagte der Gefangene. »Ich verfolge viele Menschen. Ihr seid nichts Besonderes.«

»Ach nein?« Elena ging zu ihm hinüber, ahmte mit den Fingern eine Pistole nach und zielte auf ihn: »Na, wie gefällt dir dein Pistolengruß *jetzt*?«

Zu ihrer Überraschung begann er zu lachen. »Eins zu null für dich, Mona Lisa.«

Tima wusste nicht, was sie als Nächstes tun sollte. Sollten sie ihn laufen lassen? Ihn fesseln und die Polizei rufen? Nein, besser nicht. »Also dann, Prinzessin, wenn du mich erschießen willst, solltest du dich ranhalten«, sagte der Junge plötzlich, als könne er ihre Gedanken lesen. »Es ist schon spät, bald werden die Menschen aufwachen. Oder wollt ihr die Polizei rufen? Ist das euer Plan?«

Unsicher sahen sie einander an.

»Das dachte ich mir«, fuhr er fort. »Warum machen wir es dann nicht einfach so: Ich stehe jetzt auf, gehe wieder meiner Wege und lasse euch in Ruhe … Und wir vergessen alle, was hier geschehen ist.«

»So leicht kommst du uns nicht davon!«, brummte Matt.

»Ach nein? Na gut, Autowäscher-Knabe.« Er drehte den Kopf, um Matt anzusehen. »Was immer du auch mit mir vorhast, vielleicht könntest du dich etwas beeilen? Es ist nur … Die Sonne geht bald auf, und Sonnenlicht vertrage ich nicht allzu gut.«

»Hast du einen an der Waffel?«, erwiderte Matt. »Für wen hältst du dich? Graf Dracula? Das ist das peinlichste Outfit, das ich je gesehen habe, du Loser.«

»Meinetwegen«, erwiderte er. »Hör mal, wenn du weiter mit mir plaudern möchtest, könntest du dich vielleicht erst einmal vorstellen. Es erscheint mir doch recht unhöflich, wenn ich dich weiterhin mit meinen für dich erfundenen Spitznamen anrede.«

»Wie wärs’s, wenn du uns *deinen* Namen verrätst?« Tima stupste ihn leicht mit der Pistole an. Langsam wünschte sie sich, sie könnten ihn tatsächlich einfach laufen lassen. Die Waffe hatte ein stattliches Gewicht, und es fiel ihr immer schwerer, sie ruhig in den Händen zu halten. Außerdem breitete sich allmählich die Sonne in blassen Strahlen über dem Tal aus. Nur allzu leicht könnten sie nun entdeckt werden.

»Also schön. Ich heiße Spin.« Der Junge ächzte und atmete hörbar aus. »Schön … euch kennenzulernen.«

»Spin?«, wiederholte Elena. »Was ist denn *das* für ein Name?«

»Das ist die … weniger langweilige Hälfte von Crispin.« Das Atmen schien ihm zunehmend schwerer zu fallen.

»Oh … ach so«, sagte Elena.

»Und … du?« Wieder verzog er das Gesicht und ballte, die Arme immer noch im Gras ausgestreckt, die Hände zu Fäusten.

»Elena«, erwiderte sie. Tima und Matt schwiegen.

»Also, Elena ...« Der Junge zitterte jetzt, und seine Stimme klang sehr angestrengt. »Vielleicht könntest du deine kleine Freundin hier bitten, ihre Sheriff-Vorstellung zu beenden. Es ist nämlich so ...« Er stöhnte auf und raunte: »Teufel noch mal, sie ist hier.«

Timas Hände zitterten immer stärker – und mit ihnen auch die Pistole. Im fahlen Morgenlicht fiel ihr etwas Seltsames im Gesicht des Jungen auf. Seine bleiche, beinah durchsichtig wirkende Haut wies jetzt rote Flecken auf, die sich rasant vom Kiefer bis zu den Augenbrauen ausbreiteten.

»Geh weg«, stöhnte er. »Ich werde nicht ... oh Mann ... bleibt einfach weg von mir, ihr alle.«

Erschrocken wich Tima zurück. Sie hielt immer noch die Pistole in der Hand, war sich dessen aber kaum noch bewusst, als sie den Jungen vom Boden aufstehen sah. Seine Hände ... Seine Hände veränderten sich ebenfalls – die roten Verfärbungen sahen aus wie Adern.

Auch Elena und Matt, der Glück immer noch fest an sich drückte, waren zurückgewichen. Doch Spin – oder wer auch immer er war – schien sich mittlerweile weder für das Vogelweibchen noch für eines der drei Kinder zu interessieren. Er stieß einen heiseren Schrei aus, warf sich die schwarze Kapuze über den Kopf und zog sie sich tief ins Gesicht. Im selben Augenblick, in dem er sich umdrehte und unter die Bäume floh, brach der Tag an und badete sie alle in goldenem Sonnenlicht.

33

Wo hast du *die* denn her?!« Matt nahm die Pistole aus Timas zitternder, schweißnasser Hand. »Ist die geladen?«

Tima nickte. Sie schaute immer noch zu den Bäumen hinüber, zwischen denen Spin verschwunden war.

Elena umarmte sie. »Das war der Wahnsinn!«

»Wo hast du die denn *her*?«, wiederholte Matt.

Tima zuckte mit den Schultern. »Aus dem Arbeitszimmer meiner Mutter. Sie ist Tierärztin. Manchmal muss sie kranken Pferden oder Kühen den Gnadenschuss geben, und das erledigt sie damit. Es ist eine Veterinärpistole von Greener. Uralt, aber sie funktioniert immer noch. Sollte meine Mum jemals herausfinden, dass ich sie mir ausgeliehen habe, wird sie vollkommen durchdrehen.«

»Die sieht aus wie aus dem Wilden Westen«, sagte Matt, der die schwere braune Schusswaffe aus Metall fasziniert in den Händen drehte.

»Du hättest ihn doch nicht wirklich erschossen, oder?«, fragte Elena.

Mit zittrigen Händen nahm Tima die Pistole

wieder an sich. Erst in den letzten Minuten hatte sie begriffen, wie Furcht einflößend dieses Ding war. Was, wenn die Pistole einfach losgegangen wäre? Was, wenn dieser Junge am Ende blutend auf dem Boden gelegen hätte – sterbend? Sie atmete tief durch. »Nein. Ich hatte sie eigentlich für schrecklichere Wesen als ihn mitgebracht.« Sie leerte das Patronenlager und steckte Munition und Waffe in ihre Hose. »Ich hatte angenommen, dass ihr beide zurück in die Lagerhalle gegangen seid. Dass der Krakendämon des Dunkellichts euch angegriffen hat! Weshalb habt ihr mir keine Nachricht geschickt?!«

»Das wollte ich gerade tun«, erklärte Elena. »Wir waren nicht in der Lagerhalle. Wir waren an einem noch seltsameren Ort.«

Sie brachten Tima nach Hause. Unterwegs erzählten sie ihr, was sich in den Stunden zuvor ereignet hatte. Fasziniert – und entsetzt – hörte Tima zu. »Der Krakendämon hätte euch fast erwischt!«, murmelte sie. »Was habt ihr euch bloß dabei gedacht?!«

»Du wärst also *nicht* da hineingegangen?«, fragte Matt herausfordernd.

»Mhmm … doch, vielleicht«, gab sie zu. »Aber was sollen wir jetzt tun? Wie sollen wir gegen dieses Wesen vorgehen?«

»Matt hat eine Idee«, sagte Elena.

Matt flüsterte Glück etwas zu und ließ sie in den Morgenhimmel aufsteigen, wo sie zunächst in der Luft kreiste und dann nach Westen flog. »Ich will noch nicht darüber reden«, sagte er. »Keine Ahnung, ob die Idee etwas taugt. Bin zu müde, um nachzudenken.«

Tima verdrehte die Augen. »Höhlen. Dunkellicht. Vampire, die sich Vögel schnappen. Pistolen … So langsam haben wir alles durch, was sich irgendwie verrückt anhört.«

Schließlich bogen sie in die Straße ein, in der Tima wohnte. »Also schön«, sagte Matt. »Vielleicht höre ich mich an wie mein eigener Vater, aber wir alle brauchen jetzt etwas Schlaf. Richtigen Schlaf. Uns bleibt nicht mehr viel Zeit.« Seufzend schaute er auf seine Uhr. »In einer Stunde muss ich schon wieder Autos waschen. Sobald wir uns ausgeruht haben und wieder klar denken können, machen wir einen Plan. Elena und ich können auf dem Schulweg darüber sprechen – und dann wird Elena dir schreiben, Tima.«

Die Mädchen nickten. Während sie sich dem Haus näherten, sah Tima immer wieder besorgt zu den Fenstern hinauf. »Ich hoffe, Mum und Dad schlafen noch. Falls nicht, könnte es ab jetzt vorbei sein mit unseren lustigen Ausflügen.« Sie drehte sich um, zog Elena und Matt zu sich heran und umarmte sie. »Wir sehen uns dann morgen Nacht wieder, oder? Vorausgesetzt, Mum und Dad sind mir heute nicht auf die Schliche gekommen.«

»Ich finde, wir sollten uns morgen Nacht früher treffen«, erwiderte Matt. »Vielleicht um 0:30 Uhr. Aber warte hier auf uns, geh nirgendwo alleine hin. Dieser blöde Vampirjunge könnte sich hier herumtreiben.«

»Habt ihr seine Haut gesehen?«, fragte Tima.

»Ich wette, er benutzt weiße Schminke«, sagte Matt verächtlich und gab seinem Angreifer eine ganze Reihe von Schimpfnamen.

»Nein«, sagte Tima. »Ich meine später, als die Sonne aufging. Hab ihr das nicht bemerkt? Sein Gesicht und seine Hände sind rot geworden. Deshalb hat er auch diese Töne von sich gegeben. Ich glaube, er hatte Schmerzen.«

Elena und Matt starrten sie einige Sekunden lang schweigend an. Dann brach Matt in Gelächter aus. »Du willst mir jetzt aber nicht erzählen, dass du ihn allen Ernstes für einen Vampir hältst?«

»Ich will dir gar nichts erzählen«, erwiderte Tima. »Ich sage nur, was ich gesehen habe.«

»Und dann diese Sache mit der Rauchwolke …«, ergänzte Elena. Als Matt ihr einen abschätzigen

Blick zuwarf, hob sie die Arme. »Ich mein ja bloß!«

»Er ist ein Blender«, sagte Matt zu Tima. »Trotzdem könnte er gefährlich sein. Deshalb werde ich zuerst Elena abholen, und danach kommen wir zu dir. Wir werden hier bei der Hecke auf dich warten, in Ordnung? Von deinem Haus aus wird man uns nicht sehen können.«

»In Ordnung.« Tima blieb vor der Tür stehen, bis die beiden verschwunden waren, dann schlich sie sich zurück ins Haus. Mit jedem Knarren und jedem dumpfen Geräusch, das sie verursachte, wuchs die Angst in ihr. Als sie die Pistole in Mums Schreibtisch zurücklegen wollte, brach ihr der kalte Schweiß aus, weil die Schublade knarzte und sich nur rumpelnd bewegen ließ. Sie schloss sie so leise wie möglich, dann tappte sie nach oben in ihr Zimmer. Die Kissen und die Puppe waren unberührt. Selbst jetzt, im Morgenlicht, sah es noch ziemlich überzeugend aus. Tima brachte die Kissen zurück in den Wäscheschrank, stopfte die Puppe unter das Bett, zog sich um und kroch unter die Decke. Plötzlich ging ein Zittern durch ihren Körper – ein Zittern, das sie sich im Tausendbruch weitgehend verkniffen hatte. Hatte sie wirklich vorgehabt, die Pistole abzufeuern? Sie hätte ja nicht einmal gewusst, *wie*!

Es war jetzt kurz nach 5 Uhr. Vielleicht könnte sie noch zwei Stunden schlafen.

Als sie gerade dabei war einzuschlummern, hörte sie ein Klicken – die Zimmertür ging auf. Durch halb geschlossene Lider sah sie, wie Mum vorsichtig über den Teppich schlich, vor ihrem Bett stehen blieb und sie anlächelte. Da ihre Tochter sich schlafend stellte, kehrte sie nach wenigen Sekunden in ihr eigenes Schlafzimmer zurück.

Tima hatte es geschafft.

Dieses Mal.

34

Matt hatte nie ein Haustier gehabt, obwohl er sich *natürlich* eines gewünscht hatte. Einen Hund. Eine Katze. Einen Hamster. Selbst mit einem Goldfisch hätte er sich zufriedengegeben. Sein Dad hingegen vertrat die Ansicht, dass Haustiere nichts als Zeit- und Geldverschwendung seien. Die Bitten seines Sohnes waren bei ihm auf taube Ohren gestoßen. Nur einmal hatten sie zu Hause so etwas wie tierische Gesellschaft gehabt, als eine Rattenfamilie in ein paar alte Kartons hinter der Mauer im Hof eingezogen war. Die Jungen hatten sich mit ihren Schnurrhaaren den Weg ertastet und waren vorwitzig an der Mauer entlanggetippelt. Einmal hatte er ihnen ein paar Chips hingeworfen und vergnügt zugesehen, wie sich drei der Rattenbabys je einen Kartoffelchip geschnappt hatten und – mit der Beute im flauschigen Mäulchen – zurück zu den alten Kartons geflitzt waren.

Eine Woche später hatte Dad sie alle vergiftet.

Glück an seiner Seite zu haben kam Matt deswegen fast wie ein Traum vor. Als er jetzt, nach einer knappen Dreiviertelstunde Schlaf, schon wieder aufstehen musste, wartete sie auf dem Fensterbrett auf ihn. Später saß sie oben auf dem Hochdruckreiniger, während er den Nissan Micra einseifte. Immer dann, wenn sein Dad gerade nicht in der Nähe war, unterhielt er sich mit ihr – wenn man es so nennen konnte.

Das Vogelweibchen sagte nicht viel. Und wenn sie es tat, dann imitierte sie ihn wahrscheinlich bloß. Trotzdem ergaben alle ihre Antworten irgendwie Sinn.

»Glaubst du, meine Idee ist gut?«

»Gut.«

Sie begleitete ihn zur Schule, flog vom Strommast zur Straßenlaterne und dann hinüber zur Bushaltestelle und drehte sich jedes Mal um, sobald sie sich auf etwas niedergelassen hatte. Elena schien er auf dem Schulweg verpasst zu haben – er musste sie in der Mittagspause suchen gehen oder nach der Schule treffen –, aber Glück leistete ihm Gesellschaft, und das war mehr als genug. In der Nähe des Schultors rief er ihr leise zu: »Komm nicht mit mir rein. Ich sehe dich dann nach dem Unterricht.« Keinesfalls durfte er riskieren, dass das Vogelweibchen auf seine Schulter flog, während seine Kumpels in der Nähe waren – denn die konnten richtige Vollidioten sein.

Am Ende warf noch einer von ihnen etwas nach ihr oder versuchte sie einzufangen.

Glück schien ihn zu verstehen und flog davon.

Während des Unterrichts wurde er zweimal wegen seiner Zerstreutheit ermahnt. Er war zwar nicht weggedöst, gab aber durch seine bleierne Müdigkeit nur verzögert Antwort und wirkte benommen. Während der Mittagspause hing er gerade mit seinen Kumpels ab, als Elena vorbeilief, das schwarz-silberne Köfferchen mit dem Kornett in der Hand. Sie lächelte ihn an, und er musste sich zusammenreißen, um nicht zurückzulächeln.

»Guck mal – da ist ja deine Freundin!«, johlte Ahmed, woraufhin die anderen wie eine Horde Paviane in das Gejohle einstimmten, rumgrölten, auf und ab sprangen und obszöne Gesten machten. Vor nicht allzu langer Zeit hätte Matt das Ganze noch witzig gefunden. Jetzt war es einfach nur unglaublich lästig. Er gab ihnen zu verstehen, dass sie den Mund halten sollten – in einer Sprache, die sie verstanden. Das Lachen verschwand aus ihren Gesichtern. Sie starrten ihn an, dann tauschten sie untereinander Blicke.

»Alter … was geht'n bei *dir*, Bro?«, sagte Ahmed, der wieder einmal das Getto-Kid spielte. Matt wusste, dass er in Wahrheit aus einer Durchschnittsfamilie stammte, wohlbehütet in einem schönen Haus lebte und die Hälfte seines Slang-Vokabulars selbst nicht verstand.

Er machte sich nicht die Mühe, Ahmed zu antworten. Stattdessen sprang er von der Backsteinmauer, auf der er mit den anderen gesessen hatte, und lief zurück zum Schulgebäude. Damit es nicht danach aussah, als folge er Elena, nahm er die entgegengesetzte Richtung. Sie war so klug gewesen, nicht stehen zu bleiben, um mit ihm zu reden – ja, sie hatte sich nicht einmal umgedreht, als die anderen gegrölt hatten. Dieses ganze »Freundin«-Gerede nagte an ihm, weil Elena so viel *mehr* für ihn war. Sie gehörte nicht zu diesen kichernden, zum Flirten aufgelegten Mädchen, denen es nur um Aufmerksamkeit ging. Sie war *echt*. Und sie war eine Freundin. Genau genommen waren Elena und Tima, wie er jetzt etwas erschrocken feststellte, die wichtigsten Freunde in seinem Leben.

Matt schob die Hände in die Hosentaschen und trottete mit gesenktem Kopf durch den Schulflur, unschlüssig, wohin er gehen sollte. Dann ertappte er sich dabei, wie er die Treppe zur Bibliothek hinauflief. Die Schulbibliothekarin sah nicht gerade erfreut aus, als er vor ihr stand. Zu oft schon war er mit seinen Kumpels nur hier gewesen, um Chips zu essen, herumzulungern und die anderen Kinder zu stören. Als er die Bibliothekarin jetzt nach einem Buch fragte, verschwand ihr skeptischer Blick. Dafür sah sie nun leicht verwirrt aus.

»Komm mal hier lang«, sagte sie schließlich, als ob sie gerade das schönste Geburtstagsgeschenk aller Zeiten bekommen hätte.

Elenas Orchesterprobe lief gut. Obwohl sie nur etwa drei Stunden geschlafen hatte, gelang es ihr, alle Töne in der vorgesehenen Reihenfolge und im richtigen Augenblick zu spielen. Mr Gould sah sichtlich erleichtert aus, dass sie es diesmal ohne hysterisches Weinen geschafft hatte. Inmitten ihrer neuen Welt aus Düsternis, Dämonen und Vampiren gab ihr das vertraute Musizieren auf dem Kornett eine gewisse Sicherheit. Für die Wohltätigkeitsveranstaltung in der Stadthalle, die am Mittwochabend stattfinden würde, hatte das Schulorchester drei Stücke vorgesehen. Elena würde ein kurzes Solo aus »Solveigs Lied« von Edvard Grieg zum Besten geben: eine zarte Melodie, die mit trauriger Eindringlichkeit aus ihrem Kornett drang.

Der Auftritt am Mittwochabend war nur schwer vorstellbar. Es war bereits Dienstag, bis zum Konzert waren es also nur noch eineinhalb

Tage, aber wer wusste schon, wo sie dann sein würde? Sie mussten einen Dunkellicht-Dämon aus der Welt schaffen, und Elena hatte nicht den leisesten Schimmer, wie sie das anstellen sollten.

Als die Orchesterprobe zu Ende war und die Instrumente wieder verstaut wurden, ging Elena hinüber zu Anne-Marie, ihrer Freundin an der Klarinette. Anne-Marie besuchte die elfte Klasse, drüben, an der Oberstufe, und manchmal probten sie nach der Schule gemeinsam bei ihr zu Hause. »Anne-Marie – kennst du einen Jungen aus deinem Jahrgang, der Spin genannt wird?«

»Spin?«, wiederholte das Mädchen, während es mit der Klarinette herumhantierte. »Was ist das denn für ein Name?«

»Die weniger langweilige Hälfte von Crispin«, erklärte Elena.

Anne-Marie schüttelte den Kopf. »Ich kenne keinen Jungen namens Spin oder Crispin. Warum?«

»Ach, schon gut.« Elena hatte eigentlich nichts anderes erwartet.

Die letzten zehn Minuten ihrer Mittagspause wollte sie in der Schulbibliothek verbringen. Dort traf sie auf Matt – der in einem Buch las.

»Ich seh wohl nicht richtig«, murmelte sie.

Er sah auf und winkte sie zu sich heran. »Ich

hab mit der Bibliothekarin gesprochen und um Bücher zum Thema … ›Unterwelt‹ gebeten.« Als er auf das alte, ledergebundene Buch vor sich wies, schien es ihm ein wenig peinlich zu sein. Auf der aufgeschlagenen Seite war das tintenverschmierte Bild einer glühenden Höhle zu sehen. Bösartig aussehende Augen starrten durch einen vorbeiziehenden Nebel oder Rauch hindurch nach draußen. Elena setzte sich neben Matt und stellte Tasche und Instrumentenkoffer neben ihren Füßen ab. »Es gibt *haufenweise* Dämonen und Götter der Unterwelt«, fuhr er leise fort, »aber bei den Dämonen geht es immer um religiöses Zeugs, und sie sehen auch nicht so aus oder hören sich an wie unser … Ding. Zuerst wollte ich es DLD nennen – für Dunkellicht-Dämon, mittlerweile denke ich, es ist ein DLG – ein Dunkellicht-*Gott*.«

»DLG«, wiederholte Elena. »Weshalb *Gott*?«

»Weil es *Tonnen* von Göttern gibt. Weißt du, ich hab immer gedacht, die wären alle griechisch oder römisch oder so – aber die Götter sind auch hier in England! Klar, dass es irgendwo auf der Welt noch andere Götter gibt, aber hier bei uns – in England? Das ist völlig an mir vorbeigegangen.«

»Wirklich?«, fragte Elena erstaunt. »Ich habe auch noch nie von englischen Göttern gehört.«

»Ja, wirklich. Sieh dir *das* mal an.« Matt blätterte weiter zu einer Seite, auf der eine lange Liste von Namen stand. »Hier gibt es sogar eine Aufzählung, in alphabetischer Reihenfolge! Allerdings habe ich bisher nur ein paar aus der Unterwelt darunter gefunden. Die meisten von ihnen sind Berg- oder Flussgötter oder sonst irgendwas. Aber Arawn hier«, flüsterte Matt und legte seinen Finger auf den Eintrag, »kommt aus dem Reich der Toten.«

»Rache, Schreckensherrschaft, Krieg«, las Elena vor. »Passt doch ganz gut zu unserem Wesen.« Sie war sich nicht sicher, wie ernst sie das hier nehmen sollte.

»Nö«, entgegnete Matt, »der ist in Wales.«

»Ich schätze mal, die können herumreisen.«

»Dann gibt es da noch Black Annis in Leicestershire«, erzählte Matt weiter. »Eine Hexe aus der Unterwelt mit blauem Gesicht. Sie frisst Kinder. Allerdings klingt das für mich eher nach einem Märchen.«

»Tun sie das nicht alle?«

Matt sah sie an und kniff die Augen zusammen. »Willst du mich verar–«

»Vielleicht gibt es ja einen, der aussieht wie ein Krakendämon«, fiel Elena ihm ins Wort. »Übrigens ein Name, der jetzt, wo ich ihn laut ausspreche, auch wie aus einem Märchen klingt.«

»Ja …«, erwiderte er kühl und wollte das Buch zuklappen.

»Tut mir leid«, sagte Elena und klappte es wieder auf. »Du hast gut recherchiert. An so etwas hatte ich gar nicht gedacht. Mach weiter. Welche Götter gibt es noch?«

»Es gibt nur noch einen anderen englischen Gott der Unterwelt.« Matt sah sich um. Er wollte sichergehen, dass sie nicht beobachtet wurden. »Arimanius. Er hat anscheinend einen Löwenkopf.«

Elena dachte nach. »Wär möglich«, sagte sie schließlich. »Das Grollen letzte Nacht könnte auch ein Brüllen gewesen sein. Aber spielt das wirklich eine Rolle? Was immer es ist, welchen Namen es auch hat – wir müssen einfach dafür sorgen, dass es in seiner eigenen Welt bleibt. Unten. Und nicht nach oben kommt.«

Matt blätterte einige Seiten weiter und las laut, wenn auch mit gedämpfter Stimme aus einem engzeiligen Textabsatz vor: *»Einige Druiden glauben, dass uralte Gottheiten lediglich schlafen und Unruhe in der Welt der Menschen sie dazu bringt aufzuwachen. Eine solche Unruhe kann alles sein – vom tosenden Sturm über rücksichtslose Bebauung oder den Abriss von Gebäuden bis hin zu elektrischen Feldern. Insbesondere fehlgeleitete elektrische Energie kann* *die Wand zwischen der Welt der Menschen und der Unterwelt durchlässiger machen.«*

»Der Strahl«, flüsterte Elena atemlos.

»Der Strahl«, wiederholte Matt. »Er fühlt sich doch elektrisch an, stimmt's? Na ja, zumindest stehen mir die Haare zu Berge, wenn er kommt. Das heißt, der Strahl rüttelt den Dunkellicht-Gott – oder was auch immer es ist – auf. Ich kürze dieses Wesen jetzt einfach mit DLG ab. Der DLG steigt hinauf in unsere Welt und legt sich mit allen Lebewesen an, die er dort finden kann: mit Vögeln, Insekten, anderen Tieren … dem Lageristen.«

»Und der Strahl taucht immer wieder auf«, sagte Elena. »Und der Dunkellicht-Gott wird immer dreister. Dringt weiter vor. Bleibt länger draußen.«

»Und da wir nicht wissen, wie wir den Strahl aufhalten können, müssen wir das Nächstbeste tun: Wir müssen die Höhle des DLG verschließen, damit er den Strahl weder spürt noch hört. Oder zumindest nicht mehr nach draußen gelangt, selbst wenn er ihn wahrnimmt.«

»Und wie sollen wir das anstellen?«

Matt grinste und klappte das Buch zu. »Ich hab einen Plan.«

35

Tima hätte eigentlich todmüde sein müssen. Sie hatte höchstens vier Stunden geschlafen. Letzte Woche um diese Zeit hatte ihr der Schlafmangel extrem zu schaffen gemacht. Heute kam sie merkwürdigerweise recht gut damit klar.

Sie ging mit Lily und den anderen die Tanzschritte zu »Consider yourself« durch. Es war eine tolle Probe in ausgelassener Atmosphäre – und lustig (solange sie dem Geflüstere und Gekichere keine Beachtung schenkte). Ryan Bren, der den Dodger spielte, kam am Ende auf sie zu und gab ihr lächelnd ein Highfive. »Cool, dass du wieder da bist, Tima«, sagte er. »Und nicht noch einmal abdrehen, okay?«

»Diesmal werde ich nicht abdrehen«, erwiderte sie lächelnd und war sich tatsächlich ziemlich sicher, dass es nicht mehr so weit kommen würde. Nach ihrem missglückten Bühnenauftritt hatte sie mit so vielem fertigwerden müssen, dass es ein *Kinderspiel* sein würde, vor einem voll besetzten Saal zu singen und zu tanzen.

Ihr neues Selbstvertrauen klang auch in ihrer Stimme durch und wurde im Schwung spürbar, mit dem sie die Tanzschritte ausführte. Tima fühlte sich, als würde sie leuchten – kraftvoll und besonders. Sie konnte sich mit der Insektenwelt verständigen und die Tierchen überzeugen, ihr zu helfen! Sie konnte jemandem eine Pistole an den Kopf halten, der ohne Weiteres zu den Untoten gehören könnte! Eine kleine Showeinlage war nichts dagegen!

Als sie ihr Solo beendet hatte, spielte Mr James die letzten Töne auf dem Klavier, drehte sich auf seinem Stuhl nach hinten und lächelte. »Tima, du warst besser denn je! Morgen Abend wirst du uns alle sehr stolz machen.«

Tima strahlte und senkte den Kopf. »Danke schön.«

Es hätte ein wunderbarer Moment sein können, wenn sie nicht aus den Augenwinkeln Lilys griesgrämiges Gesicht gesehen hätte.

»Lily, Ryan, Joe, Archie: Ihr wart ebenfalls fantastisch«, fügte Mr James hinzu, doch Tima wusste, dass es zu spät kam – und Lily nicht reichen würde.

»Hach ja, du warst sooo großartig …«, murmelte sie, als sie an Tima vorbeilief. »Hoffen wir mal, dass du dich Mittwoch zusammenreißen kannst und es nicht wieder vergeigst …«

Tima hielt es für das Beste, so zu tun, als ob sie

nichts gehört hätte. Gegen Lily konnte sie nicht viel ausrichten. Wenn sie versuchte, nett zu ihr zu sein, würde sich das Mädchen nur *noch* überlegener fühlen. Die Probe war zu Ende. Sie ließ zuerst die anderen aus der Aula gehen, um Lily einen möglichst großen Vorsprung zu geben, und schlenderte dann hinterher.

Mr James klappte seine Mappe mit den Notenblättern zu und schloss sich ihr an. »Die Bürgermeisterin wird ebenfalls bei der Wohltätigkeitsveranstaltung sein. Aber das sollte dich nicht verunsichern – sie ist einfach nur eine nette Frau mit einer großen Goldkette um den Hals. Wenn du genau das tust, was du heute getan hast, ist alles bestens. Werden deine Eltern auch da sein?«

»Ja«, erwiderte Tima. »Das werden sich Mum und Dad nicht entgehen lassen. Sie hatten ja Pech mit der Schulaufführung, weil … Na ja, Sie wissen schon.«

»Hat der Arzt herausgefunden, woran es lag?«

»Irgendwie schon. Die Ärzte glauben, dass ich einfach nur erschöpft war. Jetzt geht's mir besser.«

»Schön. Auch wenn du …« Mr James blieb stehen und drehte sich zu ihr um. Er sah besorgt aus. »Du wirkst ein bisschen, nun ja, aufgekratzt, wenn du verstehst, was ich meine. Ziemlich … überdreht.«

»Mir geht's gut«, sagte sie. »Ich hab nur etwas Lampenfieber.«

»Gut. Lampenfieber ist gut – aber am besten atmest du ab und zu einfach ein paarmal tief durch. Komm zur Ruhe. Du könntest auch meditieren. Das würde dir helfen, dein inneres Gleichgewicht wiederzufinden, damit du nicht ständig unter Strom stehst und dich ausgelaugt fühlst. In der Schulbibliothek findest du einige tolle Bücher zum Thema Achtsamkeit. Schau doch da mal rein.«

»Das mach ich«, erwiderte Tima. Mr James nickte und ging seiner Wege.

Während sie durch den Schulflur lief, versuchte sie, langsam und tief ein- und auszuatmen. Sie versuchte es auch dann noch beizubehalten, als sie an Lily, Clara und Keira vorbeikam und Lily sagen hörte: »… unsicher. Ich wette, sie wird es wieder verpatzen. Mrs Theroux hat darum gebeten, dass ich mich bereithalte – für den Fall, dass ich einspringen muss.«

Hier achtsamer zu sein wäre eine gute Idee.

36

Spin lag still. Manchmal, wenn er sich vollkommen ruhig verhielt, konnte er sich einbilden, dass es nicht mehr wehtat.

Hier, umhüllt von Dunkelheit, versuchte er nicht mehr über das nachzudenken, was geschehen war. Denn wann immer er sich diese schmachvolle Begegnung mit einer bewaffneten Zehnjährigen ins Gedächtnis rief, prickelten und knisterten seine Nerven. Es fühlte sich an, als würde ihm jemand mit einem Schneidbrenner über die Haut fahren.

Es geht vorbei. Es geht vorüber, sagte er sich wieder und wieder. Die Sonne hatte ihn nur ein oder zwei Minuten aufgespürt. Er hatte schon Schlimmeres überstanden.

Doch was war mit diesen drei Kindern los? Und was ging bloß auf dem Industriegelände vor sich? Zu gerne hätte er es gewusst. Er hoffte, dass er sich bis zum Abend erholt hatte, um nach draußen zu können. Dann würde er ihnen wieder folgen, dichter an ihnen dranbleiben dieses Mal, sie belauschen – und herausfinden, was sie vorhatten. Es musste irgendetwas mit der Lagerhalle und der dahinter liegenden Steilwand zu tun haben und mit dem Vogel, dem Fuchs und den Insekten. Das alles war ein unergründliches – und faszinierendes – Rätsel. Wenn er sich gut genug fühlte, könnte er heute Nacht in das Warenlager einbrechen, früher, als sich die anderen für gewöhnlich auf den Weg machten. Sich ein wenig umsehen. Doch zuvor musste er noch gewisse Nachforschungen anstellen: herausfinden, ob in den alten Büchern etwas zu dieser speziellen Konstellation stand. Herausfinden, welche Maßnahmen zu ergreifen waren.

Dann musste er einen Weg finden, um sie alle in die Enge zu treiben. Das Kräfteverhältnis hatte sich verschoben, seit das kleine, feine Fräulein seine Pistole auf ihn gerichtet hatte. Sie durften nicht die Oberhand gewinnen. Er würde sie in die Enge treiben, sie festsetzen und sie dazu bringen, ihre Geheimnisse preiszugeben.

Er schäumte vor Aufregung. Dies hier war ein ebenbürtiges Spiel. Er wusste noch nicht, wie es ausgehen würde, aber sein Blutdurst war geweckt worden. Allein der Gedanke daran ließ sein eigenes Blut schwarz werden. Es brannte, und er stöhnte laut auf vor Schmerz.

37

Unsere Gehirne sind anders«, sagte Tima.

»Wie meinst du das?« In Elenas Stimme lag ein Hauch von Angst. Was war bei Timas MRT-Termin herausgekommen?

»Das Sprachzentrum meines Gehirns ist größer als bei anderen Leuten, und es leuchtet auf wie ein Silvesterfeuerwerk. Ich konnte alles auf dem Monitor verfolgen, als die Ärzte meine Aufnahmen betrachtet haben. Bei dir wird es genauso aussehen. Und bei Matt auch. Da bin ich mir sicher.«

Elena legte ihre Hände an die Stelle hinter den Ohren, auf die Tima zeigte. »Das heißt, unsere Gehirne sind sozusagen … mutiert?«

»Ich würde eher sagen, sie haben sich ›weiterentwickelt‹«, entgegnete Tima.

»Und nun sind wir Nachtflüsterer«, sagte Elena.

»Das klingt schon irgendwie cool.« Tima war gerade auf den neuesten Stand darüber gebracht worden, was Elena und Matt in den letzten Tagen bei ihrer Recherche herausgefunden hatten. »Aber das bedeutet nicht, dass wir auch diesen DLG besiegen können, oder? Was hat Matt vor?«

»Ich bin mir nicht sicher – aber da kommt er ja gerade«, sagte Elena, während Matt über das niedrige Mäuerchen sprang und auf den Pavillon zulief. »Wir werden es bestimmt gleich erfahren.«

In der Ferne schlug die Rathausuhr Mitternacht. Heute Nachmittag hatte Matt angekündigt, dass sie Tima nun doch alleine abholen musste und er etwas später zu ihnen stoßen würde.

»Weshalb guckt ihr beide denn so besorgt?«, fragte Matt, als er auf der Treppe des Pavillons angekommen war. »Hat sich unser Möchtegern-Vampir noch einmal blicken lassen?«

»Nein. Und das sollte er auch besser bleiben lassen«, grummelte Tima.

»Hast du die Pistole dabei?«, fragte Elena.

Tima schüttelte den Kopf. »Nein. Ich glaube nicht, dass Spin – oder wie auch immer er sich nennt – uns ein weiteres Mal angreifen wird.«

»Seh ich auch so.« Matt lachte. »Der wird jetzt, nachdem ihn die Sonne angekokelt hat, erst mal 'ne Woche in seinem Sarg bleiben.«

Tima und Elena tauschten Blicke, was Matt nicht entging. »Ernsthaft, ihr beiden? Ihr haltet ihn wirklich für einen *echten* Vampir?« Er schüttelte verächtlich den Kopf. »Dann hättet ihr wohl besser einen Holzpflock mitbringen sollen.«

»Erzähl ihm von deinem Gehirn«, bat Elena das jüngere Mädchen.

»Es geht nicht nur um *mein* Gehirn. Bei euch beiden wird es genauso sein.« Tima wandte sich an Matt: »Weißt du, bei meinem MRT-Termin ist was ziemlich Verrücktes herausgekommen. Das Sprachzentrum in meinem Kopf ist größer und aktiver als bei anderen Leuten, die Ärzte haben so etwas noch nie gesehen. Dieser Strahl, der durch unsere Zimmer verläuft, der direkt durch unsere Köpfe geht, soviel ich weiß … – er hat unser Gehirn verändert. Deshalb können wir uns vermutlich auch mit Tieren verständigen.«

»Ist das gefährlich?«, wollte Elena wissen.

Tima zuckte mit den Schultern. »Die Ärzte glauben nicht, dass es gefährlich ist. Aber in sechs Monaten soll ich noch einmal zur Kontrolle kommen.«

»Weshalb haben deine Eltern überhaupt ein MRT machen lassen?«, fragte Matt.

»Ich schätze, das war wegen dieser Sache mit dem Bienenbart.«

»Typisch Eltern, oder?!« Elena verdrehte die Augen. »*Ein* kleiner Bienenbart, und schon flippen sie aus.«

Matt schüttelte den Kopf. »Wenn *ich* dich mit diesem Ding gesehen hätte, wärst du sofort in die Klapsmühle gewandert.«

»Es gibt keine Klapsmühlen!«, fauchte Elena. »Und auch keine Irrenanstalten. Hab ich doch schon gesagt!«

Matt starrte sie an, dann zuckte er mit den Schultern. »Also gut, ihr Superhirne. Ab in den Pritschenwagen.«

Tima sah ihn erstaunt an. »Äh … wie bitte?«

»Kommt schon!« Matt sprang die Pavillontreppe hinunter und führte die Mädchen zurück zur Straße. Am Straßenrand, unter den Bäumen neben dem kleinen Park, stand ein schmutziger weißer Pritschenwagen. Auf der Ladefläche lag irgendein großer Klumpen, der mit einer blauen Plane bedeckt und festgezurrt worden war.

»Du hast doch nicht etwa …?«, begann Elena.

»Jepp«, fiel ihr Matt ins Wort.

»Aber – du bist noch nicht alt genug! Du hast überhaupt keinen Führerschein!«, rief Tima. »*Weißt* du überhaupt, wie man fährt?«

»Seit ich zwölf bin, fahre ich die Autos unserer Kunden über den Hof«, erklärte Matt. »Auf Privatgrundstücken darf man auch ohne Führerschein fahren.«

»Aber es ist verboten, ohne Führerschein auf der *Straße* zu fahren«, warf Elena ein.

»Eine Frage: Wie viele Polizeiwagen sind euch schon begegnet, seit wir nachts unterwegs sind?

Richtig: kein einziger. Und selbst wenn die Polizei auftauchen sollte, wären drei Kinder, die Schottersäcke über den Bürgersteig zerren, sehr viel verdächtiger als ein vorbeifahrendes Auto.«

»Wir haben Säcke mit Schottersteinen?«, hakte Tima verwundert nach.

»Und Metallschrott.« Matt grinste.

Einen Augenblick lang sah Elena ihn stumm an. Dann nickte sie. »Verstehe.« Sie glaubte zu wissen, was Matt vorhatte. Und auch wenn sie unsicher war, ob der Plan *funktionieren* würde, wäre es doch einen Versuch wert.

Matt fuhr sehr souverän. Auch wenn es beim Schalten immer wieder ruckelte, schien er doch zu wissen, was er tat. Tima, die angeschnallt neben Elena auf der Beifahrerbank saß, nickte beeindruckt. »Wem gehört der Pritschenwagen?«

»Keine Ahnung. Jemand hat ihn gestern Abend bei uns vorbeigebracht, damit er gereinigt wird. Morgen früh werde ich ihn gleich als Erstes waschen.«

»Und wem gehört der Schotter?«, wollte Elena wissen.

»Hab ich in einem Container die Straße runter gefunden. Den will niemand. Das war kein Diebstahl.«

»Ähm … dieser Schacht in die Unterwelt …«

Tima sprach nicht weiter, sondern schüttelte nur stumm den Kopf. Dann fuhr sie fort: »Ich kann immer noch nicht glauben, dass das hier wirklich geschieht. Aber wie auch immer … Ihr glaubt also, dass der Dunkellicht-Gott – euer ›DLG‹ – von dort unten kommt?«

»Nein, das glauben wir nicht. Wir *wissen* es.« Matt schaltete in einen niedrigeren Gang und ließ den Pritschenwagen am Rathaus um eine enge Kurve knattern.

»Und der Plan lautet, ihm den Weg zu versperren? Mit Steinen?«

»So groß ist das Loch nicht«, erklärte Elena. »Dafür brauchen wir nicht allzu viel Schotter.«

»Aber werden die Steine nicht einfach hineinfallen?«

»Ich habe wie gesagt auch noch Metallschrott dabei – Gitter und andere alte Sachen, die ich hinter der Garage gefunden habe!«, sagte Matt. »Wir legen sie über das Loch und kippen oben die Steine drauf.«

»Aber wir reden hier von einem GOTT«, entgegnete Tima. »Der lässt sich wohl kaum von einem Steinhäufchen aufhalten.«

»Der DLG muss ja auch gar nicht aufgehalten werden – sondern der Klang des Strahls«, erklärte Matt. »Oder sein Licht. Vielleicht auch das elektromagnetische Feld oder was auch immer der Strahl da erzeugt. In dem Buch aus der Bibliothek stand, dass die uralten Götter der Unterwelt aufgerüttelt werden, wenn an der Erdoberfläche Unruhe entsteht. Für uns bedeutet das: Sobald der Strahl auftaucht, drängt es den DLG nach draußen. Vorausgesetzt, man glaubt an so etwas – und das tun wir ja.«

»Diese Götter sind wie Regenwürmer, die vom Regen aus der Erde gelockt werden«, sagte Elena. »Wie gewaltige, Furcht einflößende, todbringende Würmer.« Sie zitterte.

»Vielleicht funktioniert es nicht«, sagte Matt. »Aber hast du eine bessere Idee?«

Tima schwieg eine Weile. Dann sagte sie: »Müssen wir die ganzen Steine an der Steilwand entlang über all diese Zäune hieven, von denen ihr erzählt habt? Das wird *ewig* dauern.«

»Ich weiß«, erwiderte Matt. »Deshalb habe ich uns eine Kleinigkeit mitgebracht.« Er griff hinter den Fahrersitz und holte einen schweren Bolzenschneider hervor. »Für die Tore.«

»Boah, du bist wirklich ein waschechter Krimineller!«, rief Elena lachend.

»Wir bitten die Motten wieder, Kameras und Lampen abzudecken«, erklärte Matt. »Und ich verschaffe uns Zugang, sodass wir über das Gelände bis nach hinten durchfahren können. Danach müssen wir nur noch die ganzen Steine über den schmalen Weg zur Rückseite der Lagerhalle bringen.«

Doch so einfach war es nicht. Als sie die Zufahrt zum Tausendbruch erreichten, sahen sie Licht in der Kabine neben den Toren. Matt verließ die Straße und rumpelte mit dem Pritschenwagen weiter bis zu der Stelle unter den Stechpalmen, an der sie schon oft verharrt hatten. Dann starrten sie durch die Windschutzscheibe hinüber zum Eingang. In der Kabine stand der Mann mit dem Klemmbrett. Mitten in der Nacht. Und er war nicht allein. Ein weiterer Mitarbeiter des Sicherheitsdienstes war bei ihm und lehnte sich von außen zum Kabinenfenster hinein. Die beiden Männer rauchten und unterhielten sich.

»Sie haben noch mehr Wachleute abgestellt«, raunte Elena. »Was, wenn die uns entdecken?«

»Das tun sie nicht«, entgegnete Tima. »Wir werden sie ablenken. Matt – ich könnte die Insekten bitten, aber ich denke, Vögel wären die bessere Wahl. Vermutlich sind meine Freunde nicht in der Lage, einen Alarm auszulösen, deine Kumpels hingegen schon.«

»Ähm … weiß nicht«, erwiderte Matt. »Vielleicht.«

»Bitte Glück um Hilfe«, sagte Elena. »Du hast doch gesagt, sie sei hier, oder? Ruf sie her und bitte sie, uns zu helfen.«

Matt atmete tief ein, ließ die Scheibe des Autofensters hinunter und rief leise: »Glück … bist du da?« Einen Moment lang machte sich eine beunruhigende Stille breit. Dann plötzlich war hastiges Flügelschlagen zu hören, und aus den Zweigen über ihnen schoss ein Schatten herab und ließ sich auf Matts Schulter nieder. Matt grinste von einem Ohr zum anderen. »Da *bist* du ja!«

Das Starenweibchen legte den Kopf schief und sah ihn ruhig an.

»Kannst du uns helfen?«, fragte Matt. »Wir müssen diese Männer ablenken … die zwei da drüben, bei der Kabine. Irgendwo am Rand des Geländes, weit weg von hier, müsste Alarm ausgelöst werden, damit die Männer dort hinrennen, um nach dem Rechten zu sehen. Kannst du dich mit deinen Freunden darum kümmern?«

Der Star hob die Flügel. »Warte!«, sagte Matt und sah auf seine Uhr. »Ich brauche eure Hilfe, aber nach 1:15 Uhr darf sich keiner deiner Freunde – deiner *Familie* – mehr hier aufhalten. Auf keinen Fall sollte irgendeiner von euch in die Lagerhalle von Sentry SuperPack fliegen, wenn der Strahl auftaucht. Ich will nicht, dass noch mehr Vögel sterben. Ich will, dass ihr alle *sicher* seid – verstehst du mich?«

»Sicher«, sagte Glück.

»Gut. Dann hilf uns bitte. Lockt die Männer weg vom Eingangsbereich, damit wir von hier bis zur Lagerhalle fahren können, in Ordnung? Dreimal falscher Alarm hintereinander sollte genügen. Bring deinen Schwarm danach weit weg, damit ihr an einem sicheren Ort seid, bevor der Strahl kommt. Okay?«

»Okay«, sagte Glück.

Sie sahen zu, wie sich eine dunkle, schimmernde Wolke aus Staren aus den Bäumen um sie herum erhob und sich dann wie ein einziges Lebewesen auf das Industriegelände zubewegte. Die Männer vor den Toren bemerkten den Vogelschwarm nicht – dafür aber den Alarm, der eine Minute später losging. Die beiden Wachleute rannten los, um der Sache auf den Grund zu gehen.

»Alles klar«, sagte Matt, sobald sie außer Sichtweite waren. »Los geht's!«

Einige Meter weiter hinten, zwischen den Bäumen, rieb Spin seine wunden Hände und versuchte sich einen Reim darauf zu machen, was er gerade gesehen und gehört hatte. Er selbst hatte einige ziemlich beeindruckende Spezial-

effekte drauf (der unheimliche schwarze Rauch war sein persönlicher Favorit), aber er musste zugeben, dass dieser »Stare schwärmen auf Kommando aus«-Trick ebenfalls ganz hübsch war.

Er brannte darauf, mehr zu erfahren. Der Drang danach loderte wortwörtlich in ihm – schmerzhaft. Die alten Bücher hatten Interessantes preisgegeben, aber so vieles lag für ihn auch noch im Dunkeln. Im Grunde war Dunkelheit genau sein Ding – diese Art von Dunkelheit aber machte ihn wahnsinnig.

Er beobachtete, wie sich die drei Zugang zum Gelände verschafften. Als Allererstes brach Finsternis herein, als Millionen von Insekten zu den umliegenden Straßenlampen ausschwärmten. Anschließend nahm der Autowäscher-Junge einen Bolzenschneider, durchtrennte die Kette mit dem Vorhängeschloss und stieß die Metalltore auf. Wozu? Was wollten die drei da drin?

Er wollte noch nicht mit ihnen zusammentreffen, dazu war er noch zu müde. Aber nun hatte er von einem Strahl gehört, der Vögel vernichtete und irgendwann nach 1:15 Uhr in die Sentry-Lagerhalle fiel. Nun war er es sich selbst schuldig, der Sache nachzugehen.

Er wartete und sah zu, wie sie durch die Tore fuhren. Mona Lisa sprang aus dem Wagen, schloss die Tore wieder, steckte die Kette von innen durch die Schlitze und drapierte sie so, als ob sie gar nicht kaputt wäre. Clever. Dann fuhr der kleine Laster über das Gelände und nahm auch den sonderbaren Mantel der Finsternis mit, der sich zuvor über die Straßenlampen gelegt hatte. Tja, Spin hatte seinen eigenen Mantel der Finsternis, und so eilte er ein paar Minuten später zu Sentry SuperPack, wo ihn etwas sehr viel Spannenderes als Luftpolsterfolie erwartete.

38

Die Schottersteine in die Höhle zu schleppen war harte Arbeit. Matt hatte bereits gute Vorarbeit geleistet und sechs dicke blaue Plastiksäcke mit dem Schotter gefüllt. Es gab noch einen weiteren Sack, aus dem Metallteile hervorlugten. Eine schweißtreibende, zermürbende halbe Stunde später hatten sie die Säcke in die obere Höhle geschleppt.

Als Elena und Matt sich für einen Moment erschöpft auf den Boden legten, lief Tima in der Höhle umher. Sie konnte auch an den Stellen noch aufrecht stehen, an denen die Höhlendecke tiefer hing. Und so ließ sie ihre Taschenlampe kreisen und betrachtete die wellenförmigen Gesteinsschichten um sie herum. »Schon erstaunlich, dass die Höhle noch nie zuvor entdeckt wurde.«

»Der Eingang war früher zugewachsen«, erklärte Elena. »Der DLG muss sich seinen Weg nach draußen gebahnt haben.«

»Woher kommt bloß dieses seltsame blaue Licht?«

»Es scheint einfach in dem Felsen drin zu sein. Vielleicht handelt es ich um Phosphoreszenz oder so was Ähnliches – ihr wisst schon: dieses Phänomen, dass ein Stoff im Dunkeln nachleuchtet.«

»Kommt«, sagte Matt und stand auf. »Uns bleibt nicht mehr viel Zeit. Wir müssen da runter und dieses Loch dicht machen, bevor der Strahl auftaucht.«

Vorsichtig ließen sie sich in die untere Höhle hinab. Als Tima den Schacht mit dem Dunkellicht entdeckte, griff sie nach Elenas Hand und flüsterte staunend: »Ich kann sie sehen.«

Die Lichtbündel waren wieder da – sie züngelten an einer Seite des Schachts empor wie Nebelschwaden. Bei ihrem Anblick musste Tima an die Fangarme von Seeanemonen denken, die sich unschuldig im gemächlich dahinströmenden Wasser treiben ließen, bis eine glücklose Garnele nah genug herankam, um geschnappt und verschlungen zu werden.

Matt zog ein rostiges Gitter aus einem der Plastiksäcke und platzierte es vorsichtig über dem Loch. Er schob es von der Stelle aus darüber, die am weitesten von den Bündeln aus Dunkellicht entfernt war. Das Gitter stammte von der Frontseite eines alten Autos und war so lang, dass es von einer Seite des Loches zur anderen reichte. Die Lichtbündel bewegten sich jetzt ein wenig lebhafter und drehten sich leicht, so als stünden sie in einem Luftzug. »Mach langsam und vorsichtig weiter«, sagte Elena. »Und bleib ruhig. Rüttel diese Dinger nicht auf.«

In das Gebäude einzubrechen war erbärmlich einfach. Um die Tür zum Büro zu öffnen, brauchte es nichts als ein Messer und eine Nadel. Die Alarmanlage gab drei schwache Piepstöne von sich, bevor er sie mit zwei starken Magneten außer Kraft setzte. Falls ihn irgendeine Kamera aufzeichnete, würde nicht viel zu sehen sein. Nur eine Gestalt mit einer Kapuze, gesichtslos.

Die Lagerhalle selbst betrat man durch eine noch simplere Tür mit Knauf, sie war nicht einmal verschlossen. Die Zeiger der Wanduhr standen auf 1:14 Uhr. Bald würde dieses Strahleteil auftauchen. Doch wo genau? Es war ein großes Gebäude.

Leise schritt er durch die dunklen Gänge und nutzte dabei die kleine silberne Taschenlampe, die er für Situationen wie diese in seiner Manteltasche hatte. Er war ein geübter Einbrecher, auch wenn er selten etwas mitgehen ließ. In Wohnhäuser stieg er nicht ein – das war nichts für ihn. Anders verhielt es sich mit Geschäften, Büros und Werksgebäuden. Sie alle

schienen ihn freundlich einzuladen – Freiwild auf seinen einsamen Streifzügen.

Das Absperrband der Polizei, das er letzte Nacht an der Vorderseite des Gebäudes gesehen hatte, war entfernt worden. Er fragte sich, ob er im Inneren noch irgendeinen Hinweis darauf finden würde, wo genau der Mann gestorben war. Es musste etwas damit zu haben, dass der Autowäscher-Junge Angst um die Vögel hatte. Möglicherweise gab es hier irgendwo ein Gasleck. Andererseits hätte es in einem solchen Fall sicher öffentliche Warnmeldungen gegeben; Spezialisten in Schutzkleidung und Atemmasken hätten die Lagerhalle durchsucht und die Nachrichten wären voll davon gewesen.

Nein. Es musste etwas anderes sein. Etwas, was sich nicht einmal der Leichenbeschauer erklären konnte, denn Spin hatte die Nachrichten aufmerksam verfolgt und bislang nichts über die Ursache des ungeklärten Todesfalls gehört. Normalerweise lag der Obduktionsbericht innerhalb eines Tages vor. Dieses Mal nicht.

Ein widerwärtiger Geruch stieg ihm in die Nase. Ah. Da war etwas. Ein kleiner Altar. Ein halbes Dutzend Blumensträuße lag auf dem Boden vor einer Notausgangstür. Zudem ein paar handgeschriebene Karten, als könne der Tote von einer himmlischen Wolke hinabschauen und sie voll Dankbarkeit lesen.

Die Tür. Fiel hier dieser sagenumwobene Strahl hindurch? Spin stieg über die Blumen und öffnete den Notausgang, wobei er fest gegen die Griffstange drücken musste. Der Alarm ging dennoch nicht los – er war mit der Anlage verbunden, die er drüben im Büro ausgeschaltet hatte. Stattdessen strömte die Nachtluft herein, und Spin starrte auf eine Art Sackgasse. Der Notausgang lag sehr ungünstig, da auf der gegenüberliegenden Seite, nur wenige Schritte von der Tür entfernt, ein kaputter Hasendrahtzaun stand, hinter dem sich unmittelbar der Steilhang des Steinbruchs erhob. Nicht besonders viel Platz, wenn wirklich einmal Feuer ausbrechen sollte. Er steckte den Kopf durch die Tür und sah nach rechts und links. Trotz der Dunkelheit konnte er an beiden Ecken der Lagerhalle Lattenzäune aus Holz ausmachen. Als er einen Schritt nach vorne trat, knirschte es.

»Aaah, das ist ja ekelerregend«, murmelte er. Er hob seinen Stiefel und sah unter seiner Schuhsohle einen Haufen Leichen liegen. Vö-

gel, Ratten, Mäuse, Insekten. Es war schaurig, wie ihre Augen das Taschenlampenlicht reflektierten. Einen flüchtigen – dämlichen – Augenblick lang glaubte er, dass sie immer noch lebten und sich lediglich totstellten. Ein Schauer überlief ihn. Was zur Hölle?! Diese Augen reflektierten überhaupt kein Licht … sie waren rot.

Matt hielt jetzt etwas in der Hand, das aussah wie ein Ofenrost. Er bückte sich und legte den Rost vorsichtig über das Gitter, sodass eine Art Metallkreuz entstand. Danach rollte er etwas Drahtgewebe ab und drückte es langsam auf die beiden Schrottteile. Die Lichtbündel ruckelten und drehten sich, sie wanden sich durch die Ritzen der Metallcollage. Er trat zurück und atmete tief durch.

»Pass auf, dass sie dich nicht berühren«, flüsterte Elena.

Tima sah auf die Uhr. »Es hat keinen Zweck«, sagte sie. »Uns läuft die Zeit davon! Der Strahl wird in zwei Minuten hier sein!«

»In zwei Minuten haben wir doch all diese Säcke leer gemacht und sind nach draußen gelaufen«, widersprach Matt.

»Nein«, sagte Elena. »Das ist zu riskant. Wir

haben keine Zeit. Lass uns später wiederkommen, nachdem der Strahl da gewesen ist. Sollten wir noch hier sein, wenn er den DLG aufweckt, dann …«

»Das *schaffen* wir noch.« Als Matt versuchte, einen der Schottersäcke anzuheben und umzukippen, packte Elena ihn am Arm.

»Wir verschwinden JETZT!«, zischte sie und rannte hinüber zu der dunklen Quarzader. Innerhalb von Sekunden war sie die Höhlenwand hinaufgeklettert. »JETZT!«, rief sie nach unten.

Endlich nahm Matt Vernunft an, ließ fluchend den Sack fallen und folgte ihr.

Sie durchquerten die obere Höhle, krochen durch den Tunnel, und als sie nach draußen in die Nachtluft kletterten, blieben ihnen noch 20 Sekunden. »Lauft! Lauft! Lauft!«, brüllte Matt und blieb Tima, die hinter Elena über die Steinplatten raste, dicht auf den Fersen. Im selben Moment, in dem sie den Pritschenwagen erreichten und hineinkletterten, erklang in ihren Köpfen das Lied.

Jemand wie er gruselte sich naturgemäß nicht allzu leicht, aber als er jetzt die Tür zum Notausgang von innen zuzog und allein in der Lagerhalle stand, überlief ihn ein unbändiges, erstklassiges, absolut reines Fünf-Sterne-Gruseln.

Spin schloss die Augen und versuchte, ruhiger zu werden.

Eigenartigerweise glaubte er im nächsten Moment, einen Gesang zu hören. Dann kam der Strahl, und er vergaß alles.

Einige Sekunden lang saßen sie still und gebannt hinter der Windschutzscheibe. Dann *spürten* sie den Dunkellicht-Gott, sie spürten ihn mehr, als dass sie ihn gesehen hätten. »Wir sollten gehen!«, sagte Elena mit brüchiger, ängstlich klingender Stimme.

Matt schreckte aus seiner Starre hoch und startete den Motor. Er war froh, dass er den Pritschenwagen zuvor im Rückwärtsgang über den schmalen Weg am Gebäude entlangbewegt hatte, denn jetzt konnte er einfach Gas geben. Kurz bevor sie vorne wieder auf das Hauptgelände fuhren, sah er im Rückspiegel, wie sich ein Fangarm aus Dunkellicht um die hintere Ecke der Lagerhalle wand. Wo die Wachleute waren, interessierte ihn nicht mehr, jetzt ging es nur noch darum, schnellstmöglich wegzukommen.

39

Als der Strahl langsam erlosch, klammerte sich Spin immer noch an einem Regal fest. Mehrere Tiere mit Flügeln lagen benommen vor ihm auf dem Boden: zwei Möwen und mindestens drei Zwergfledermäuse. Die Schönheit des Strahls hatte ihm Tränen in die Augen getrieben, und er war mit den Tieren mitgeschwungen und ohnmächtig geworden. Doch nur wenige Augenblicke nachdem der Strahl verhallt war, hielt etwas anderes Einzug in die Lagerhalle und ließ ihm das dunkle Blut in den Adern gefrieren.

Irgendetwas drang durch die Notausgangstür. Rund um die Bolzen der Griffstange kroch etwas Düsteres, Böses, zutiefst Grimmiges herein, tröpfelte auf beiden Seiten durch die Ritzen, glitschte unter der Türschwelle hindurch. Bevor Spin die richtigen Worte gefunden hatte, um seine Form zu beschreiben, hatte es sich bereits zu einem Gewirr aus Tentakeln zusammengezogen. Es pulsierte und zuckte wie etwas aus den Tiefen des Ozeans, in die kein Licht mehr vordringt. Dann schnellten seine Fangarme nach vorne, spießten die Vögel und Ratten auf und beraubten sie in Sekundenbruchteilen ihrer Lebenskraft.

Und es war noch nicht fertig. Blind erforschte es nun die Luft, suchte weiter nach Beute. Spin spürte einen Druckabfall in Bauch und Ohren. Durch seine Adern schoss Säure, die ihm eine schlichte Botschaft vermittelte: »LAUF!«

Spin drehte sich um und floh. Die tentakelartige Düsternis hinter ihm stieß einen Laut aus – halb Jaulen, halb Gelächter. Der Gang zwischen den Regalen kam ihm unendlich lang vor. Er rannte. Panik spülte die gerade noch empfundene Schwäche fort. Panik und Ungläubigkeit. Dies hier war nicht real. Dies hier geschah nicht ihm.

Er erreichte die Tür zum Büro und sah, dass sie zugeschlagen war. Beim Versuch, den runden Türknauf zu drehen, rutschten seine schweißnassen Hände immer wieder ab. Das Grauen dröhnte in seinen Ohren … vielleicht dröhnte auch das Tentakelwesen. Ein dröhnendes, brüllendes, wahnwitziges Gelächter. Es dröhnte und brüllte und leckte sich die entsetzlichen Lippen. War es das, was der Lagerist vor seinem Tod gehört hatte? AUFHÖREN! AUFHÖ-

REN! MACH DIE TÜR AUF! MACH DIE TÜR AUF!

Spin wischte sich die Hände an seinem Umhang ab und versuchte erneut, den Türknauf zu drehen. Er warf einen Blick zurück. Die Fangarme hatten sich jetzt an die Regale geheftet und glitten auf und ab, dann platschten sie auf den Boden und schlitterten schneller und immer schneller durch den Gang. Irgendwo in der Düsternis hinter den Tentakeln erkannte er mattrote Augen und einen weit geöffneten, grinsenden Mund mit schwarzen Zähnen.

DIE TÜR! Endlich hatte er den Knauf packen und drehen können. Unmittelbar darauf hechtete er durch den Eingangsbereich, stieß die Bürotür auf, die er zuvor offen gelassen hatte, und stürmte hinaus in die Nacht. Die schwach orange leuchtenden Lampen des Industriegeländes spendeten ihm drei oder vier Sekunden lang Trost. Doch dann sah er wieder nach hinten: Die dunklen Fangarme folgten ihm, sie drangen durch die Tür, glitten über den Boden und zischten und gluckst en und raunten vor Wonne. Spin rannte auf die hell erleuchtete Kabine zu, die er in der Ferne sah. Dort waren Menschen. Normale Menschen. Menschen aus der normalen Welt. Dieses abnormale Wesen würde seine Jagd unmöglich fortsetzen können, wenn es normalen Menschen aus der normalen Welt begegnete.

Er sprintete weiter, magisch angezogen vom Licht und den Umrissen eines Mannes hinter der Glasscheibe. Die Eingangstore waren verbeult und standen offen, und eine kaputte Metallkette lag wie eine tote Schlange auf dem Boden. Der andere Mann lief rechts von ihm an der Einzäunung entlang auf die Tore zu. Er hatte eine Taschenlampe in der Hand und sprach in ein Funkgerät. Aus den Augenwinkeln sah Spin einen Tentakel. Der Fangarm war mit dem Mann auf gleicher Höhe, überholte ihn, wurde vom Strahl der Taschenlampe abgelenkt. »HEY, DU! LAUF SCHNELLER! LAUF! LAUF!«, brüllte er dem Mann zu. Er sah das Taschenlampenlicht wild umhertanzen, hörte einen Schrei und … Der Schrei erstarb.

Spin preschte hinüber zur Kabine des Sicherheitsdienstes, trommelte mit den Fäusten gegen die Scheibe und riskierte, weitere drei Sekunden zu verlieren, indem er schrie: »Geh da nicht rüber! RENN EINFACH WEG!« Dann floh er durch die verbeulten Eingangstore nach draußen. Bei einem Blick über die Schulter sah er den Mann aus der Kabine kommen. Er hörte ihn nach seinem Kollegen rufen. Jetzt sah Spin das düstere Licht des Tentakelwesens rückwärtsgleiten, zurück zur Lagerhalle. Der zweite Mann würde vielleicht mit dem Leben davonkommen. Doch der erste war tot – so viel stand fest. Und um Haaresbreite hätte es ihn selbst erwischt.

40

Matt fuhr auf einen Parkstreifen, der einige Straßen von Timas Haus entfernt war, und brachte den Pritschenwagen abrupt zum Stehen. Dann schaltete er das Licht aus. »Geht's euch gut?«

Er drehte sich zu seinen Beifahrerinnen um. Beide Mädchen hatten die Hände vor die Brust gedrückt und klammerten sich an ihren Gurt. Im Halbdunkeln wirkten ihre erschrockenen Gesichter wie Masken.

»Ich kann nicht glauben, was du da gerade gemacht hast«, schrie Tima.

Elena schüttelte den Kopf, sie war leichenblass. Keines der Mädchen ließ den Gurt los.

»Die Tore waren doch sowieso schon halb offen.« Matt versuchte, lässig zu klingen, obwohl das Adrenalin seinen Körper beben ließ. »Und wenn ich nicht Gas gegeben hätte, hätte uns der Typ vom Sicherheitsdienst aufgehalten und wir würden jetzt im Tausendbruch hocken und auf die Polizei warten. Game over.«

»Du … du hast das Richtige getan.« Elena schluckte schwer. »Aber … was, wenn er nicht aus dem Weg gesprungen wäre?«

»Er wäre *in jedem Fall* zur Seite gesprungen«, erwiderte Matt. »Bist du noch nie Autoscooter gefahren? Einer weicht immer aus. Und übrigens: Ich bin es nie.«

»Und wenn er sich nun unser Autokennzeichen notiert hat?«, fragte Tima atemlos. Endlich nahm sie die Hände vom Gurt und ließ sich in den Sitz zurückfallen.

»Keine Sorge. Die Nummernschilder lassen sich abnehmen.«

Beide Mädchen sahen Matt ungläubig an.

»Sie sind magnetisch. Dad hat sie von diesem alten Typen aus dem Laden für Kfz-Zubehör. Ich wusste, wo er sie aufbewahrt, also habe ich sie heute Nacht, bevor ich in den Pritschenwagen gestiegen bin, vorne und hinten über den Originalschildern befestigt.« Er stieg aus, riss die falschen Nummernschilder von der Vorder- und Rückseite des Wagens und warf sie tief ins Gebüsch.

Tima seufzte. »Schwerverbrecher.«

»Gut gemacht«, meinte Elena.

»Mehr Sorgen mache ich mir über die Beule in der Stoßstange«, erklärte Matt und setzte sich wieder hinters Steuer. »Aber das alte Ding ist sowieso derart kaputt und schrottreif, dass es hoffentlich niemandem auffällt.«

»Ich muss ins Bett«, sagte Tima. »Die Sonne

wird bald aufgehen. Was machen wir als Nächstes?«

Elena wirkte finster entschlossen. »Wir müssen zurückkehren, früher diesmal – und den Schotter auskippen. Können wir uns um Mitternacht treffen?«

»Ich weiß nicht«, erwiderte Tima. »Meine Eltern gehen meistens erst nach elf ins Bett – und morgen werden sie vorher im Rathaus sein, um sich meinen Auftritt anzusehen. Ich werde auch erst spät ins Bett kommen.«

»Ach ja, stimmt – die Wohltätigkeitsveranstaltung. Ich bin ja auch dabei mit meinem Kornett. Wir treten zu viert als Quartett auf. Dann lass uns doch morgen Abend im Rathaus weiterreden. Wir können uns hinter der Bühne treffen. Und, Matt … wäre es möglich, dass du auch dorthin kommst?«

»Ich? Ja, na klar.« Er verdrehte die Augen. »Also gut«, sagte er schließlich. »Ich schau mal, was sich machen lässt.«

Matt fuhr los und setzte Tima zu Hause ab. Als sie von dort wieder aufbrachen, hörten sie in der Ferne Polizeisirenen. Elena warf Matt einen ängstlichen Blick zu.

»Mach dir keine Gedanken«, sagte er. »Die werden nicht ins Bonzen-Getto fahren, um nach einem Pritschenwagen zu suchen. Sie werden in die Innenstadt fahren …«

»Wo *wir* wohnen«, sagte Elena.

Doch die Sirenen wurden leiser, und es schien, als sei der Polizeiwagen in Richtung Tausendbruch unterwegs.

Matt brachte Elena nach Hause und fuhr dann schnell durch die stillen Straßen nach Hause. Den Pritschenwagen stellte er auf dem Vorhof ab, genau dort, wo er auch zuvor gestanden hatte. Er würde schon bald wieder auf den Beinen sein, um ihn sauber zu machen. Und wenn Dad nicht hinsah, konnte er den Kratzer, den die halb offenen Tore hinterlassen hatten, heimlich mit etwas weißem Lackstift übermalen.

Als er einige Minuten später ins Bett taumelte – im Elternschlafzimmer schnarchte sein Vater ihm ein Schlaflied –, sah er, dass Glück zurück war und auf seinem Fensterbrett schlief. Sie dort sitzen zu sehen ließ die Anspannung aus seinem Kopf und den Gliedern weichen, bis er schließlich in den Schlaf sank.

41

Showtime. Tima sprudelte beinahe über vor Energie und Nervosität. Den ganzen Nachmittag hatten sie in der Schule geprobt, und jetzt waren sie hier im Rathaus und warteten aufgeregt mit den anderen Teilnehmern in der Garderobe hinter der Bühne. Die Veranstaltung hatte bereits begonnen, doch die Musicalnummern aus *Oliver!* waren erst in der zweiten Programmhälfte dran, sodass Mrs Theroux ihnen erst jetzt mit den Kostümen und beim Schminken half. Tima steckte in dem bereits vertrauten engen Mieder und trug wieder eine Hochsteckfrisur, die zu Zeiten der englischen Königin Viktoria in Mode gewesen war. Sie hatte rosa Lippenstift aufgetragen, und ihre Wimpern waren vollgekleistert mit Mascara.

In einer anderen Ecke der Garderobe saß Elena, polierte ihr Kornett mit einem Tuch und lächelte sie an. Auch Tima lächelte. Dann lief sie über den alten grauen Teppich zu ihr hinüber.

»Wann habt ihr euren Auftritt?«, fragte sie.

»Wir sind nach der Pause als Zweite dran«, erwiderte Elena. »Wie geht's dir? Bist du nervös?«

»Oh ja. Und wie.«

»Das merkt man dir gar nicht an, du kommst total cool rüber. Ganz schön mutig von dir, ein Solo zu singen. Mein Kornett-Solo ist nur superkurz, und ich bin trotzdem total hibbelig.«

»Der Auftritt macht mich nicht nervös.« Tima hob abwehrend die Hand. »Na ja, ein bisschen vielleicht – *richtig* nervös bin ich nur wegen … du weißt schon. Heute Nacht.« Sie kam dicht an Elena heran und raunte: »Wir müssen diese Sache zu Ende bringen.«

»Das müssen wir«, erwiderte Elena. »Und das werden wir.«

Tima nickte. »Ich wünschte nur, wie hätten es gestern schon getan.« Ein Schauer lief ihr über den Rücken. »Er war sofort tot – das haben sie in den Nachrichten gesagt. Ein weiterer Toter im Tausendbruch. Vielleicht war es dieser junge Mann vom Sicherheitsdienst, mit dem wir beide gesprochen haben – der in der Kabine.«

Jetzt nickte Elena. Sie versuchte, ebenso leise zu sprechen wie Tima: »Die Nachrichten sind voll davon. Jetzt werden die Leute langsam aufmerksam – fangen an, der Sache nachzugehen. Sogar in der Schule haben sich heute einige Kinder darüber unterhalten. Es geht das Gerücht um, dass der Mann vom Blitz erschlagen wurde. In einer Sommernacht ohne einen Tropfen Regen! Ich wünschte, es wäre so gewesen.«

»Ich auch«, sagte Tima ernst. »Aber wir kennen die wirkliche Ursache. Ich wette, der arme Kerl hatte ebenfalls rote Augen, als sie ihn fanden.«

»Ich hoffe, der Pritschenwagen wurde mittlerweile abgeholt und steht nicht mehr bei KOWSKIS GLANZAUTOS«, sagte Elena. »Den haben sie nämlich auch in den Nachrichten erwähnt. Wenn sie den Wagen finden und mit Matt in Verbindung bringen … dann glauben sie am Ende noch, dass *er* etwas mit dem Tod des Wachmanns zu tun hat.«

Tima zuckte mit den Schultern. »Denk an die Nummernschilder. Die Autokennzeichen werden nicht übereinstimmen.« In diesem Moment merkte sie, dass Lily und ihre Freundinnen zu ihr hinübersahen. Vermutlich fragten sie sich gerade, weshalb Tima mit einer Schülerin von der Harcourt-Highschool sprach. »Ist Matt auch hier?«

»Ja«, erwiderte Elena. »Er sitzt im Publikum. Seinen Eltern hat er erzählt, einer seiner Kumpels hätte heute Abend hier einen Auftritt, und sie haben ihm erlaubt herzukommen. Ich glaube aber kaum, dass er ihnen verraten hat, *welcher* ›Kumpel‹ es ist. In der Pause werde ich mal in den

Zuschauerraum gehen und nach ihm sehen. Was hältst du von einem Treffen um Mitternacht?«

Tima schüttelte den Kopf. »Ich fürchte, dass Mum und Dad dann noch nicht eingeschlafen sind – aber wir können es trotzdem probieren. Viel später sollten wir nicht los.«

Dann lief sie hinüber zu Mrs Theroux, die ihre Frisur noch einmal mit Haarspray fixieren wollte.

Kaum war Mrs Theroux weggegangen, um Fagin den Schnurrbart anzukleben, da wollte Lily auch schon wissen: »Mit wem hast du da gerade gesprochen?«

»Ach, das war nur eine Freundin«, sagte Tima. »Sie spielt bei den Holz- und Blechbläsern mit.«

»Die geht doch auf die Harcourt, oder?« Lily verzog das Gesicht.

»Ja. Und?«

Lily zuckte mit den Schultern und lachte. »Meine Mutter sagt, die Mädchen von der Harcourt-Highschool sind alle neidisch auf uns, weil wir die bessere Schulausbildung bekommen.«

»Und *meine* Mutter sagt, die Mädchen von der Harcourt haben alle Mitleid mit uns, weil wir so dämliche Hüte tragen müssen«, konterte Tima.

»Man könnte ja fast meinen, dass du die Prinz-William-Schule nicht magst. Tja. Vielleicht würdest *du* auch besser in diese Proll-Schule passen …«

Tima wollte ihr gerade eine gepfefferte Antwort geben, als Lily anfing zu kreischen und um sich zu schlagen. »Aaah! Aaah! Verschwinde!« Eine Wespe war durch das offene Fenster hereingeflogen und schwirrte um sie herum.

Keira und Clara gerieten sofort in Panik – sie schrien, rollten ihre Programmhefte zusammen und schlugen damit nach dem armen Tier. Je wütender die Wespe wurde, umso wahrscheinlicher war es, dass sie eine von ihnen stechen würde. Und so atmete Tima einmal tief durch und rief sie zu sich. Die Wespe machte augenblicklich kehrt, flog auf Tima zu und landete auf ihrer ausgestreckten Handfläche. Dort saß sie nun und bewegte aufgeregt ihre Fühler.

»Aaah! Schnell! Sie sitzt auf Timas Hand! Macht sie platt!«, kreischte Lily.

Am liebsten hätte Tima das Tierchen gebeten, mitten in Lilys dummes, gemeines Gesicht zu stechen – die Wespe erhob sich schon bereitwillig von ihrer Hand. Doch Tima beeilte sich, ihr ein *Nein* zu senden. Sie wollte nicht noch mehr Unruhe in die Gruppe bringen. Und was noch wichtiger war: Sie wollte nicht, dass ihre gestreifte kleine Freundin zerquetscht wurde. Dann hauchte sie die Wespe sanft an und führte sie so zurück zum Fenster.

Clara schlug ein letztes Mal mit dem Programmheft nach dem Insekt, dann sagte sie: »Alles wieder in Ordnung – sie ist draußen. Würg! Ich *hasse* Wespen! Die sind so widerlich. Mal ehrlich: Wozu sind die überhaupt gut?«

»Wozu bist *du* gut?«, fragte Tima zurück.

Nein, sie tat sich heute Abend hier wirklich keinen Gefallen.

Matt saß in der Nähe der Bühne. Er schien sich sichtlich unwohl zu fühlen, als Kinder, Lehrer und Familien an ihm vorbei in die Pause strömten, um etwas zu trinken und zu plaudern. Elena vermutete, dass der Besuch einer solchen Veranstaltung nicht gerade zu dem gehörte, was er an einem gewöhnlichen Werktag normalerweise so tat. Andererseits würde es für sie alle ohnehin keinen gewöhnlichen Tag mehr geben. Sie war traurig und erleichtert zugleich, dass ihrer Mutter nicht danach gewesen war, heute Abend hierherzukommen. Wie hätte sie ihr erklären sollen, dass sie im Publikum Ausschau nach einem älteren Jungen aus der Neunten hielt?

»Ziemlich untypische Abendgestaltung für dich, oder?«, fragte sie lächelnd und setzte sich auf den Stuhl direkt hinter Matts Platz, den Rucksack mit dem Kornett über der Schulter.

»Was? Ach so. Ja, kann man so sagen.« Matt drehte sich zu ihr um.

Elena kniff prüfend die Augen zusammen. »Was ist los? Zuerst dachte ich, dass dir all die Leute, die hier einen auf gebildet und künstlerisch interessiert machen, unheimlich sind. Aber das ist es nicht, stimmt's?«

»Nein.« Er schaute ihr in die Augen. »Ich habe dauernd das Gefühl, Dunkellicht zu sehen. Wir *müssen* dorthin zurück, um dieses Loch zu verschließen.«

Elena wurde kalt. »So früh am Abend kommt der DLG doch nicht heraus.«

Matt schüttelte den Kopf. »Wahrscheinlich bilde ich es mir nur ein, weil ich den ganzen Tag an nichts anderes gedacht habe.« Er sah sie an, als wünschte er sich nichts sehnlicher, als dass sie ihm zustimmen würde. »Mir geht dieser Wachmann im Tausendbruch letzte Nacht nicht aus dem Kopf. *Noch* ein Toter. Das ist so furchtbar. Wenn wir in der Höhle nicht so viel Tamtam veranstaltet hätten, wäre der DLG vielleicht gar nicht erst nach draußen gelockt worden.«

Elena nickte. »Ich weiß. Dasselbe ist mir auch durch den Kopf gegangen. Aber in der Nacht, als der erste Mann getötet wurde, waren wir schließlich auch nicht in dieser Höhle. Wer weiß, was der DLG alles veranstaltet, wenn der Strahl ihn erst einmal aufgeweckt hat. Er wäre vermutlich so oder so rausgekommen.«

»Ich glaube, dieser blöde Möchtegern-Vampir ist auch da gewesen«, murmelte Matt. »In einigen Berichten über den Fall hieß es, dass die Polizei nach einem weiteren Zeugen sucht – einem dunkel gekleideten Jungen mit hellblonden Haaren, der dem anderen Wachmann etwas zurief, ihm geraten hat wegzurennen. Klingt doch vertraut, oder?«

»Ja.«

»Sie werden ihn auch deshalb suchen«, fuhr Matt fort, »weil er als Verdächtiger infrage kommt.«

»Ich glaube nicht, dass *er* jemanden töten würde«, entgegnete Elena.

»Nein? Neulich dachtest du noch, dass er ein *echter* Vampir ist!«

Da Elena nicht über Spin streiten wollte, sah sie sich ein wenig im Rathaussaal um. Matt dachte, dass Spin ihr Feind sei, und vermutlich hatte er recht damit, aber sie war sich nicht sicher, *was* Spin war. Vertrauen konnte sie ihm sicherlich nicht – aber sie musste zugeben, dass sie fasziniert von ihm war. Ein wenig.

Der alte, rechteckige Saal, in dem die Veranstaltung stattfand, war brechend voll. »Ich kann kein Dunkellicht sehen«, sagte sie. »Wir sind alle so müde, vielleicht spielt dir dein Gehirn auch nur einen Streich.« Dennoch hatte auch *sie* jetzt Angst. Ihr fiel ein, dass dieses Gebäude ganz in der Nähe des Tausendbruchs lag. Und zwar … »Warte mal kurz.« Sie griff in die Tasche ihres Schul-Blazers und zog den zusammengefalteten Stadtplan heraus, in den sie einige Nächte zuvor ihre Linie eingezeichnet hatte. »Komm mal mit, ich muss was nachsehen«, sagte sie und führte Matt hinüber zur Bühne, die ein Stück weit unter dem geschlossenen Vorhang hervorstand. Die Leute liefen mit Plastikbechern voll Tee und kleinen Snacks herum, achteten aber nicht weiter auf sie. Sie breitete den Stadtplan auf dem Bühnenboden aus und fuhr mit dem Finger die Linie entlang.

»Matt – sieh dir das an.« Er sah über ihre Schulter auf den Plan. Die Linie, die sie gezeichnet hatte und die von Matts Haus über ihr eigenes, das von Tima und dann mitten hinein in die Lagerhalle von Sentry SuperPack lief – diese Linie durchschnitt auch eine Ecke des Rathauses von Thornleigh.

42

Dunkellicht hin oder her – eines wusste Tima ganz genau: *Dieses* Mal würde ihr während des Solos kein Gott der Unterwelt in die Quere kommen.

Elena hatte ihr von Matts Ängsten berichtet, bevor sie mit ihrem Quartett die Bühne betreten hatte. Danach hatte Tima vom Seitenflügel aus zugesehen, wie ihre Freundin ein fünfminütiges Medley spielte. Elena hatte jeden Ton getroffen, obwohl sie mit den Augen ständig den Saal abgesucht hatte. Es grenzte an ein Wunder, dass sie – derart abgelenkt – ihr Solo gemeistert hatte. Als sie zurück hinter die Bühne gekommen war, hatte Tima ihre Hand genommen und geflüstert: »Gut gemacht! Hast du irgendwas gesehen …?«

Elena hatte sich ihre Tasche über die Schulter gehängt und zurückgeflüstert: »Ich weiß nicht. Das lässt sich schlecht sagen, solange die Bühnenscheinwerfer an sind.«

Jetzt, da sie sich mit den anderen durch die Musicalnummern tanzte und sang, verließ sich Tima auf diese Aussage – sie weigerte sich, selbst nachzusehen. Falls der DLG tatsächlich kommen würde, um sie zu holen, sollte er gefälligst warten, bis ihr Solo beendet war. Die beiden ersten Stücke hatten wirklich gut geklappt, und sie bekamen reichlich Applaus, ein paar Bravorufe sowie den ein oder anderen anerkennenden Pfiff. Tima hatte all ihre Tanzschritte richtig ausgeführt und es sogar fertiggebracht, Lily anzulächeln, die ihr bei jeder Gelegenheit giftige Blicke zuwarf.

Schließlich fiel das Scheinwerferlicht auf Tima, und das andächtig wartende Publikum vernahm die ersten Töne von »As long as he needs me«.

Sie holte tief Luft und sang die erste Liedzeile. Ihre Stimme war klar und wahrhaftig und voller Gefühl. Die Nervosität hatte sie unter Kontrolle gebracht, und das Adrenalin tat, was es sollte – es trieb sie zur Höchstleistung an. Nie wieder würde sie sich von einer Motte aus dem Konzept bringen lassen. *Nichts* würde ihr die nächsten drei Minuten verderben.

Das Publikum lauschte gebannt. Tima konnte die Gesichter der Zuschauer in den ersten Reihen erkennen – regungslos und hingerissen saßen sie da. Ein oder zwei wischten sich über die Augen. Mum und Dad lächelten stolz und ermutigend zu ihr hinauf. Auch Mr James sah vom Klavier auf und strahlte vor Freude. *Dies* hier, dieser Moment – er gehörte nur ihr allein.

Dann sah sie es. Hoch oben in einer Ecke der hohen Bogenfenster, die sich links und rechts entlang der Wände des Saals erhoben. Da war es. Ein Flackern … wie von einem Blitz.

Einem *Dunkel*blitz.

Angst legte sich ihr auf die Brust. Das Mieder schien zu eng geschnürt, aber sie sang trotzdem weiter. An der Art ihrer Darbietung änderte sich nichts, aber der Adrenalinpegel in ihrem Blut stieg weiter an – und das aus gutem Grund: Das Adrenalin kümmerte sich nicht um ihr Lied, es vermittelte ihr nur, dass sie fliehen sollte. Tima dachte ernsthaft darüber nach und ließ ihren Blick prüfend über Türen und Fenster schweifen.

In diesem Augenblick explodierte draußen der Himmel.

43

Die Erschütterung ließ die Scheiben der Rathausfenster beben, ein oder zwei von ihnen gingen zu Bruch, aber es war der weiße Lichtblitz, der den Leuten den Atem raubte. Einige schrien auf. Tima brach ihr Solo ab und lief zum Bühnenrand, um besser aus einem der hohen Bogenfenster an der Seite schauen zu können. Ein Raunen ging durch die Menge, und zahlreiche Menschen sprangen auf. Jetzt rannte die Bürgermeisterin auf die Bühne, riss das Mikrofon vom Ständer und sagte: »Bitte bewahren Sie Ruhe! Es sieht aus, als hätte es im Elektrizitätswerk einen Zwischenfall gegeben, aber hier in diesem Gebäude sollten wir erst mal sicher sein.«

Als Tima Matt und Elena am nächstgelegenen Fenster stehen sah, raffte sie ihre viktorianischen Röcke und lief über die linke Bühnentreppe zu ihnen hinunter in den Saal. Trotz der Bitte der Bürgermeisterin drängten nun viele Leute zu den Fenstern, um einen Blick nach draußen zu werfen. Eine pulsierende orangerote Wolke erhellte den Abendhimmel. Der Fabrikschornstein des Elektrizitätswerks stand in Flammen.

Tima nahm ihre Freunde bei den Armen, drückte die Nase gegen die Fensterscheibe und sah hinaus. Während sich immer mehr aufgeschreckte Beobachter um sie drängten, schreiend nach Neuigkeiten verlangten und über einen Terrorangriff spekulierten, blieben Matt, Elena und Tima stumm – ihre Augen waren auf den Schornstein gerichtet. Das Feuer an seinem oberen Ende beunruhigte sie nicht.

Der Dunkellicht-Tentakel, der sich am Schlot emporschlängelte, hingegen schon.

»Oh Gott«, murmelte Elena leise.

»Nicht *dieser* Gott«, brummte Matt. »Ich *wusste* es. Wir hätten das Loch letzte Nacht verschließen sollen. Ich hab's doch *gewusst.*«

»Was will er?«, fragte Tima atemlos.

Mit einem Mal fiel mehr Licht in den Saal. Viele Menschen rannten hinaus in Richtung Foyer, andere hatten die Türen der Notausgänge geöffnet und liefen nach draußen, um sich das brennende Elektrizitätswerk anzusehen. Und zu staunen. Das Spektakel war gerade weit genug entfernt, damit sich die Leute sicher fühlen konnten – zwischen Kraftwerk und Rathaus lag eine große unbebaute und mit Gras bewachsene Fläche. Über das Stimmengewirr der Menschenmenge hinweg waren bereits Sirenen zu hören.

»Du weißt, was er will«, sagte Matt zu Tima, »und er ist da draußen, um es sich zu holen.«

»Was meinst du damit?« Elenas Stimme zitterte. Sie kannte die Antwort bereits. Sie kannten sie alle drei.

Plötzlich begann Matt sich mit den Ellbogen einen Weg durch die Menge zu bahnen, um durch die Notausgänge nach draußen zu gelangen. »Er hat sich so weit von seiner Höhle entfernt«, schrie er Elena und Tima zu, die verzweifelt versuchten, mit ihm Schritt zu halten, indem sie grob nach vorne drängelten. »Er verbraucht Energie – und wird durch die Lebewesen, die er tötet, aufgeladen! Die Vögel haben ihn bis ins Lagerhaus vordringen lassen. Der Lagerist hat ihn bis nach draußen gebracht. Letzte Nacht hat er sich seine Energie aus dem Wachmann gezogen und ist damit bis zum Kraftwerk gelangt. Und nun – nun wartet er einfach darauf, dass all diese Leute zu *ihm* kommen. Ganz bewusst lenkt er die Aufmerksamkeit auf sich. Er hat extra ein Feuer entfacht. Er *liebt* es, Aufsehen zu erregen.« Matt schluckte. »Es wird ein Massaker geben!«

»Aber es läuft doch bestimmt niemand auf ein *Feuer* zu«, warf Tima ein.

»Ach nein?«, sagte Matt. »Dann schau sie dir doch mal an.«

Und Tima sah sich um, sah, wie sich die Leute auf dem Rasen und der niedrigen Backsteinmauer tummelten, die um das Rathaus herumlief. Sie standen in Grüppchen zusammen, einige hielten sich aneinander fest und unterhielten sich ängstlich und aufgeregt. Etliche von ihnen hatten ihre Smartphones gezückt und filmten das Geschehen – und einige begannen, näher heranzugehen. Sie drängten auf die freie Fläche, die sich zwischen dem Kraftwerk und dem Parkplatz des Rathauses erstreckte, um noch spektakulärere Aufnahmen zu machen.

Inmitten des wachsenden Chaos aus Sirenengeheul, lärmenden Menschen und dem flackernden Feuer hörten sie die Bürgermeisterin rufen: »ACHTUNG! Hier draußen ist es nicht sicher! Es könnten sich giftige Dämpfe bilden! Kommen Sie alle zurück ins Rathaus!«

Doch niemand hörte auf sie. Die Eltern hatten ihre Kinder von der Bühne und aus den Garderobenräumen geholt, sodass die Familien nun zusammenstanden. Niemand schien mehr in den Saal gehen zu wollen. Der brennende Schornstein hatte eine geradezu hypnotische Wirkung. Einige Leute waren nun wagemutiger geworden und rannten auf das Feuer zu, elektrisiert durch mehrere Blaulicht-Fahrzeuge, die nun über die

Zugangsstraße auf der anderen Seite des Geländes zum Kraftwerk fuhren.

»Können sie dieses Ding denn nicht *sehen*?« Elena zeigte auf die Dunkellicht-Tentakel, die sich am Fuß des Schornsteins wanden.

»Die Bürgermeisterin hat recht«, sagte Matt. »Wir müssen die Leute von diesem Ding wegbringen. Zurück ins Rathaus.« Er wandte sich an Tima: »TU irgendwas!«

Ein paar Sekunden lang starrte sie Matt nur fragend an. Was meinte er? Dann ging Tima ein Licht auf, und sie atmete tief durch. Irgendwo hinten in der Menschenmenge riefen Mum und Dad nach ihr. Wenn sie etwas unternehmen sollte, damit die Leute wieder hineingingen, dann musste es sofort geschehen.

Sie schloss die Augen und sandte eine Botschaft an eine ganz bestimmte Insektenart. *Bitte.* BITTE. *Ihr müsst uns helfen!* BITTE! *Kommt … kommt sofort!*

Als sie die Augen schloss, war ein Brummen zu hören. Es wurde lauter und lauter, und Tima wusste nicht, ob das Geräusch real war oder nur in ihrem Kopf existierte. Bis die Menschen zu schreien begannen.

Elena hatte sie fest am Arm gepackt und atmete schwer. »Wow!« war alles, was sie sagte. Als

Tima es wagte, die Augen zu öffnen, sah sie, wie sich eine schwarz-gelbe Wolke auf sie herabsenkte. Es mussten Millionen sein. Abermillionen. *Milliarden.* Und sie alle waren gekommen, um *ihr* zu helfen.

»WESPEN!«, rief jemand. Als Tima sich umdrehte, sah sie Lily und ihre Freundinnen mit angstgeweiteten Augen in den Abendhimmel starren. Nun würden sie erfahren, wozu Wespen *gut* waren. Der Schwarm war aus der Richtung gekommen, in der der Fabrikschornstein stand, und bewegte sich nun strudelnd wie ein Tornado auf sie zu. Vor dem Hintergund des in Flammen stehenden Schlots wirkte es so, als stünde das Ende aller Tage bevor. Die einzelnen Rufe schwollen zu allgemeinem Panikgeschrei an, die Leute rannten zurück ins Rathaus. Tima sah, wie ihre Eltern mit der Menge mitgerissen wurden und durch die offenen Türen im Inneren des Gebäudes verschwanden. Die Wespen drängten jeden einzelnen der panischen Menschen zurück, indem sie ihre Tornadoform auflösten und mit kleineren Flugstaffeln hinter ihnen herjagten. Tima, Elena und Matt waren die Einzigen, die nicht davonrannten. Der Wespensturm tobte einfach *überall.* Timas geflügelte Mini-Hirten prasselten durch die Luft wie schwarz-gelbe Regentropfen.

Kurz darauf standen sie alleine draußen, verschont vom Wespenschwarm, aber dem Gott der Unterwelt auf brutalste Weise ausgesetzt. Immer mehr Fangarme schnellten vom Fuß des Schornsteins aus nach vorne und schienen ganz offensichtlich die Absicht zu haben, drei verängstigte Nachtflüsterer zu erreichen. Elena drückte sich mit dem Rücken so tief in eine Hecke, dass ihr Rucksack mit dem Instrumentenkoffer zwischen den Blättern verschwand. Sie wünschte sich, *ganz* in der Hecke verschwinden zu können.

Das Sirenengeheul wurde lauter. Die Blaulichter zeigten an, dass die Feuerwehrautos und Rettungswagen jetzt von der Zugangsstraße abbogen und durch den Haupteingang aufs Gelände fuhren, der ebenfalls auf der anderen Seite des eingezäunten Grundstücks lag.

»Sobald sie den Schornstein erreichen, sind sie tot«, sagte Matt.

»Was können wir tun?«, fragte Elena, die mit hoher, ängstlicher Stimme gegen das Brummen und die Schreie ankämpfte, die vom Rathaus herüberdrangen. »Was können wir nur *tun*?«

»Zuallererst, mein Liebling, könntest du etwas aus deinem Rucksack holen.«

Alle fuhren erschrocken herum. Eine dunkle Gestalt mit leuchtend weißer Haut war aus einer

Nische im Ligusterstrauch getreten. Sobald er sie erkannt hatte, brummte Matt: »Ich dachte, wir hätten dir klargemacht, dass …«

Spin schnitt ihm das Wort ab. »Halt die Klappe, SpongeBob Schwammkopf.« Dann sagte er: »Elena – hol deine Trompete raus.«

Elena starrte den Jungen an. »Es ist ein *Kornett*, keine Trompete. Und abgesehen davon: Bist du *verrückt* geworden?«

»Kann schon sein«, sagte Spin und scheuchte eine Wespe vor seinem Gesicht weg. »Aber dein Musikinstrument könnte das Einzige sein, was diesen hässlichen Schleimfaden wieder dahin befördert, wo er hingehört. Dein Kornett – oder vielleicht auch die kleine Nachtigall hier.« Er zeigte auf Tima.

»Wovon *redest* du da bitte?« Tima starrte zu ihm hinauf.

»Sag deinen kleinen Helferlein doch erst einmal, dass sie mich nicht mehr angreifen sollen«, bat er sie und wischte eine weitere Wespe beiseite.

Geschockt blickte Tima die anderen an. Er *wusste* davon?

»Ja – mittlerweile weiß ich Bescheid, Tanzpüppchen. Ich folge euch allen schließlich schon lange genug. Äh … würdest du jetzt bitte …?«

»Ist schon gut«, sagte Tima. »Lasst ihn.« Prompt flogen die Wespen davon, um sich anderen Aufgaben zu widmen.

Spin machte eine theatralische Verbeugung. »Danke, Prinzessin. Und jetzt gehen wir wohl besser mal zu diesem Ding rüber, bevor unsere Helden des Alltags es tun.«

»Whoa!«, rief Matt und stieß Spin ins Gebüsch. »Seit wann hast *du* hier das Sagen? Und wie kommst du darauf, dass wir dir auch nur ein Wort von dem glauben, was du erzählst?«

Elena sah von Matt zu Spin und wieder zurück. »Warte mal, Matt – ich will hören, was er zu sagen hat.«

»Ernsthaft? Woher willst du wissen, dass er nicht irgend so ein Dunkellicht-Äffchen ist, das *dem da* gehorcht?« Matt deutete auf den brennenden Schornstein.

»*Dem da* bin ich schon begegnet«, fauchte Spin. »Und das will ich nicht noch einmal erleben. Das hier ist meine Stadt, und ich will genauso wenig wie ihr, dass sie ausgelöscht wird.«

»Das heißt also, du willst uns helfen, ja?«, fragte Matt spöttisch und hüpfte auf und ab. Er kochte vor Wut. »Und was willst du dafür? Blut?« Er lachte höhnisch.

»Hör mal, du kleiner Hochdruckreiniger«,

zischte Spin. »Jetzt ist nicht die Zeit für so etwas. Stell dir mal vor, die bevorstehende Entscheidungsschlacht hat mir irgendwie den Appetit verdorben …«

»Was zur Hölle …?« Elena blieb der Mund offen stehen. »Seht euch das an. Hört auf, ihr beiden – und seht euch das AN.«

Sie alle folgten ihrem zitternden Finger. Der DLG hielt sich immer noch am unteren Ende des Schornsteins fest, seine Tentakel wanden sich und stießen in Richtung der näher kommenden Feuerwehrleute durch die Luft. Und auf der großen Wiese zwischen dem Werksgelände und der Stelle, an der sie standen, war *alles* in Bewegung.

Die Wildtiere flohen. Mäuse, Ratten, Kaninchen, Füchse, sogar einige stattliche Dachse – sie alle hetzten über die Wiese. Fledermäuse und Vögel flogen dicht über das hohe Gras. Ein Exodus, aber nicht wegen des Feuers. Ein in Flammen stehender Fabrikschlot hätte die Tierwelt niemals derart aufgeschreckt. Elena sah – und fühlte –, dass auch Velma vorbeiflitzte, stehen blieb und abwechselnd von ihren Welpen zu ihrer menschlichen Freundin sah. *Danke schön – aber* LAUF RUHIG!, sandte Elena, und als die Füchsin mit ihren Jungen weiterlief, spürte sie prompt die Erleichterung des Tieres.

»Oh nein«, sagte Spin. »Das ist gar nicht gut. Vielleicht wollt ihr mir ja jetzt zuhören?«

»Was können wir tun?«, fragte Elena fordernd.

»Es ist ein Gott – das wisst ihr, ja?«

»Ja, natürlich wissen wir das«, keifte Tima. »Und *du* weißt es vermutlich von *uns*.«

»Höchstwahrscheinlich habe ich mehr Ahnung von Göttern der Unterwelt als ihr alle zusammen«, blaffte er zurück. »Sie lieben das ganz große Drama. Dabei blühen sie auf. Je mehr Gekreische und Panik und Schrecken sie verursachen, umso cooler finden sie die Party.«

»*Das* haben wir auch schon herausgefunden«, raunte Matt. Er sah Spin derart hasserfüllt an, dass Tima jeden Moment mit einem Faustschlag rechnete.

»Das Einzige, was ein Gott – möglicherweise – lieber mag als Schreckensszenarien, ist ein wenig Huldigung«, erklärte Spin. »Also, Tima, wie wäre es mit einem Lied?«

»Ähm … was?«

»Du weißt schon – irgendetwas, das einem Gott der Unterwelt gefallen könnte. Das könnte alles Mögliche sein, du musst nur den Eindruck erwecken, dass du die Huldigung ernst meinst. Das ganze Gekreische langweilt ihn bestimmt schon. Überrasch ihn.«

Während Matt den Jungen übel beschimpfte, verließ Tima das Gebüsch und begann auf das Elektrizitätswerk zuzulaufen.

»Tima!«, brüllte Matt. »Was tust du denn? Komm wieder her!«

»Hast du eine bessere Idee?«, rief sie zurück. Dann atmete sie tief durch und begann mit ihrem zweiten Solo für diesen Abend.

44

Als sie sich dem hohen Zaun näherte, der das Werksgelände umschloss, sah Tima, dass die Tentakel am Fuß des Schornsteins sehr viel kräftiger aussahen als zuvor. Spitze Dunkellicht-Bündel schossen aus ihnen hervor und schnappten nach den glühenden Aschepartikeln, die von oben herabschwebten.

Tima versuchte sich vorzustellen, dass sie noch einmal auf der Bühne stand. Sie versuchte sich zu erinnern, wie froh und selbstsicher sie sich vor nicht einmal zehn Minuten gefühlt hatte – bevor die Hölle auf Erden begonnen hatte. Was sollte sie singen? Mit welchem Lied könnte man einen Gott der Unterwelt besänftigen? Sie überlegte kurz, dann holte sie tief Luft. Sehr darum bemüht, sich ihr Zittern nicht anmerken zu lassen, stimmte sie den kitschigsten Song an, der ihr in den Sinn kam – »You raise me up« von Westlife. Mit ihrer glockenhellen Stimme sang sie ruhig und lieblich gegen den Lärm um sie herum an.

Es war lächerlich, in dieser Situation von Liebe und Bewunderung zu singen. Ob ein Gott der Unterwelt diese Lüge durchschauen würde? Er könnte jeden Moment in wahnwitziges Gelächter ausbrechen, und der Hieb eines einzigen Fangarms würde genügen, um sie zu töten.

»Nein – *lass sie*!«

Tima wuste, dass hinter ihr ein Kampf darum entbrannt war, wer in dieser Situation das Sagen hatte – Spin oder Matt.

»Elena! Nein!« Und dann stand Elena neben ihr, setzte ihr Kornett mit den vielen glänzenden Blechwindungen an und begleitete Timas Lied mit klaren, angenehmen tiefen Tönen. Im nächsten Moment flankierten Spin und Matt die Mädchen von beiden Seiten. Sie alle hatten nun die Augen nach oben auf den Dunkellicht-Gott gerichtet und näherten sich ihm – irrsinnigerweise – Schritt für Schritt.

Doch so irrsinnig war das Ganze vielleicht gar nicht, denn als sie jetzt die Tonart wechselten, bemerkte Tima plötzlich, dass die Tentakel des Unterweltgottes sich langsamer wanden und dass die roten Augen in dem nebulösen Dunkellicht seines Gesichts etwas weniger wild dreinblickten. Vielleicht hatte Spin recht.

Der DLG sah sie an. Er sah Elena an. Und er war ruhig.

Einige goldene Sekunden lang glaubte Tima, dass sie das Ganze überleben könnten.

Auf dem Werksgelände hinter dem Zaun wurde es plötzlich laut und geschäftig. »Oh nein«, stöhnte Matt, als drei Löschfahrzeuge auf dem betonierten Zugangsbereich vor dem Schlot auftauchten. Schon sprangen die Feuerwehrleute heraus. Sie trugen fluoreszierende Anzüge und Helme mit heruntergeklappten Schutzscheiben, die im Feuerschein glänzten, und sie schrien einander etwas zu. Dann machten sie sich daran, die Wasserschläuche auszurollen. »HALT!«, rief Matt. »KEHRT WIEDER UM!«

Abrupt wandte sich der DLG den Neuankömmlingen zu. Matts Warnrufe hörte anscheinend niemand von ihnen. Und niemand von ihnen bemerkte die Tentakel, die sich nun auf sie zubewegten, bereit für das Spiel.

»Macht einfach weiter!«, sagte Spin lapidar zu den Mädchen.

Doch Tima blieb die Luft weg, als sie den Feuerwehrmann, der am dichtesten an die Fangarme herangekommen war, zu Boden fallen sah. Erschrocken schlug sie die Hände vor den Mund. Das hier konnte sie nicht verhindern. Wie hatte sie nur so dumm sein können, daran zu glauben.

45

Matt rannte hinüber zum Zaun und schrie den Feuerwehrmännern zu, dass sie wegrennen sollten. Doch selbst wenn sie ihn hörten, so reagierten sie zumindest nicht. Zwei von ihnen stolperten über ihren gefallenen Kollegen, nicht ahnend, dass die sich windenden Fangarme direkt über ihren Köpfen schwebten.

»HEY! HEY, DU!«, brüllte Matt. Doch diesmal schrie er nichts zu den Feuerwehrleuten hinüber – er brüllte den Dunkellicht-Gott an. »HIERHER, DU ZU GROSS GERATENE MADE!«

Das massige Wesen hielt inne und fixierte Matt mit seinen roten Augen. Der sprang auf dem Boden umher, während das Feuer über seinem Kopf rosa Wolken in den Himmel schickte und der Dunkellicht-Gott ein Dutzend weitere Tentakel den Schlot hinab und in Matts Richtung gleiten ließ. Das Unterweltwesen brüllte düster und voller Wonne.

Matt hörte Tima schreien: »Was macht er denn?«

Er sah über die Schulter nach hinten und schrie: »Ich hätte den Schotter auskippen sollen!« Seine

Stimme überschlug sich. »Ich hätt's tun sollen! Es ist meine Schuld.«

Er rannte auf einen der sich krümmenden, bebenden Fangarme zu, der nur noch eine Autolänge von ihm entfernt war, und gleich darauf wieder zurück – wie ein Kind, das am Strand den Wellen ausweicht.

»Du wirst als Madenfutter enden«, trällerte Spin. »Nur zu, Autowäscher-Junge! Umso besser für mich – dann kann *ich* ja ab jetzt auf die Ladys aufpassen.«

Mit gesenktem Kopf und erhobenen Fäusten ging Matt auf ihn los. Er kochte vor Wut. Spin stellte ihm geschickt ein Bein, sodass Matt sich überschlug. Er fiel der Länge nach auf einen von Unkraut überwucherten Betonklotz, sprang jedoch sofort wieder auf – bereit zum Kampf. Spin packte ihn und nahm ihn in den Schwitzkasten. »Wir können das gern ein anderes Mal austragen«, fauchte er. »*Falls* es ein anderes Mal geben wird.«

Noch bevor Matt sich aus Spins eisernem Griff befreien konnte, schrien Elena und Tima vor Angst laut auf. Die Tentakel hatten sie fast erreicht, und was noch schlimmer war: Jetzt zeigte der Dunkellicht-Gott endlich sein Gesicht – mit einem entsetzlichen Grinsen schaute er hinter dem

Schlot hervor. Wenn ein Seeungeheuer aus der Urzeit in einen zerbrochenen Spiegel geblickt hätte, dann hätte es vielleicht das gesehen, was sie jetzt sahen – ein zerknautschtes Gesicht mit mehreren glühenden, irren Augen, einen eingerissenen Mund voll schwarzer, messerscharfer Zähne und eine sich darin umherwälzende, aufgequollene, faulig grüne Zunge, von der Schleim tropfte.

Jetzt schrien alle auf, sogar Spin. »Hol deine Vögel hierher zurück!«, brüllte er Matt ins Ohr. »Jetzt sofort!«

Matt versuchte zu protestieren. Er wollte keine tausend toten Stare auf dem Gewissen haben.

»Wir BRAUCHEN sie!« Spin hatte ihn jetzt an der Schulter gepackt und schüttelte ihn, und obwohl Matt den Jungen *hasste*, spürte er tief in seinem Inneren doch, dass er recht hatte. Ehe er wusste, was er tat, hatte er die Vögel auch schon darum gebeten.

Sekunden später spürten sie den Abwind Tausender Flügelschläge.

»DU AUCH!«, schrie Spin Elena zu, die mit offenem Mund und mit dem baumelnden Kornett in der Hand dastand und nach oben starrte. »Hol deine Füchse und deine Hunde her und alles, was sonst noch bereit ist zu helfen.«

46

Elena spürte den Ruf aus ihrer Seele dringen: *Helft mir. Helft uns.* BITTE. Innerhalb von Sekunden schmiegten sich warme Körper an ihre Beine. Velma war da, und sie war nicht alleine gekommen. Mindestens 30 Füchse hatten sie begleitet, ebenso viele Dachse, eine kleine Hirschherde und unzählige Kaninchen, Wiesel, Hermeline, Ratten und Mäuse. Auch Hunde waren gekommen und sogar Katzen, mit gesträubtem Fell und zuckenden Schwänzen. Die Wiese war voll von Säugetieren, die verängstigt waren – und dennoch bereit zu helfen. »Lass sie irgendetwas tun«, sagte Spin. »Sie müssen dieses Ding beeindrucken – jetzt sofort.«

Die Fangarme wirbelten auf sie zu wie albtraumhafte Wäscheschleudern.

Elena holte tief Luft. Dann schrie sie: »VERBEUGT EUCH!«

Über ihren Köpfen schossen die Stare herab und wirbelten in einer glanzvollen Vorführung durch die Luft, eine schillernde Wolke, erhellt vom Feuer. Matt hatte die Arme gehoben wie der Dirigent eines Orchesters. Seine Vögel formierten sich zu großen Kringeln, die sich wanden und krümmten – sie stellten die Tentakel nach, verwandelten sie aber in etwas Wunderschönes. Langsameres. Anmutigeres.

Elena starrte wieder mit offenem Mund nach oben. Als sie den Kopf senkte, schrie sie erstaunt auf. Tausende ihrer Freunde hatten sich um sie versammelt, und sie alle – von der winzigsten Maus bis zum größten Hirsch – verhielten sich ruhig. Sämtliche Tiere hatten sich dem Grauen zugewandt. Und die Köpfe gebeugt.

Stille legte sich über die Wiese. Drüben auf dem Werksgelände waren die Feuerwehrleute im Einsatz und zielten mit den Löschpistolen auf den brennenden Schlot. Doch hier, auf der Wiese, schien die Zeit stehen geblieben zu sein. Selbst die Hirschkäfer, die über Timas Kopf kreisten, flogen völlig lautlos durch die Luft.

Der Gott der Unterwelt hielt inne. Sein entsetzliches Gesicht schien wie in eine Art Ruhezustand versetzt. Die Tentakel wurden langsamer und bewegten sich jetzt wie Algen in einem ruhig dahinfließenden Fluss.

»Ist es das, was du wolltest?«, rief Elena. »*Reicht* dir das?«

Als er seine Augen auf sie richtete, krampfte sich alles in ihr zusammen. Er atmete lange, sehr lange aus. Ein einziger dünner Fangarm wand sich in ihre Richtung. Alle erstarrten. Selbst Spin hatte es die Sprache verschlagen. Elena, die noch immer das Kornett in der Hand hielt, hob die Arme und unterdrückte ein Wimmern. Der Tentakel schlang sich um die Rundungen des Horns und glitt über das schimmernde Blech. Starr vor Schreck sah Elena auf ihr Musikinstrument, sie spürte, wie die Dunkellicht-Energie das Metall zum Vibrieren brachte.

Das Wort, das zu ihr durchdrang, schien von ihren Füßen nach oben zu wandern und die inneren Organe mit seinem tiefen, tiefen Bass-Gepolter durchzurütteln.

»MEHR.«

Sie setzte das Mundstück an die Lippen, wo es gegen ihre klappernden Zähne schlug. Einige schrille, angsterfüllte Töne entwichen aus dem Horn. *Was, wenn nun einer dieser hauchdünnen Tentakel in den Schalltrichter eindringen und sich durch die vielen Metallwindungen und unter den Ventilen hindurch bis in ihren Hals schlängeln würde?*

In diesem Augenblick spürte sie wieder Fell an ihren Beinen und einen warmen Fuchsschwanz, der sich um ihre Knöchel wand. Velma war immer noch da – auch im Moment der allergrößten Gefahr war sie nicht davongerannt. Elena bezwang ihre Angst und spielte »Solveigs Lied« aus *Peer Gynt*. Melancholisch und wunderschön. Aber würde es reichen, um einen Gott zu besänftigen?

Sein Gesicht kam näher. Sie konnte seinen fauligen Atem riechen, der nach verdorbenem Fleisch stank. Sie konnte sehen, wie sich seine schreckliche Fratze zu etwas zusammenzog, das möglicherweise ein Lächeln war.

Im nächsten Augenblick wurde sie gepackt.

Am Himmel flammte Licht auf. Sie war mit solcher Kraft hochgerissen worden, dass ihr der Atem stockte. Während es weiter nach oben ging, hörte sie, wie die anderen ihren Namen schrien, sah, wie sie plötzlich unter ihr durch die Luft flogen, wie die Vögel und die anderen Tiere in Panik auseinanderstoben. Dann wurde sie in die Fangarme gezerrt, die sich nun mit hoher Geschwindigkeit zurückzogen, immer weiter zurück, zurück in die Unterwelt, aus der sie gekommen waren. Hilflos musste Elena miterleben, wie sie durch die brennende Nacht gebracht wurde – vorbei an den Flammen und den Einsatzfahrzeugen, vorbei am Gelände des Elektrizitätswerks, zwischen den Bäumen hindurch, über die Zäune, vorbei an Lastwagen und Lagerhallen und Felsen und weiter zurück, immer weiter zurück, hinunter in die Hölle.

47

Wach auf. Wach auf, Mona Lisa. Es ist noch nicht zu Ende.«

Elena spürte einen sanften Klaps im Gesicht. Ächzend versuchte sie sich im Bett auf die andere Seite zu drehen und wieder einzuschlafen, aber unter ihrer Wange war irgendetwas Kaltes, Grobkörniges. Angst überkam sie, als sie begriff, dass sie nicht zu Hause unter ihrer Bettdecke lag, sondern auf dem Boden einer Höhle. *Der* Höhle.

Ein mattblaues Leuchten erhellte das Gesicht der Person, die neben ihr kniete.

»Spin …?« Stöhnend richtete sie sich auf, ihr ganzer Körper schmerzte. »Was machst *du* denn hier?«

»Ich bin dir gefolgt, wenn man das so sagen kann …« Er hatte sich neben sie gekniet. Sein schwarzer Seiden-Trenchcoat war an einer Seite eingerissen, und er hatte dunkle Blutflecken an den Händen. Als sie nach oben schaute, sah sie auch Blut an seiner Stirn kleben sowie Schürfwunden und blaue Flecken am Kinn.

»Was ist denn mit dir *passiert*?«, murmelte sie, während sie versuchte aufzustehen.

»Ich würde noch einen Moment damit warten«, sagte er und drückte Elena mit einer Hand zurück auf den Boden. Der längste seiner schwarzen Fingernägel war abgebrochen. »Du siehst selbst noch ziemlich mitgenommen aus.«

Jetzt erst fiel ihr auf, wie klebrig ihr Gesicht rund um den Mund und an ihrem linken Ohr war. »Oh«, sagte sie, und ihr wurde etwas schwindlig. »Ich blute. Was ist denn passiert? OH GOTT!« Schlagartig war die Erinnerung wie eine dunkle Lawine zurückgekehrt. Der Dunkellicht-Gott! Die Fangarme! Die Tiere, die sich vor ihm verbeugt hatten … für *sie*.

»Wo sind Matt und Tima?«, fragte sie und starrte Spin an. »Und die Tiere? Was ist mit den Tieren passiert?«

»Entspann dich – die Tiere sind weg. Und Matt und Tima sind mittlerweile im Krankenhaus.«

»Im Krankenhaus?!«, schrie sie und kam nun trotz ihres Schwindelgefühls auf die Beine.

»Ich sagte, entspann dich.« Elena setzte sich wieder. »Sie werden überleben. Vermutlich. Wir sind alle in die Luft geschleudert worden, als unser Freund aus der Unterwelt dich gepackt hat. Tima und Matt wurden ohnmächtig, als sie auf den Boden prallten – ich nicht. Also bin ich euch gefolgt. Kaum zu glauben, dass ich diesen Ort vorige Nacht nicht gefunden habe. Aber es war leicht, dich hier drinnen aufzuspüren.«

»Wieso war es leicht?«

»Ich konnte dein Blut riechen. Blutgruppe A, Rhesusfaktor positiv, stimmt's?«

Elena musste schlucken. Sie war mit einem Vampir allein in einer Höhle. »Weißt du … Ich hab dich nicht hineingebeten«, murmelte sie.

»Das brauchtest du auch nicht«, erwiderte er. »Es ist ja nicht *deine* Höhle. Aber keine Angst – im Augenblick ist dein hübscher Hals sicher vor mir. Ich bin nicht in Stimmung. Später vielleicht. Wie kommt es, dass du hier nicht tot und mit roten Augen herumliegst?«

Elena dachte nach. Sie hatte nur verschwommene Erinnerungen daran, was geschehen war. Dann sah sie das Kornett neben ihren Füßen liegen. »Er hat mich hier abgesetzt. Ich glaube … Ich glaube, ich habe ihm noch etwas vorgespielt.«

Spin starrte sie an, dann schüttelte er den Kopf und zwinkerte ihr zu. »Willst du mir damit sagen, dass er einfach nur ein Privatkonzert von dir wollte? Mann, du musst ja richtig gut sein.«

»So gut bin ich auch wieder nicht, aber …« Elena schloss die Augen. Ihr war, als versuchte sie die Puzzlestücke eines Traums zusammenzusetzen. »Er *mochte* es. Er mochte es, dass sich die Tiere vor ihm verbeugt und die Vögel für ihn getanzt haben. Du hattest recht. Wir haben ihn damit *besänftigt*.« Ein Schauer lief ihr über den Rücken. »Er ist wieder schlafen gegangen. *Besänftigt*.«

Einen Moment herrschte Schweigen. Dann schniefte Spin und sagte: »Schön. Das hast du gut gemacht. Und *ich* – hab gut gedacht.« Er ging hinüber zum Loch und sah durch die Metallroste hindurch nach unten in die Dunkelheit. »Was für ein Glück, dass er dich nicht dorthin mitgenommen hat.«

Elena zitterte.

»Nur für den Fall, dass er immer noch nicht genug hat und zurückkehrt, sollten wir das hier allerdings unbedingt noch erledigen.« Er zeigte auf die Schottersäcke und das abgedeckte Loch.

Sie blinzelte, dann kam die Erinnerung zurück. »Der Strahl …« Sie hob das Handgelenk und sah auf ihre Uhr. Es war drei Minuten nach Mitternacht. »In eineinhalb Stunden wird er hier sein.«

Elena stand auf und griff nach einem Schottersack. »Dann mal los.« Sie brauchten einige Minuten, um alle Säcke auszuleeren und einen Berg aus Felsbrocken, Kieselsteinen und Metall über dem Schacht aufzuhäufen.

»Ich weiß nicht …«, meinte Spin schließlich. »Für ein unsterbliches Wesen dürfte es doch ein Kinderspiel sein, da ein Loch hineinzuschlagen …«

»Stimmt«, erwiderte Elena. »Aber darum geht es nicht. Es geht darum, dass der DLG den Strahl nicht mehr hört – oder spürt –, wenn er hier hindurchfällt. Wir glauben, dass es der Strahl war, der ihn aufgeweckt hat.«

Spin stand da und betrachtete Schotter und Metall. Er sah nicht überzeugt aus. »Warte«, sagte er schließlich, »ich bin gleich wieder da.«

Im nächsten Moment war er auch schon verschwunden, und Elena blieb nichts anderes übrig, als dazusitzen und den unordentlichen Haufen anzustarren, mit dem sie den Zugang zur Unterwelt abgedichtet hatten. Sie war völlig erschöpft, und in dem mattblauen Licht verschwamm ihr alles vor den Augen. Sie versuchte, nicht an Matt und Tima zu denken. Spin hatte gesagt, dass sie bewusstlos gewesen waren. Er schien sich keine Sorgen um sie zu machen, was aber wohl daran lag, dass sie ihn nicht kümmerten. Elena kam er nicht vor wie jemand, den *irgendetwas* kümmerte.

Als sie ein Schnaufen und metallisches Kratzen hörte, war sie mit einem Mal wieder hellwach.

Spin war zurück, und er hielt etwas in der Hand, das aussah wie Metallzylinder.

»Was ist *das*?«

Er grinste. »Ein Acetylen-Sauerstoff-Schweißbrenner. Sieht man doch.«

»Woher hast du den?«, fragte Elena und schüttelte verblüfft den Kopf.

»Aus den Schlosser-Eisenwerken«, erwiderte Spin, »die praktischerweise gleich hier im Tausendbruch angesiedelt sind.« Er kniete sich hin und befestigte etwas an den Gefäßen, woraufhin, mit einem Knall, eine blau-weiße Flamme herausschoss.

»Du bist da eingestiegen und hast ihn geklaut?«, raunte Elena.

»Äh … *Du* hast gerade eine Horde Säugetiere dazu gebracht, deinen Befehl auszuführen«, sagte er und setzte eine Schutzbrille auf. »Und einen Killergott mit einem *Liedchen* zurück in die Unterwelt verbannt. Vielleicht siehst du es mal von der Seite.« Dann hielt er die Flamme an den Schotter.

Sie wechselten sich mit dem Schweißbrenner ab und brauchten etwa 20 Minuten, um das Ganze fertigzustellen. Und obwohl es dabei sehr laut zuging, tauchte kein einziges Dunkellicht-Bündel aus der Tiefe auf. Vielleicht war der Gott der Unterwelt durch Elenas Schlaflied tatsächlich eingeschlummert. Durch die hohe Temperatur verbanden sich das kreideartige Gestein und das Metall langsam miteinander, und an der Stelle, wo zuvor das Loch gewesen war, entstand eine große helle, von Rot und Schwarz durchzogene verkrustete Fläche.

Spin und Elena traten ein paar Schritte zurück und betrachteten ihr Werk.

»Das ist zwar nicht gerade italienischer Marmor«, sagte Spin, »aber auch gar nicht so übel.«

»Jetzt müssen wir nur noch herausfinden, ob es funktioniert.« Elena sah wieder auf ihre Uhr. »Neun Minuten noch.«

Sie setzten sich, lehnten sich mit dem Rücken an die Höhlenwand und warteten.

Nachdem sie etwa eine Minute geschwiegen hatten, fragte Elena: »Trinkst du tatsächlich Blut?«

»Soll ich dir mal meine Eckzähne zeigen?«, fragte er.

»Nein danke.«

Als der Strahl auftauchte und über ihre Köpfe fiel, drängte es Elena danach, sich an ihm festzuhalten und mit ihm zu reisen. Konnte es etwas Schöneres geben? Als sie wieder zu sich kam, liefen ihr Tränen über die Wangen.

Und nichts war durch ihre Versiegelung gedrungen.

»Ich glaube, wir haben es geschafft«, flüsterte sie Spin zu.

Doch Spin war nicht mehr da.

48

Die Nachricht des Tages war die Explosion im Elektrizitätswerk – der Schornstein hatte Feuer gefangen – und die zweite Explosion am Boden, bei der die angrenzende Wiese versengt und zwei Kinder und ein Feuerwehrmann verletzt worden waren. Auch die Wespen hatten für Aufsehen gesorgt: Es gab unzählige verwackelte Handyvideos, auf denen Menschen schreiend vor dem Schwarm davonliefen. Und viele Zeugen bestätigten erstaunt, dass die Wespen nicht ein einziges Mal gestochen hatten. Im Frühstücksfernsehen wurde sogar ein berühmter Zoologe befragt, um die Hintergründe zu erläutern.

»Trotz ihres schlechten Rufes stechen Wespen erst dann, wenn sie keine andere Wahl mehr haben«, erklärte er ernst. »Und diese Wespen versuchten eigentlich nur, einer Bedrohung zu entkommen – einer Bedrohung, die nicht von den Menschen ausging. Vermutlich hatten sie ihre Nester auf dem Gelände des Elektrizitätswerks oder in den nahe befindlichen Bäumen gebaut und waren lediglich auf der Flucht vor den Flammen.«

Die Moderatorin nickte. »Auch drei Tage danach wissen wir noch nicht, was die Explosion verursacht hat«, sagte sie, »aber man vermutet, dass es ein unentdecktes Gasleck gewesen ist. Laut Augenzeugenberichten waren viele Wildtiere in Panik und auf der Flucht. Was würden Sie sagen, Chris: Ist ein solches Verhalten normal?«

»Tiere haben ein weitaus besseres Gespür für Gefahren als Menschen«, erklärte der Zoologe. »Oft fliehen sie vor Waldbränden, Überflutungen oder Tsunamis, lange bevor die Menschen sich dieser Bedrohung überhaupt bewusst sind. Hier in England mag uns das vielleicht etwas überraschen, aber es kommt vor.«

Elena lag mit einer Decke auf der Couch, verfolgte verwirrt die Fernsehberichte und wunderte sich, dass niemand – *niemand* – über das Erscheinen eines Furcht einflößenden Unterweltwesens berichtete. Es gab kein Video des DLG – nicht einmal die kleinen Kameras an den Feuerwehrhelmen hatten etwas aufgezeichnet. Und das, obwohl die Tentakel ganz dicht an die Feuerwehrleute herangekommen waren und einer der Männer einige Minuten bewusstlos gewesen war. Ebenso unaufmerksam waren die Einsatzkräfte, als Elena durch den Tausendbruch zurücklief und wieder am Feuer vorbeikam, das immer noch nicht gelöscht war. Alle hatten sich nur auf den Schornstein konzentriert. Das galt auch für die Polizei, die am Abend zum Tausendbruch gefahren war, um den zweiten Todesfall zu untersuchen, zu dem auch ein spurlos verschwundener Pritschenwagen und ein schattenhafter Junge gehörte, der den anderen Wachmann gewarnt hatte. Keiner der Polizisten hatte Elena aufgehalten, als sie – einen Rucksack auf den Schultern, verwundet und mit blauen Flecken – ein Schweißgerät an ihnen vorbeischleppte und es unter dem Vordach der Schlosser-Eisenwerke verstaute (sie konnte nicht anders – sie war eben ein braves Mädchen …).

Ihre Mutter hatte die ganze Aufregung verschlafen. Sie bekam nicht einmal mit, dass ihre Tochter am nächsten Morgen zu Hause blieb, und erfuhr erst davon, als die Schule sie wegen Elenas Abwesenheit anrief.

48 Stunden lang hatte Elena immer wieder über längere Phasen geschlafen. Sie hatte ihrer Mutter zwar von dem Feuer erzählt und gesagt, dass es ein Schock für sie gewesen sei, aber sie schob auch eine Erkältung vor. Mum hatte daraufhin in der Harcourt-Highschool angerufen und den Lehrern mitgeteilt, dass ihre Tochter erst in der nächsten Woche wieder zur Schule gehen könne. Hin und wieder war sie mit Suppe

und einem Butterbrot oder mit Tee und Keksen in ihr Zimmer gekommen. Nach jeder dieser erfreulichen Störungen war Elena zurück in den Schlaf gesunken. Sie hatte es sehr genossen, dass sich zur Abwechslung einmal jemand um *sie* kümmerte, und konnte sich nicht mehr erinnern, wann ihre Mutter das letzte Mal so … nun ja … *mütterlich* gewesen war.

Auch in den letzten beiden Nächten war sie um 1:34 Uhr aufgewacht und hatte gespürt, wie der Strahl durchs Zimmer fiel – doch danach war sie wieder eingeschlafen. Ab und zu machte sie sich Gedanken über Matt und Tima, doch etwas in ihrem Inneren sagte ihr, dass es ihnen gut ging, und sie war zu erschöpft, um das infrage zu stellen. Sie träumte düster und intensiv, aber je mehr Schlaf sie nachholte, umso weniger Angst hatte sie. In ihren Träumen waren all ihre Erinnerungen geordnet und in Schachteln sortiert worden, die folgende Aufschriften trugen: ERSTAUNLICH, FURCHTERREGEND, SCHLIMM, WUNDERBAR, GUT, BEUNRUHIGEND, SCHRECKLICH UND NICHT JETZT. Heute war sie um 10 Uhr morgens aufgewacht und hatte sich fit genug gefühlt, im Schlafanzug nach unten zu kommen, sich mit einer Decke auf die Couch zu legen und mit Mum fernzusehen.

»Ein Wunder, dass nicht noch mehr Leute verletzt wurden«, sagte Mum und machte es sich mit einer Tasse Tee am anderen Ende der Couch gemütlich. »Ein Junge aus deiner Schule wurde ins Krankenhaus gebracht, weißt du.«

»Heißt er Matt?« Elena schämte sich, dass sie nicht schon früher nach ihm gefragt hatte. Oder nach Tima.

Mum wollte ihr gerade antworten, als es an der Tür klingelte. Elena bekam Besuch.

»Was ist mit dir passiert?«, wollte Tima wissen, sobald Elenas Mum das Zimmer verlassen hatte und hinaus in den Garten gegangen war.

»Ich glaube, wir haben ihn nach unten verbannt«, sagte Elena. »Und wir haben den Ausgang blockiert.« Sie berichtete Tima, was in der Höhle geschehen war, einschließlich der Schweißarbeiten, der Rückkehr des Strahls – und vom Fernbleiben des DLG.

»Du hast einen Gott betört«, sagte Tima. »Das ist ziemlich cool.«

»Du doch auch«, warf Elena ein. »Du warst so mutig, als du da gestanden und ihm vorgesungen hast. Genau wie Matt – er hat versucht, ihn von den Feuerwehrleuten abzulenken. Was ist mit dir und Matt geschehen?«

»Da bin ich mir nicht ganz sicher. Ich erinnere

mich daran, dass ich durch die Luft flog. Dann bin ich mit dem Kopf irgendwo aufgekommen, ohnmächtig geworden und erst auf dem Weg ins Krankenhaus wieder aufgewacht. Wie gut, dass die Sanitäter schon in der Nähe waren! Matt lag mit mir im selben Notarztwagen. Er ist gar nicht zu Bewusstsein gekommen. Ich hatte nur eine leichte Gehirnerschütterung und ein paar Kratzer und Blutergüsse. Er wurde schwerer verletzt, glaube ich. Aber er wird wieder gesund.«

»Woher willst du das wissen?« Elena hob eine Augenbraue.

Tima blickte aus dem Fenster. »Ich wusste ja auch, dass es dir gut geht. Die Bienen haben es mir gesummt.«

Elena lächelte. »Ich hab geschlafen. Sehr viel geschlafen. Ich glaube, Mum hat mir was ins Essen gemischt.«

»Ich habe auch geschlafen«, sagte Tima. »Mum und Dad glauben, dass es eine Reaktion auf den Schock war.«

»Haben sie dir verziehen, dass du weggelaufen bist und dich fast hättest töten lassen?«

Tima grinste. »Irgendwie schon. Ich habe ihnen erzählt, dass ich wegen der Wespen in Panik geriet, nicht wusste, wo ich hinlaufe, und dann versehentlich genau in die Gefahrenzone geraten bin. Ich glaube, das haben sie geschluckt … Nach der Sache mit meinem Bienenbart klingt diese Geschichte nicht allzu überzeugend, aber hey: Jeder weiß doch, dass Wespen *igittigitt* sind!« Sie lachte, sodass sich das Heftplaster auf ihrer rechten Wange kräuselte. »Natürlich habe ich Hausarrest bis in alle Ewigkeit bekommen. Mum konnte ich weismachen, dass wir zwei uns bei den Proben für die Wohltätigkeitsveranstaltung kennengelernt haben, und ich hab sie gebeten, mich hierherzufahren. In einer Stunde holt sie mich wieder ab. Ich werde niemals wieder irgendwo alleine hingehen dürfen!«

Elena lachte. »Trotz allem scheinst du schon wieder ganz die Alte zu sein.«

»Mir geht's so weit gut«, sagte Tima und machte es sich ebenfalls auf der Couch bequem. »Obwohl es einige Dinge gibt, die ich gern vergessen würde. Heute fühl ich mich ganz okay, auch wenn Lily mich schon wieder angerufen hat.« Sie schauderte. »Wenn ich mir dieses geheuchelte Mitleidsgesülze noch einmal anhören muss, spei ich im Strahl gegen die Wand.«

Elena bekam einen Lachanfall, zuckte dabei aber immer wieder zusammen. Ihre Wunden schmerzten noch ein wenig.

»Also kein Dunkellicht-Gott mehr«, sagte Tima.

»Und anscheinend läuft da was zwischen dir und einem Vampir … Nichtsdestotrotz: Wir haben diese Stadt gerettet. Sie werden sich nie bei uns dafür bedanken, und doch haben wir sie gerettet. Du, ich und Matt.«

»Und Spin«, ergänzte Elena.

»Hmm, mag sein«, gab Tima zu. »Vielleicht war es ganz gut, dass ich ihm kein Loch in den Trenchcoat gebrannt habe. Aber Matt wird es gar nicht gefallen, wenn du Spin lobst.«

Es pingte. Elena lächelte und hielt ihr Handy hoch. »Wenn man vom Teufel spricht …«

In der SMS stand Folgendes:

Dad hat mir das Handy zurückgegeben. Mum und er stehn kurz vorm Nervenzusammenbruch, sie glauben, ich wär fast in die Luft gesprengt worden. Kam heute Morgen aus der Klinik. Verbände jucken mega. Treffen heut Nacht? Selbe Zeit, selber Ort?

49

Noch einmal trafen sie sich im Pavillon, um sich ihre jeweilige Version dieser denkwürdigen Nacht zu erzählen. Sie setzten sich im Mondschein auf den Holzboden, tauschten ihre Geschichten aus und füllten Wissenslücken.

Es kam ihnen so vor, als hätte ihr letztes Treffen im Pavillon nicht erst vor wenigen Tagen, sondern schon vor einigen Wochen stattgefunden. Matt trug seinen linken Arm in einer Schlinge, hatte sieben Stiche auf der Stirn und einige stattliche Verbände an den Beinen, unter denen sich tiefe Kratzer und Schnitte verbargen.

»Bin auf Beton geknallt. Mein Ellbogen ist gebrochen, ich hab eine Schädelfraktur und ein paar Hautabschürfungen.« Er zuckte mit den Schultern. »Hätte schlimmer kommen können.«

»Das sieht wirklich schmerzhaft aus …« Elena streckte die Hand nach seinem Arm aus.

Hastig trat Matt einen Schritt zurück. »Mir geht's gut, solange du nicht an mir rumfummelst!« Dann sah er von Elena zu Tima. »Und … was nun? War's das jetzt? Machen wir jetzt ganz normal weiter, so als sei nichts geschehen?«

Mit einem leisen Klacken ihrer Krallen landete Glück auf dem Pavillongeländer. »Normal?«, wiederholte sie.

»Was heißt schon normal?«, meinte Elena.

»Ich glaube nicht, dass wir wieder normal sein könnten, selbst wenn wir es wollten – nicht im Augenblick«, erklärte Matt. Er ballte die Hand zur Faust, streckte den Arm aus und lächelte, als Glück sich darauf niederließ. »Tima spielt noch immer mit Insekten. Und ich wette, du plapperst nach wie vor mit Hunden und Füchsen. Außerdem wachen wir nachts immer noch auf.«

»Und der Vampirjunge ist weiter irgendwo da draußen, und es dürstet ihn nach dir«, sagte Tima. Elena verdrehte die Augen und gab ihr einen Schubs.

»Und ich habe Glück«, fügte Matt hinzu. Er lachte und blickte plötzlich selbstsicher in die Ferne. »Das meine ich ganz wortwörtlich: Ich habe wirklich Glück. Die letzten Wochen waren die beste Zeit meines Lebens.«

»Ein Dunkellicht-Gott hätte uns fast getötet!«, warf Elena ein. »Nennst du das etwa ›Glück haben‹?«

Tima lächelte und zog sie beide zu sich heran. Matts Wimmern ignorierte sie. Um nicht im Weg zu sein, flatterte Glück nach oben über ihre

Köpfe. »Ihr zwei seid die besten Freunde, die man sich vorstellen kann. Die *besten*«, sagte sie.

»Ihr zwei seid auch die besten Freunde, die *ich* je hatte«, erwiderte Elena.

»Ich hab Schmerzen!«, jammerte Matt.

Schmerz, dachte Spin, tief in den Schatten. Du weißt nicht, was Schmerz ist. Eines Tages werde ich es dir zeigen.

Danksagung

Ich danke Dr Simon Boxall für die hilfreichen geowissenschaftlichen Gespräche (es ist noch nicht vorbei!) sowie Sam Taylor und Claire Taylor, die mir auf großartige Weise vermittelt haben, warum Spin sich so verhält, wie er es tut. Mehr dazu später …

Vielen Dank an meine brillante Lektorin Liz Cross, die auch nach dem ersten verpassten Abgabetermin noch an mich geglaubt hat … und nach dem zweiten … und daran, dass ich es schaffen würde.

dtv

Reihe Hanser

Die **Abenteuer** der **Wildhexe** Clara

ISBN 978-3-423-**62623**-1

ISBN 978-3-423-**62624**-8

ISBN 978-3-423-**62634**-7

ISBN 978-3-423-**62635**-4

ISBN 978-3-423-**62647**-7

ISBN 978-3-423-**62648**-4

Übersetzt von Gabriele Haefs und Friederike Buchinger

www.dtv.de

Die schlaflosen Nächte mit Elena, Matt und Tima gehen weiter!

Ü.: Manuela Knetsch. 272 Seiten
Gebunden mit Prägung und Lackveredelung

Es ist 1:34 Uhr. Erneut beginnt der Kampf zwischen Gut und Böse. Seit sie jede Nacht um diese Zeit aufwachen, haben Elena, Matt und Tima die Fähigkeit, mit der Tierwelt zu kommunizieren. Doch als sie bei einem ihrer nächtlichen Streifzüge einer seltsamen Fremden begegnen, begreifen sie: Ihre Begabung lässt sie nicht nur Tiere, sondern alle Sprachen verstehen. Das ermöglicht ihnen, die nahende Bedrohung zu erkennen, die zunächst die Hummeln in Angst versetzt und schließlich die ganze Welt gefährdet: Eine übernatürliche Macht ist dabei, Menschen und Tiere zu vernichten. Gemeinsam mit ihren tierischen Freunden versuchen die drei, die Einwohner der Stadt zu warnen und den gefährlichen Eindringling aufzuhalten.

hanser-literaturverlage.de

HANSER